Theodor J. Reisdorf, geboren 1935 in Neuss, reiste quer durch Europa und Nordafrika, arbeitete in vielen Berufen, machte in Wilhelmshaven das Abitur und studierte Wirtschafts- und Sozialwissenschaften in Hamburg, Köln und Mannheim. Nach dem Abschluss zum Dipl.-Handelslehrer folgte die Lehrtätigkeit in Aachen, Norden und Emden. 1997 wurde er als Oberstudienrat pensioniert. Er wohnt in Ostfriesland und schreibt als »Meister des Friesenkrimis« spannende Romane über Land, Leute und Leichen.

Weitere Titel des Autors:

Deiche, Dünen, Friesenmorde
Tod vor Borkum
Tödliche Teestunde
Der Tote vom Nordstrand
Noch mehr Friesenmorde
Mord im Fischerhafen
Inselmorde
Letzter Törn nach Spiekeroog
12 kleine Friesenmorde
Der Tote im Maisfeld
Friesische Todessinfonie
Friesischer Tod / Mörderische Friesenhochzeit
Nebeltod auf Norderney
Mord in Norddeich
Letzte Ausfahrt Ostfriesland

Theodor J. Reisdorf

# Mörderischer Nordseewind

Kriminalroman

BASTEI LÜBBE TASCHENBUCH

BASTEI LÜBBE TASCHENBUCH
Band 16430

1. Auflage: Mai 2010
2. Auflage: April 2011

Bastei Lübbe Taschenbuch in der Bastei Lübbe GmbH & Co. KG

Originalausgabe


Lektorat: Rainer Delfs, Scheeßel
Titelillustration: © iStockphoto / Axel Hahne
Umschlaggestaltung: Christin Wilhelm
Satz: hanseatenSatz-bremen, Bremen
Gesetzt aus der Stempel Garamond
Druck und Verarbeitung: CPI – Ebner & Spiegel, Ulm
Printed in Germany
ISBN 978-3-404-16430-1

Sie finden uns im Internet unter
www.luebbe.de
Bitte beachten Sie auch: www.lesejury.de

Der Preis dieses Bandes versteht sich einschließlich
der gesetzlichen Mehrwertsteuer.

# Prolog

Ich kann mich noch gut erinnern, wie es damals war, als ich als Junglehrer nach Ostfriesland kam. Von der Einstellungsbehörde erhielt ich eine schriftliche Garantie für die Übernahme der Umzugskosten. Das war für mich und meine Frau schon wichtig, weil unsere Mittel nach der langen Ausbildung äußerst knapp waren.

Bereits nach weiteren wenigen Wochen lud mich der Schulleiter ein. Er versprach nicht zu viel und malte meine Zukunft an seiner Schule in rosigen Farben. Er stellte mir das Kollegium vor, das bei mir einen bleibenden Eindruck hinterließ. Da auch die Unterrichtsfächer meinen Vorstellungen entsprachen, stand einer Bewerbung nichts mehr im Wege.

Alles war blendend bestellt. Ein Haus war angemietet. Es lag in Deichnähe und bot dazu frische Luft aus erster Hand. Hagersiel, der neue Schulstandort, bot dazu Gelegenheit für meine Frau, ihre sportlichen Aktivitäten auszuüben.

Es kann an dieser Stelle bereits gesagt werden, dass meine Frau und ich den Wechsel an diesen Standort nie bereut haben, wenn zu Beginn auch unangenehme Geschehnisse vorfielen, die uns stark zu schaffen machten, wie es noch zu berichten gibt. Doch will ich fairerweise zuerst die guten Seiten erwähnen, mit denen wir in Hagersiel empfangen wurden.

Die Einstellungsbehörde beglich die Umzugskosten prompt und rechnete großzügig ab. Außerdem gab sie uns eine schriftliche Garantie für die Zahlung eines langfristigen Darlehens. So kam es, dass wir uns schon nach wenigen Wochen eingelebt und unsere letzten Zweifel überwunden hatten. Wir freuten uns auf die neue Heimat.

Vielleicht soll ich noch erwähnen, wieso wir gerade auf Hagersiel gekommen waren.

Nun, es war an einem kalten Abend im Januar, als ich mich an einem Samstagabend an die Lektüre der Wochenendausgabe der Welt machte. Im Stellenteil stieß ich auf die Anzeige der Samtgemeinde Neuhagersiel, die eine Lehrerstelle am örtlichen Gymnasium ausgeschrieben hatte.

Meine Frau zeigte sich nicht gerade begeistert, doch nach langen Gesprächen wurde ihr der Gedanke, der Großstadt den Rücken zu kehren, vertrauter. Unser kleiner Sohn konnte sich noch nicht äußern. Doch wir nahmen an, dass wir in seinem Interesse handelten. Zumindest sprachen viele Argumente dafür, dass unter dem Strich die frische Seeluft seiner Gesundheit zugute kommen würde.

Wir hatten unsere Bedenken schließlich beiseitegeschoben und freuten uns über die bevorstehende Veränderung. Frische Luft aus erster Hand. Sowohl meine Frau als auch ich waren »Seeleute«. Berge hatten uns nie herausgefordert. Die Aussicht, bei Wind und Wetter am Strand von Juist oder auf Norderney das Rauschen des Meeres zu hören und den Schreien der Möwen zu lauschen, hatte die Vorfreude in uns geweckt.

Bereits nach wenigen Wochen stand der Umzugswagen vor der Tür, und eine Firma aus dem benachbarten Esens führte unseren Umzug durch.

Hagersiel ist vielen Urlaubern bekannt als ein malerisches Fischerdorf. Der Ort liegt am Ende des Tiefs, das sich durch eine grüne Wiesen- und Weidelandschaft schlängelt. Die großen Sieltore befinden sich vor der Brücke, die sich über den Hafen spannt, in dem mehr als zwanzig Fischkutter beheimatet sind. In der Nähe befinden sich die Kuranlagen, das Hallenbad und der Tennisplatz, direkt hinter dem schützenden Seedeich, der wie mit dem Lineal gezogen in Richtung Norddeich verläuft. Über ausgebaute Fußwege und Treppen gelangt man zum weiten Sandstrand und zum Café Meeresblick, in dem sich auch die sanitären Anlagen befinden. Das Nordsee-Heilbad, ein Ort mit etwa siebentausend Einwohnern, hat sich ganz dem Tourismus verschrieben. Schmucke Pensionen, Ferienhäuser mit entsprechenden Wohnungen und Hotels finden selbst während der stillen Wintermonate ihre Liebhaber, die Ruhe und weite Strand- und Deichspaziergänge in der jodhaltigen Seeluft zu schätzen wissen.

Hagersiel bietet bewährte Hilfen bei der Erholung vom Großstadtstress. Die Entfernung zu den benachbarten Inseln hält sich in Maßen. Doch auch die Nachbarschaft von Hagersiel ist mehr als sehenswert. Genannt werden muss die Küste bis nach Wilhelmshaven und auf der anderen Seite die Stadt Norden mit dem Seebad Norddeich, Marienhafe mit dem Störtebekerturm und die VW-Stadt Emden. Ein Shantychor, eine Theatergruppe und der Gesangverein sorgen nicht nur während der Saison für Abwechslung.

Erwähnt werden muss noch die alte Ludgerikirche aus dem fünfzehnten Jahrhundert, die wegen der Architektur und dem freistehenden Glockenturm bekannt ist.

Wind, das Wetter und das Meer haben die Menschen dieser Landschaft geprägt. Sie galten immer als wortkarg und zuverlässig, was mit gewissen Einschränkungen auch heute noch zutrifft. Es ist nicht zu leugnen, dass auch in Hagersiel der Unterschied zwischen Stadt und Land viel geringer geworden ist. Die jungen Leute ziehen weg, soweit sie zu

Hause keine Arbeit finden. Die Medien tragen zur Vereinheitlichung der kulturellen Lebensweise bei. Dennoch gibt es in solchen Orten wie Hagersiel für ihre Einwohner ein Zusammengehörigkeitsgefühl, das Fremde nicht selten in Erstaunen setzt.

Schon während der ersten Wochen frischte meine Frau ihre Freundschaft mit Fenna Moorhoff wieder auf, einer früheren Kollegin meiner Frau, die in dem Küstenbadeort zu Hause war. Sie kannten sich seit dem Studium. Sie hatten beide in Hamburg Musik studiert. Fenna Moorhoff war einige Jahre älter als meine Frau. Sie hatte früh geheiratet.

Fenna hatte eine reizende Tochter namens Okka, die dabei war, sich von den Eltern abzunabeln. Ich erinnere mich noch gut aus Erzählungen an den Tag, an dem Okka mit einigen Freundinnen ihren achtzehnten Geburtstag zu Hause feierte. Sie hatte allen Grund, sich zu freuen, denn erst vor wenigen Tagen hatte sie zusätzlich die Kaufmannsgehilfenprüfung zur Bürokauffrau mit gutem Ergebnis bestanden.

Fenna, ihre Mutter, trug gegen zwanzig Uhr das Festessen auf. Sie hatte Lachs im Salzmantel vorbereitet. Sie und ihr Mann hielten sich im Musikzimmer auf, in dem der Flügel viel Raum beanspruchte. Henry Moorhoff verdiente als Musiklehrer am Gymnasium nicht schlecht und unterrichtete zusätzlich ein paar hochbegabte Akademikerkinder. Fenna war eine studierte Geigerin, die vor Jahren an der Seite ihres Mannes beim NDR in Hannover im Sinfonieorchester gespielt hatte.

Okka war ein Wunschkind gewesen und hatte sich dann, als sie fünfzehn Jahre alt geworden war, den elterlichen Wünschen immer mehr widersetzt. Sie hatte nach der mittleren Reife die Schule geschmissen und sich in mehreren Berufen umgesehen. Doch zur Genugtuung ihrer Eltern hatte sie wenigstens die Ausbildung bei einer Emder Reederei erfolgreich beendet. Zugegebenermaßen muss erwähnt werden, dass Okka einerseits überfüttert worden war mit kulturellen Bildungsangeboten, andererseits war es so gewesen, dass ihre Eltern bei den Sportarten, die sie bevorzugt hatte, die Nase rümpften.

Die Erziehung ihrer Tochter war unter umgekehrten Vorzeichen verlaufen. Okka besaß ein bemerkenswertes musikalisches Talent, das sie verkümmern ließ, weil ihre Eltern versucht hatten, sie zu etwas zu zwingen, was ihr gegen den Strich ging. Im Hause Moorhoff hatte es häufig Tränen gegeben. Aber auch am Abend ihres achtzehnten Geburtstages, während Okka und ihre Freundinnen sich das Fischessen munden ließen, hatte Fenna Moorhoff geweint und Trost bei ihrem Mann gesucht, weil die Tochter wieder einmal dabei war, ihren Kopf durchzusetzen.

Meine Frau hatte mir in allen Einzelheiten erzählt, was an jenem Abend vorgefallen war …

Henry Moorhoff erhob sich schwer atmend und ging zum Wohnzimmer.

»Hat es Ihnen geschmeckt?«, fragte er und schaute die jungen Damen freundlich an.

»Hervorragend«, das war die einhellige Meinung.

Er sammelte das Geschirr auf einem Tablett und trug es zur Küche. Seine Frau kam aus dem Bad. Sie hatte die Spuren ihrer Tränen beseitigt. Sie trug Weingläser in die Wohnstube. Ihr Mann entkorkte zwei Flaschen und brachte sie an den Tisch. Es war ein roter Bordeaux aus dem Pouillac. Okka hatte sich ihn gewünscht. Fenna Moorhoff füllte Schälchen mit allerhand Naschzeug. Sie und ihr Mann verließen nach einigen herzlichen Worten das Wohnzimmer, um sich zurückzuziehen.

»Mir ist nicht wohl bei dem Gedanken, dass die Dirn es rundweg ablehnt, mit der Bahn zu fahren. Das Geld spielt dabei keine Rolle«, meinte Fenna Moorhoff und ließ sich in einen Sessel fallen.

»Trampen, in Jeans und Turnschuhen. Uns beweisen, dass sie keine ›Dame‹ ist«, sagte Henry Moorhoff ironisch.

»Sie schlägt unsere Bitten in den Wind. Sie ist alt genug, zu wissen, dass sie sich in Gefahr begibt«, meinte seine Frau.

»Überhaupt, was soll das? In der Großstadt München eine Arbeit suchen! Sie, die gelernte Reedereigehilfin«, gab Henry Moorhoff zu bedenken.

Ihr Gespräch brachte keine neuen Erkenntnisse. Zu oft schon hatten sie versucht, Okka das Vorhaben auszureden, doch vergeblich.

Im Wohnzimmer verlief die Geburtstagsfeier gesittet ab, wie es den Vorstellungen der Eltern entsprach. Okkas Freundinnen kamen aus gutem Haus. Für sie stellte Okkas Plan, sich in der süddeutschen Großstadt eine Arbeitsstelle zu suchen, nichts Besonderes dar, erst recht hatten sie bisher keine schlechten Erfahrungen damit gemacht, als Anhalter zu fahren.

»Okka hat es mir untersagt, einen Blick in ihren Rucksack zu werfen«, stöhnte Fenna Moorhoff. »In zerknüllten Sachen zum Vorstellungsgespräch!«

Henry Moorhoff sagte nichts dazu. Er erhob sich, trat ans Klavier und spielte den »Bolero« von Ravel.

Okka Moorhoff besaß eine liebenswerte Art, mit Menschen umzugehen. Ihr permanentes Strahlen machte sie zur beliebten Gesprächspartnerin. Dabei sah sie sehr gut aus. Sie trug ihr Haar schulterlang und entsprach so ganz dem

Bild eines hübschen Mädchens der Küstenregion. Abgesehen von ihren Spanienferien mit ihren Eltern in Nerja bei Malaga waren ihre Auslandsaufenthalte recht mager zu nennen. Von Deutschland kannte sie außer Hamburg und Bremen nur noch ein paar kleinere Orte von Jugendherbergen her, in denen sie mit der Schule war.

Sie wollte raus aus dem überschaubaren Ostfriesland. Sie glaubte, im Mief von Emden und der näheren Umgebung zu ersticken. Sie war zwar bemüht, ihre Eltern zu verstehen, die sich strikt gegen ihre Abnabelung wandten, aber das hielt sie nicht von ihrem Plan ab.

Ihre Freundinnen waren zum Teil besser dran. Ihre Erziehung hatte ihnen mehr Freiraum gelassen. Sie bestärkten Okka in ihrer durchaus verständlichen Absicht. Das war auch das Gesprächsthema an diesem Abend beim köstlichen Rotwein, den die jungen Damen in Maßen zu sich nahmen.

Im Kreise ihrer Freundinnen bildete Okka eine nennenswerte Ausnahme. Sie hatte klar umrissene Vorstellungen von ihrem zukünftigen Partner. Der Versuch ihrer Mutter, sie mit dem Sohn eines Borkumer Arztes zu verkuppeln, dessen Mutter ihre engste Freundin war, war kläglich gescheitert.

Es hatte schon in der Schule und auch während der Ausbildung genügend Verehrer gegeben, die Okka hatte alle abblitzen lassen. Sie hoffte, in München dem jungen Mann zu begegnen, der ihre Gedanken beflügelte. Ein weiterer Grund, nach Süddeutschland zu ziehen, war das Küstenklima. Der Winter dort war kürzer und weniger rau als in Ostfriesland. Es gab mehr Sonne, und es fehlten die Stürme.

Okka stellte sich ihre zukünftige Lebensweise in einem Büro mit Freizeit in der fremden Stadt rosig vor. Die Freiheit, selbst über ihr Leben zu entscheiden, war in ihren Augen schon einen Ausbruch wert.

So war es nicht verwunderlich, dass die Freundinnen mit Okka einer Meinung waren und ihr am späten Abend alles Gute und einen guten Start wünschten, als sie nach Hause gingen.

»Melde dich aus München! Schreib mal!«, sagten sie weinselig.

Die Eltern waren noch auf. Sie spülten das Geschirr und die Gläser und unternahmen noch einmal den Versuch, ihre Tochter umzustimmen. Selbstverständlich ohne Erfolg.

Früh um sechs Uhr verließ Okka Moorhoff nach einem Frühstück das Elternhaus, nahm den Stadtbus und fuhr bis zur Autobahnauffahrt. Sie trug Jeans, eine flotte Lederjacke, ein Paar hohe Arbeitsschuhe und auf dem Rücken einen Tramperrucksack der Marke »Mont Blanc«.

Sie musste nicht lange warten. Ein BMW hielt. Der Fahrer, ein junger Mann, der Unterhaltung suchte, nahm sie mit. Er fuhr nach Stuttgart.

Es ist noch hinzuzufügen, dass Okka Moorhoff genügend bare Mittel eingesteckt hatte, die ihr einen längeren Aufenthalt in der fremden Stadt ermöglichten. Das Trampen bereitete Okka Spaß, denn sie kam gut voran. Doch in Emden hörte man nichts mehr von ihr.

Dass daraus ein jahrelang ungelöster Kriminalfall werden würde, daran hatten damals weder ich noch die anderen Einwohner von Hagersiel geglaubt.

Und dass es so lange Zeit brauchte, um ihn aufzuklären, lag wohl daran, dass die Kriminaltechnik – vor allem die Genanalyse – damals noch nicht zur Selbstverständlichkeit der Polizeiarbeit gehörte.

Theodor J. Reisdorf

# 1

Von der See her wehte ein frischer Wind. Am Himmel trieben weiße Wolken. Frau Antine Schwitter, die pensionierte Lehrerin, führte wie immer bei dem herrlichen Sommerwetter ihren Hund Hasso, einen gepflegten Schäferhund, am Ortsausgang über die Störtebekerstraße aus. Sie ließ die Straße hinter sich, löste die Leine, und Hasso stürzte davon.

Sekunden später sah sie, wie er mit den Pfoten im wild wachsenden hohen Gras scharrte, den Kopf hob und bellte.

»Was ist mit dir, Hasso?«, fragte Frau Antine Schwitter und näherte sich hastig mit großen Schritten durch das hochgeschossene Gras. Sie fuhr erschrocken zusammen, denn vor ihr auf dem Weidenboden lag ein totes Mädchen. Es hatte schwarzes Haar, in dem sie Blutspuren entdeckte, und war bekleidet mit einer Jeansjacke, die hochgerutscht war.

Antine Schwitter starrte in das geschwollene Gesicht. Ungläubig glitt ihr Blick weiter und fiel auf die nackten Schenkel. Der Unterkörper der Toten war nackt.

»Hasso, komm!«, rief sie außer sich, legte dem Hund die Leine an und hastete davon. Sie durchquerte die Grabenböschung, schritt durch das hohe Gras auf die Straße und hielt ein Auto an.

»Ist Ihnen nicht gut?«, fragte der Fahrer, ein etwa vierzigjähriger Vertreter, der auf dem Wege nach Emden war, besorgt.

»Drüben liegt eine Tote, sie ist halbnackt«, antwortete sie.

»Wir müssen die Polizei benachrichtigen!« Sie zitterte am ganzen Körper. »Ich bin mit meinen Nerven völlig am Ende.«

»Das kann ich verstehen, wenn es wirklich stimmt, was Sie sagen! Bitte nehmen Sie mit Ihrem Hund auf der hinteren Sitzbank Platz. Ich bringe Sie zur Polizei.«

Antine Schwitters öffnete die Tür des BMW, ließ ihren Hasso ins Auto und nahm auf der hinteren Sitzbank Platz.

»So ein Schreck in der Morgenstunde«, meinte der Fahrer.

Antine Schwitter nickte heftig. »Mein Gott, das Verbrechen wird unserer Gemeinde schaden«, sagte sie und kraulte ihren Hund.

»Es wird immer schlimmer mit den Verbrechern«, sagte der Vertreter und lenkte den Wagen direkt zum Polizeirevier nach Norden. Er schaute auf die Uhr. Sie zeigte 7 Uhr 45 an.

Der Beamte vom Dienst blickte ungläubig durch die Scheibe auf die ältere Dame, die sich aufgeregt dem Empfangszimmer näherte. Sie trug ihr graues Haar kurz. Ihr Gesicht wirkte energisch. Sie sah aus wie eine Urlauberin in ihrem weißen Leinenrock und dem blauen Pulloverhemd. Sie hielt einen Schäferhund an der Leine.

»Hasso, nimm Platz!«, befahl sie dem Hund und zerrte an der Leine. Das Tier gehorchte und setzte sich mit gespitzten Ohren an die Tür. Die Alte löste die Leine und kam zum Tresen.

Der Beamte warf einen Blick auf die Uhr. Sie zeigte 8 Uhr 10.

»Mein Name ist Renninga, was kann ich für Sie tun?«, fragte er ruhig.

Die Dame holte tief Luft. »Ich komme von Hagersiel. Ich war Lehrerin«, sprach sie, »und bin pensioniert. Mein Name ist Antine Schwitter.« Sie wirkte gehetzt, atmete schwer und fuhr fort: »Ich war heute früh mit Hasso unterwegs. Wir haben die Störtebekerstraße in Hagersiel in Richtung Dornum verlassen und sind in die Weiden gegangen. Kurz vor dem landwirtschaftlichen Versorgungsweg, der zum Hof Sattelkamp führt, fand Hasso eine halb nackte Frauenleiche.« Wieder schwieg sie eine Weile und versuchte, ihren Atem zu beruhigen. »Ihr Kollege in Hagersiel war nicht anwesend«, fügte sie schließlich hinzu.

Folkert Renninga nickte. »Sie sagten Antine Schwitter, Hagersiel?«, fragte er und schaute auf.

»Vormann-Adena-Weg 25«, antwortete die pensionierte Lehrerin.

»Sind Sie mit dem Wagen hier?«, fragte der Kommissar.

»Nein. Ich habe ein Auto angehalten«, antwortete sie.

»Nehmen Sie doch bitte hier auf dem Besucherstuhl Platz«, sagte Renninga und ging zum Funkgerät, das in der Zimmerecke stand. Er benachrichtigte einen Streifenwagen. Danach rief er den Einsatzleiter an.

»Es wird gleich jemand kommen, um Sie nach Hause zu bringen«, sagte er, als er seinen Platz hinter dem Tresen wieder einnahm.

Die Kriminalpolizei residierte in Norden direkt hinter der historischen Kirche im Alten Weinhaus, nicht weit entfernt vom Kommissariat am Markt. Das imposante Gebäude war den neuen Aufgaben angepasst und entsprechend renoviert worden. Es bot vereint mit Sankt Ludgeri und den den Markt umstehenden Altstadthäusern eine bemerkenswerte Sehenswürdigkeit.

Kommissar Folkmar Hoogestraat saß an seinem Schreibtisch im Dienstzimmer und unterhielt sich mit seinem Assistenten Hilko Busker.

In Berum am Kiessee hatten Rabauken einen Rentner zusammengeschlagen, nachdem er sie wegen der Belagerung des Fahrradweges und weggeworfener Bierflaschen angemacht hatte. Sie hatten den alten Mann so zugerichtet, dass er ins Krankenhaus eingeliefert worden war.

»Der stänkerte ständig hier herum. Er nannte uns Gesindel und ließ die Luft aus unseren Rädern«, hatten sich die 15-Jährigen verteidigt.

»Die lassen sich heute nichts mehr sagen«, meinte Hilko Busker.

Folkmar Hoogestraat nickte. »Sie haben ihren ganzen Frust auf den Rentner losgelassen.«

Das Telefon unterbrach ihr Gespräch.

»Folkert Renninga«, meldete sich der Beamte am anderen Ende der Leitung. »Herr Kollege, in Hagersiel im Gelände am Ortsausgang vor der Abzweigung des Landwirtschaftswegs fand eine pensionierte Lehrerin eine spärlich bekleidete Mädchenleiche, als sie in der Frühe ihren Hund ausführte. Bienhoff und Pläsir sind bereits an der Fundstelle. Ich muss noch einen Arzt, einen Fotografen und den Bestatter benachrichtigen.«

»Wir fahren gleich los. All up Stee«, antwortete Hoogestraat, legte auf und schaute seinen Assistenten an. »Das stellt alles in den Schatten. Eine spärlich bekleidete Dame erwartet uns in Hagersiel, allerdings lebt sie nicht mehr.«

Hilko Busker ging ans Fenster und warf einen Blick auf den Marktplatz, auf dem Taxis in einer langen Schlange auf Fahrgäste warteten. Er schaute prüfend auf die wenigen ziehenden Wolken.

»Es sieht nicht nach Regen aus«, sagte er, trat an seinen

Schreibtisch und wählte den Fuhrpark an. Er bestellte bei dem Kollegen einen Wagen und legte auf.

Hoogestraat reichte ihm die Spurensicherungstasche.

»Wir können«, sagte er.

Folkmar Hoogestraat war etwas größer als der Durchschnitt und von kräftiger Statur. Er hatte ein schlankes Gesicht mit einer spitzen Nase. Sein dunkelblondes Haar trug er im Fassonschnitt. Er liebte legere Kleidung. Meistens saß er im Pullover an seinem Schreibtisch. Hoogestraat war verheiratet mit der Tochter des verstorbenen Pfarrers Mülders. Er und seine Frau Hilda hatten einen Sohn, der in Göttingen Physik studierte. Frau Hoogestraat arbeitete halbtags als Therapeutin. Der 58-jährige Beamte und seine zwei Jahre jüngere Frau wohnten in Norddeich am Kolk.

Hilko Busker war erst 33 Jahre alt. Er war bereits fünf Jahre verheiratet gewesen und lebte in Scheidung. Seine hübsche Frau hatte an Magersucht gelitten und war dann mit schweren Depressionen stationär im Krankenhaus behandelt worden. Das alles hatte Hilko Busker mit Verständnis hingenommen. Umso erstaunter hatte er reagiert, als seine Frau ihren ehemaligen Schulfreund wiedertraf, von ihm die Scheidung wünschte und nach Hamburg zog.

Hilko Busker hatte das Zeug für einen tüchtigen Beamten. Er nahm Überstunden ohne Murren hin. Er war mittelgroß, hatte eine gesetzte Figur und war ein Freund des schweißtreibenden Bodybuildings. Busker sah gut aus. Er trug sein blondes Haar kurz. Sein Gesicht war breit und wirkte männlich. Er wohnte in einer Genossenschaftswohnung am Doornkaat-Schoolmann-Platz.

Die Beamten verließen das Dienstzimmer, stiegen über die verwinkelte Treppe nach unten, überquerten die Osterstraße, gingen über den Marktplatz und betraten das Kommissariat. Auch das alte Giebelhaus zählte zu den sehenswerten Altstadthäusern.

Der Kollege vom Fuhrpark händigte ihnen den Schlüssel und die Papiere des Passats aus. Sie stiegen ein und fuhren über die Heringstraße zur Norddeicher Straße. An der Ampel bogen sie in die Ostermarscher Landstraße ab, die parallel am Deich entlang nach Hagersiel führte.

Der Badeort war schon zum Leben erwacht. Die Geschäfte waren geöffnet, und es wurden die frühen Kunden bedient. Feriengäste bevölkerten die Bürgersteige.

Die Beamten schlängelten sich im fließenden Verkehr über die Hauptstraße. Sie passierten die Kirche, fuhren am Hafen, an den Kuranlagen und den schicken Hotels vorbei zum Ortsausgang. Nach einigen hundert Metern begann das grüne Wiesenland und reichte bis zum Deich.

»Drüben auf dem Versorgungsweg steht der Wagen unserer Kollegen«, sagte Busker und wies in Richtung Deich.

Kurze Zeit später kamen auch die Beamten in Sicht.

Hoogestraat steuerte den Wagen über die Fahrbahn, passierte die Brücke über den Graben und parkte den Wagen hinter dem Streifenwagen.

Die Beamten stiegen aus, schritten durch das zum Teil abgestorbene hoch gewachsene Gras und näherten sich den Kollegen.

Dann sahen sie die Tote.

»Moin«, grüßten sie ernst.

»Nichts gegen nackte Mädchen. Aber wenn ich so was sehe, dann packt mich die Wut«, sagte Pläsir und nahm, als wolle er sich vor der Toten verbeugen, seine Uniformmütze vom Kopf.

»O Gott, die hat aber jemand zugerichtet«, meinte Busker und stellte den Spurensicherungskoffer ab.

»Heute ist Freitag. Es sieht so aus, als habe sie gestern noch gelebt«, sagte Hoogestraat.

»Wir haben uns im Umfeld umgeschaut. Wir haben nichts gefunden, was uns helfen könnte, ihre Identität zu ermitteln«, sagte Bienhoff.

»Wir räumen das Feld. Es reicht für heute«, sagte Pläsir.

Die Kollegen warfen noch einen empörten Blick auf das tote Mädchen, gingen zu ihrem Streifenwagen und fuhren davon.

»Alles spricht dafür, dass der Mörder die Tote mit einem Auto herbrachte und hier ablegte«, sagte Hoogestraat. »Sehen wir nach, ob er Schleifspuren hinterlassen hat.«

Er und Busker suchten das Gelände ab. In der Nähe der Böschung sah eine Stelle so aus, als habe dort jemand das mit Unkraut bewachsene Gras platt getreten.

»In der Nacht hat es geregnet, nicht viel«, sagte Busker.

»Man kann nie wissen«, antwortete Hoogestraat und wies auf den Versorgungsweg, über den sich ein uralter Opel Commodore näherte.

»Der Arzt«, meinte Busker.

Sie gingen zurück zu der Toten.

Es war Dr. Pitting vom Norder Krankenhaus, der zu ihnen kam, ihnen wortlos die Hand reichte, seine Arzttasche abstellte und sich neben der Leiche auf die Knie niederließ.

»Mein Gott, hat man die junge Dame misshandelt! War der Fotograf schon hier?«, fragte er und erhob sich.

»Nein, er ist angefordert. Das war ein Grundsatz in der Ausbildung. Keine Leiche ohne Dokumentation«, sagte Busker.

Sie standen im kühlen Wind. Die Luft war würzig und klar.

Sie waren entrüstet. Ein Mörder hatte zugeschlagen und den Ruf des schmucken Badeortes in Verruf gebracht.

Sie mussten nicht lange warten. Der Fotograf vom »Kurier« erschien.

Auch der gesetzte Mannhorst zeigte seine Abscheu.

»Moin, ein furchtbares Verbrechen«, sagte er betroffen. Er hantierte an seiner Kamera, die an einem Riemen um seinen Hals hing. »So, wie sie gefunden wurde?«, fragte er.

Hoogestraat nickte.

Mannhorst umschlich die Tote und schoss die Bilder, während der Verkehr auf der Küstenstraße anwuchs.

»Genügt es am Montag, Chef?«, fragte der Fotograf.

»Ja, das reicht«, sagte Hoogestraat.

Der Fotograf ging davon.

»Herr Dr. Pitting, geben Sie uns einen ersten Überblick über ihren Zustand«, sagte Hoogestraat.

Der Arzt öffnete die Medizinertasche, entnahm ihr einen weißen Kittel, zog ihn über und steckte seine Hände in Gummihandschuhe. Dann hob er den Kopf der Toten mit der Linken an, bewegte ihn behutsam und ließ ihn wieder in das Gras gleiten. Er entnahm der Tasche das Stethoskop und horchte die Tote ab. Dann reinigte er mit Gaze die Wunden im Gesicht. Er entnahm dem Opfer Blut und untersuchte es nach äußerlichen Verletzungen. Er hielt inne, streifte bedächtig die Gummihandschuhe von den Händen und blickte die Beamten an.

»Sie fand ein schreckliches Ende«, sagte er. »Die junge Frau, ich schätze ihr Alter auf etwa zwanzig Jahre, wurde geschlagen und gewürgt. Vermutlich hat man sich auch an ihr vergangen. Der Tod trat vor ungefähr zehn Stunden ein.« Er durchsuchte die Taschen der Jeansjacke. »Sie hat nichts bei sich«, murmelte er und erhob sich.

Er zog den Kittel aus. »Die Obduktion wird Genaueres zu Tage bringen«, fügte er hinzu und packte seine Tasche.

»Sie starb nicht hier im Grünen?«, fragte Busker.

Dr. Pitting zuckte mit den Schultern. »Nein, es ist anzunehmen, nicht im Freien. Sie war vermutlich schon tot, als sie hier abgelegt wurde.«

Der Leichenwagen fuhr auf den Versorgungsweg. Er parkte vor dem Passat der Beamten. Die Bestatter stiegen aus, entnahmen dem Mercedes Kombi den Sarg und trugen ihn durch das hohe Gras.

Ein makabres Bild, dachte Hoogestraat.

Die beiden Männer in den schwarzen Anzügen stellten den Sarg ab.

»Moin«, grüßten Heiko Ukema, der Bestatter, und sein Gehilfe. Sie kamen aus Norden.

»Hoogestraat, mein Kollege Busker von der Kripo und Dr. Pitting«, sagte der Kommissar. »Sie wissen Bescheid, Herr Ukema. Bringen Sie die Tote zum Kreiskrankenhaus nach Norden.«

»All up Stee! Hoffentlich schnappen Sie den Mörder und bringen ihn für immer hinter Gitter«, sagte der Bestatter.

Er und sein junger Gehilfe zogen Handschuhe über, betteten das Opfer in die Sargschale, legten den Deckel auf, nahmen die Griffe und gingen wortkarg zum Wagen.

»Meine Herren, ich schließe mich dem Wunsch des Bestatters an. Also viel Erfolg«, sagte Dr. Pitting und ging zu seinem Wagen.

Die Beamten vermaßen den Fundort und trugen die Entfernungen in eine Skizze ein. Anschließend durchsuchten sie aufmerksam das Gelände, ohne auf eine Spur zu stoßen.

Der Wind hatte aufgefrischt und fiel vom Deich her ein.

Über die Sonne schoben sich hin und wieder weiße Wolken. Die Beamten schauten sich noch einmal um, bevor sie in den Wagen stiegen.

»Ein schöner Tag, eine schöne Landschaft und dann das«, sagte Busker.

»Irgendwo war sie zu Hause. Irgendjemand wird sie vermissen«, meinte Hoogestraat.

Sie stiegen in ihren Wagen. Der Kommissar wendete und lenkte den Passat auf die Straße.

»Hatte der Täter es eilig, die Tote loszuwerden, oder verfolgte er mit der offenbar auffälligen Auswahl des Ablageplatzes einen Zweck?«, dachte Busker laut.

»Das ist schwer zu beantworten. Es ist denkbar, dass sich der Mörder für diesen Ort entschied, um uns zu täuschen«, sagte Hoogestraat.

Die Straße war sehr befahren. Die Landwirte waren bei der Heuernte. Sie behinderten mit ihren Zugmaschinen den Verkehr.

»Die ›Ostfriesen-Zeitung‹ und der ›Kurier‹ werden auch in Hagersiel gelesen. Vielleicht hat jemand Beobachtungen gemacht«, sagte Busker.

Sie näherten sich über die Ostermarscher Straße Norden. Im Auto war die Luft heiß und schwül.

»Bei dem Wetter gibt es an der Küste kein freies Zimmer«, meinte Hoogestraat.

Sie schwiegen dann. Der Kommissar dachte an morgen. Er beabsichtigte, mit seiner Frau einen Tagesausflug nach Norderney zu unternehmen. Doch immer wieder sah er die Tote vor sich. Er selbst war Vater einer Tochter.

Auch an Busker war der Einsatz nicht spurlos vorübergegangen. Er stierte durch das Seitenfenster des Wagens, ohne die Häuser wahrzunehmen, die die Straße säumten. Er schien überrascht, als Hoogestraat den Passat auf den Parkplatz fuhr.

»Packen wir es an«, sagte der Kommissar entschlossen und zog den Zündschlüssel ab.

Die Beamten stiegen aus. Busker nahm den Spurensicherungskoffer aus dem Kofferraum. Dann stiegen sie die Treppe hoch.

Es war warm im Dienstzimmer. Hoogestraat öffnete das Fenster.

»Sprechen wir zuerst mit der Staatsanwaltschaft«, sagte er, setzte sich an den Schreibtisch, nahm den Telefonhörer und wählte die ihm vertraute Nummer.

Es meldete sich eine Frau Wieben.

»Hoogestraat, Kripo Norden. In Hagersiel ist eine Leiche aufgefunden worden«, berichtete der Kommissar. »Es handelt sich um eine etwa zwanzigjährige Frau. Sie wurde vermutlich misshandelt und gewürgt. Dr. Pitting wird im Norder Krankenhaus die Obduktion vornehmen.«

»Die Herren Staatsanwälte befinden sich in einer Besprechung«, sagte Frau Wieben. »Ich notiere den Fall. Ich rufe zurück.«

»All up Stee«, erwiderte Hoogestraat und legte auf. »Hilko, schreib einen Bericht für die Zeitungen. Heute ist Freitag, dann erscheint er noch in der morgigen Ausgabe.« Der Kommissar studierte die Vermisstenliste. Es gab keinen Neuzugang.

Das Telefon läutete. Hoogestraat nahm den Hörer ab und meldete sich.

Es war Frau Wieben von der Staatsanwaltschaft Aurich.

»Augenblick, ich verbinde«, sagte sie.

»Gawor, Staatsanwalt. Herr Hoogestraat, Sie machten eine Meldung. Schicken Sie mir bitte den Bericht zu. Sie fanden keinen Anhaltspunkt für einen Rauschgiftfall und gehen davon aus, dass die Tote von einem Autofahrer abgelegt worden ist?«

»So verhält es sich. Sie lag am Rand einer Wiese. Es spricht einiges dafür, dass es sich um ein Sexualverbrechen handelt. Sie war nur bekleidet mit einer Jeansjacke. Sie hatte weder einen Slip unter dem Rock noch Strümpfe an.«

»Eine üble Sache. Montagnachmittag suche ich Sie auf. Bis dann«, sagte er und legte auf.

# 2

Claas Gawor, genauer Dr. Claas Gawor, war in Stade geboren. In Aurich arbeitete er seit mehr als zehn Jahren als Staatsanwalt. Er war das, was man einen Gemütsmenschen nannte. Er liebte gutes Essen, trank gerne Bier und schätzte Menschen, die gerne lachten. Entsprechend wölbte sich sein Bauch unter den tadellosen Oberhemden. Er hatte dunkles Haar, das er kurz geschnitten trug, und ein breites, gut aussehendes Gesicht. Er trug einen Bart. Mit seiner mittelgroßen gesetzten Figur wirkte er bullig. Er war fünfundvierzig Jahre alt. Seine Art, mit Menschen umzugehen, imponierte selbst Kriminellen.

Seine Frau Meta stand ihrem Mann nicht nach. Auch sie aß gerne und liebte Geselligkeit. Sie war eine beliebte Lehrerin an den kaufmännischen Schulen in Aurich. Sie hatte wie viele pummelige Frauen ein schönes Gesicht. Sie trug ihr dunkelblondes Haar kurz.

Meta war eine geborene de Boer. Ihre Eltern besaßen in Leer einen »Tante-Emma-Laden«. Die Gawors hatten einen prächtigen Sohn, der nach dem Abitur freiwillig zur Bundeswehr gegangen war. Die Gawors hatten in Aurich Am Pferdemarkt ein gut erhaltenes älteres Stadthaus gekauft, die unteren Räume vermietet und bewohnten die obere Wohnung, die einen herrlichen Blick auf die Altstadt bot.

An diesem Samstagmorgen hatte Meta Gawor bereits in aller Herrgottsfrühe mit ihrem Sohn telefoniert, der auf dem Kreuzer »Koblenz« der Bundesmarine fuhr, der gerade in Wilhelmshaven von einer erfolgreichen Übung eingelaufen war. Das hatte ihre Stimmung und die ihres Mannes so gehoben, dass sie daraufhin »fürstlich« frühstückten, während draußen mit der aufgehenden Sonne die Sommerhitze aufzusteigen begann.

Meta hatte den Tisch feierlich gedeckt. Sie und ihr Mann genossen die Brötchen mit Ei und Schinken und tranken dazu den würzigen Ostfriesentee. Sie sprachen über ihren Sohn, auf den sie sehr stolz waren. Nach dem Frühstück trug Meta Gawor das Geschirr zur Spüle, während Claas Gawor sich die Zeitung holte und sich in den Sessel setzte. Er warf einen Blick auf die Sonderangebote in der Wochenendausgabe. Danach studierte er die Todesanzeigen und vertiefte sich dann in den Lokalteil des »Kuriers«.

»Meta, hör mal zu«, forderte er seine Frau auf und las ihr den Bericht über die tote junge Frau vor, die eine alte Dame, die ihren Hund ausführte, gestern Morgen in Hagersiel gefunden hatte.

Die Kripo in Norden suchte Zeugen, die irgendwelche Vorkommnisse beobachtet hatten, die dazu beitragen konnten, den Fall aufzuklären. Die spärliche Bekleidung der Toten gab der Polizei Anlass, anzunehmen, dass es sich um ein Sexualverbrechen handelte. Der jungen Frau fehlte nicht nur die Unterkleidung, sondern sie führte weder Geld noch Papiere mit sich. Sie trug auch keinen Schmuck bei sich.

»Der Fall landete bei mir auf dem Schreibtisch«, sagte Claas Gawor.

»Die Welt wird immer brutaler. Damit wollen wir es heute bewenden lassen«, meinte Meta Gawor und beendete den Abwasch. »Du brauchst Abstand vom Dienst. Wenn du nichts dagegen hast, dann gehen wir gleich in die Stadt. Du brauchst dringend eine neue Hose. Ich will sehen, ob ich für mich bei Silomon einen leichten Pulli finde.«

Ihr Mann faltete die Zeitung zusammen und legte sie auf den kleinen Tisch. Er und seine Frau bereiteten sich auf den Stadtgang vor.

Anders verhielt es sich beim Ehepaar Pitting. Beide verließen nach dem Frühstück das Haus. Denn am heutigen Samstagmorgen begab sich Frau Pitting alleine zum Einkaufen in die Stadt, da ihr Mann dringend beruflichen Pflichten nachkommen musste.

Der Arzt fuhr mit seinem Wagen zum Kreiskrankenhaus nach Norden, stellte ihn auf dem Parkplatz ab und ging zum Haupteingang. Er grüßte den Pförtner, und fuhr mit dem Aufzug in die zweite Etage. Dort befand sich im Anbau sein Dienstzimmer.

Er setzte sich an seinen Schreibtisch und vertiefte sich in seine Aufzeichnungen. Dann langte er zum Telefon und bat Schwester Anna zu sich. Sie begleitete ihn zum Aufzug. Sie fuhren zusammen nach unten, begaben sich in den Leichenkeller und traten an die Bahre, auf der die Tote von Hagersiel nach durchgeführter Obduktion für den weiteren Verlauf lag.

Dr. Pitting entfernte das Leichentuch, um sich zu vergewissern, dass er in seinem Bericht nichts übersehen hatte. Schwester Anna hakte auf einer Liste die einzelnen Punkte ab. Da war einiges zusammengekommen, was die Vorstellungskraft eines normalen Bürgers weit überstieg.

Anschließend verließen der Arzt und die Schwester den gruseligen und kalten Raum, fuhren mit dem Aufzug hoch und gingen zum Dienstzimmer, in dem Schwester Anna den Obduktionsbericht für die Kripo schrieb.

Auch die Kommissare Hoogestraat und Busker verzichteten auf ihren freien Samstag. Sie saßen bereits um neun Uhr in ihrem Dienstzimmer im historischen Weinhaus und unterhielten sich, wobei sie das Telefon nicht aus den Augen ließen.

»Irgendwo lebte die Tote. Möglicherweise hatte sie Eltern, Geschwister oder einen Freund. Kein Mensch ist letztlich allein«, sagte Hoogestraat.

»Es war auch sicherlich auffällig, als in der Nacht an der wild bewachsenen Weide in Straßennähe ein Auto anhielt, um die Leiche dort abzulegen«, meinte Busker.

Die Zeitungen hatten am Morgen ihren Bericht gebracht. In der ganzen Region gab es nur ein Gesprächsthema. Nämlich die halb nackte Tote von der Landstraße. Besonders die Bürger von Hagersiel fühlten sich betroffen. Der Ort verdankte seinen Wohlstand dem wachsenden Fremdenverkehr. Dabei waren sich die Einwohner einig in der Beurteilung der Situation. Der Mörder kam nicht aus ihren Reihen! Jedenfalls war das unvorstellbar.

Doch für die Polizeibeamten hatte diese Meinung keinerlei Aussagekraft.

Sie blieben an diesem Morgen ohne Hinweise. Es gab keine Zeugen. Enttäuscht machten sie um dreizehn Uhr Feierabend.

Das schöne Wetter hielt an. In den Vorgärten der Pensionen und Hotels blühten die bunten Sommerblumen. Laubbäume spendeten Schatten, Gaststätten, Restaurants und Cafés boten den Gästen an lauschigen Ecken Tische und Stühle im Freien an, um zu verweilen.

Das Geschäft mit den Feriengästen lief zur Zufriedenheit beider Parteien. Doch die Einwohner von Hagersiel empfanden es schon beklemmend, als viele Autos den Feldweg ansteuerten, sich dort Schlangen bildeten und scharenweise Besucher das Gras an der Stelle platt traten, wo die pensionierte Lehrerin mit ihrem Hund die Tote gefunden hatte.

Am Montagmorgen schaute Hoogestraat in den klaren Himmel. Er war früh aufgestanden, hatte sich einen Cappuccino aufgebrüht und eine Schnitte gegessen, während seine Frau noch schlief.

Er hatte schlecht geschlafen und oft an die Tote denken müssen, die in der Blüte ihrer Jahre dahingerafft worden war.

Er entschied sich, mit dem Fahrrad zum Dienst zu fahren. Entschlossen schwang er sich auf den Sattel und fuhr am Kolk entlang zur Norddeicher Straße, die einen breiten Fahrradweg hatte. Der Verkehr zu den Inseln hatte bereits eingesetzt.

Heute würden sie, das hoffte er jedenfalls, mehr über das Opfer erfahren.

Das Alte Weinhaus befand sich an der Kreuzung der Norddeicher Straße mit der Osterstraße. Er fuhr auf den Parkplatz und stellte sein Rad ab. Schulbusse erreichten den Marktplatz. Der Lärm der Schüler drang an seine Ohren.

Er warf einen flüchtigen Blick auf die Kirchenwarf, stieg nach oben, betrat sein Dienstzimmer und öffnete das Fenster. Sein Kollege Busker war noch nicht anwesend. Er stellte seine Tasche ab und setzte sich an seinen Schreibtisch.

Busker betrat das Dienstzimmer. »Moin«, grüßte er.

»Moin, Hilko. Ich gehe mal davon aus, dass Dr. Pitting seinen Untersuchungsbericht fertiggestellt hat«, sagte Hoogestraat.

»Das lässt sich schnell erfahren«, meinte Busker, nahm an seinem Schreibtisch Platz und griff zum Telefon.

Hoogestraat zog das Telefonbuch aus der Schublade und blätterte.

»Kreiskrankenhaus, Osterstraße 110, Telefonnummer 181-0«, sagte er.

Busker tippte die Zahlen ein. Der Pförtner verband weiter.

»Dr. Pitting, Station II«, meldete sich der Arzt.

»Busker von der Kripo. Herr Doktor, uns treibt die Neugierde. Der Staatsanwalt hat sich angesagt«, trug der Kommissar vor.

»Eine üble Angelegenheit«, erwiderte Dr. Pitting. »Die Tote hat die Hölle kennengelernt, bevor sie ihre Augen für immer schloss.«

»Dann wird es besser sein, wir holen den Bericht ab und Sie helfen uns, falls unser Latein nicht reicht«, meinte Busker.

»Einverstanden, sagen wir um halb elf«, sagte der Arzt.

»All up Stee«, antwortete Busker und legte auf.

»Da bleibt uns noch Zeit, die Akten aufzuarbeiten«, meinte Hoogestraat.

Busker setzte sich an den Schreibtisch und legte eine Akte an, die er »Die Unbekannte von Hagersiel« beschriftete.

Sie waren innerlich sehr gespannt und blickten hin und wieder hoffnungsvoll auf das Telefon. Natürlich vergeblich. Auch nach dem Wochenende gab es keine Meldung eines Zeugen.

Um Viertel nach zehn Uhr verließen sie ihr Dienstzimmer, überquerten den Marktplatz, betraten das Kommissariat und ließen sich von einem Kollegen des Fuhrparks einen Dienstwagen aushändigen.

Sie fuhren über die Heringstraße zur Osterstraße und parkten vor dem Krankenhaus. Sie gingen zum Pförtner, der sie anmeldete. Nach ein paar Minuten holte Dr. Pitting sie ab und begleitete sie zum Aufzug. Sie fuhren in die zweite Etage und gingen zum Dienstzimmer des Arztes, das sich im Anbau befand. Pitting rückte zwei Stühle zurecht und legte den Bericht auf den Schreibtisch.

»Nehmen Sie Platz«, sagte Dr. Pitting. »Bevor Sie sich mit dem Inhalt der Seiten vertraut machen, gestatten Sie mir ein paar Vorbemerkungen. Leider haben wir keine Hinweise, wer die Tote ist, woher sie stammt und wohin sie wollte. Das herauszufinden ist Ihre Aufgabe! Der jungen Frau, ich spreche besser von einem Mädchen, hat man übel mitgespielt. Da sind als Erstes die Prellungen zu nennen, die ich als harmlos bezeichnen möchte. Die Tote hat außerdem den rechten Backenknochen gebrochen und weitere schwere Verletzungen erlitten. Ihr Körper ist gezeichnet von Biss- und Kratzwunden. Ihr Hals zeigt gefährliche Würgemale. Sie hat sich tapfer zur Wehr gesetzt, wie die Hautpartikel unter ihren Fingernägeln beweisen. Das alles geschah offensichtlich bei einer vollzogenen Vergewaltigung. Doch es kommt noch schlimmer. Die junge Frau wurde zum oralen Sex gezwungen, und nach dem vorgefundenen Sperma zu urteilen waren es mehrere, die sie gequält haben. Das alles steht in dieser Akte. Um sie zu verstehen, benötigt man keine Kenntnisse in Ärztelatein.«

Er händigte Hoogestraat den Bericht aus.

Für Sekunden herrschte Schweigen. Es gehörte nicht viel Fantasie dazu, sich vorzustellen, was für Täter hier am Werke gewesen waren.

»Meine Herren, ich muss hinzufügen, dass die Mörder das Mädchen auf brutalste Weise vergewaltigt haben«, sagte Dr. Pitting leise.

Die Beamten waren entsetzt. Sie machten ihrer Entrüstung Luft.

»Gewiss hat es immer Verbrechen und Verbrecher gegeben, doch diese geballte Brutalität gehört zu dem Schlimmsten, was man einer Frau antun kann«, sagte der Arzt.

Hoogestraat und Busker verließen das Krankenhaus und fuhren zum Alten Weinhaus. Das Gespräch mit dem Arzt war ihnen sehr nahe gegangen. Das mussten sie erst verkraften. Sie stiegen die Treppe nach oben, verrichteten schweigend ihre Arbeit und bereiteten den Besuch des Staatsanwaltes aus Aurich vor.

Das schöne Sommerwetter verlieh der Autofahrt nach Norden den Hauch eines Ausflugs. Zwar befuhren viele Urlauber mit ihren Autos zusätzlich die ländlichen Straßen, doch verglichen mit dem Großstadtverkehr machte hier das Autofahren noch Spaß.

Dr. Gawor lenkte seinen Mercedes über die Kreisstraße von Aurich in Richtung Tannenhausen. Die Fahrt führte an schmucken Siedlungen und idyllische Landschaften vorbei nach Westerholt, wo er abbog und über Hage, am Lütetsburger Schloss vorbei nach Norden fuhr.

Er hatte gut gegessen. Es hatte den Rest der Ente vom Sonntag gegeben. Er fühlte sich rundum wohl und zufrieden.

Die Kripo residierte im Alten Weinhaus, das am Fuße einer mit Grün bewachsenen und von Ziersträuchern umgebenen Warf lag. Gawor stellte seinen Wagen auf dem Parkplatz ab, warf noch einen Blick auf das alte Rathaus und betrat das Gebäude.

Das Dienstzimmer der Beamten war ausgeschildert. Er stieg die Treppe hoch, ging über den kurzen Flur und klopfte an. Er öffnete die Tür und trat ein.

Das Zimmer war einfach. An den weißen Wänden hingen einige Fotos hinter Glas. Die Karte vom Landkreis Aurich nahm den meisten Raum ein. Ein Fester stand offen und ließ den Blick frei auf den Marktplatz. An zwei gegenüberstehenden Schreibtischen saßen die Beamten.

»Moin, mein Name ist Gawor«, sagte der Staatsanwalt.

Die Kommissare erhoben sich und begrüßten den Staatsanwalt. Busker rückte den Besucherstuhl zurecht.

»Nehmen Sie bitte Platz«, sagte er.

»Danke«, antwortete Dr. Gawor und setzte sich auf den Stuhl. Er trug ein dunkelblaues Sakko, ein Oberhemd und eine Krawatte, dazu Jeans.

»Herzlich willkommen in Norden, Herr Dr. Gawor«, sagte Hoogestraat. »Leider können wir Ihnen keine Zeugen benennen, die etwas beobachtet haben. Aber umso aussagekräftiger ist der Bericht von Dr. Pitting. Wir haben für Sie bereits eine Kopie gezogen.« Er reichte dem Staatsanwalt den Bericht.

»Wenn es Ihnen recht ist, dann bereite ich einen Tee zu, Herr Staatsanwalt«, sagte Busker.

»Ja, gern, zur Aufmunterung«, antwortete Gawor und vertiefte sich in die hässliche Lektüre.

Busker verließ das Zimmer, suchte den Sozialraum auf und setzte Wasser auf. Er entnahm dem Schrank das Geschirr und trug es ins Dienstzimmer. Das Gesicht des Staatsanwaltes war ernst und zeigte eine leichte Rötung. Busker ging wieder zum Aufenthaltsraum. Der Tee hatte lange genug gezogen. Der Beamte trug die Kanne, die Sahne und den Kluntjebecher auf einem Tablett ins Zimmer. Er stellte die Kanne auf das Stövchen und schenkte erst den Tee ein, als Dr. Gawor die Seiten des Berichtes beiseitegelegt und sich mit Kluntje bedient hatte.

Sie schwiegen, schauten in die Tassen, in denen der Rahm mit dem Tee perlende Muster bildete. Dann schaute Dr. Gawor ernst auf.

»Gebe Gott, dass wir die Täter erwischen«, sagte er mit einem Stoßseufzer.

»Wir haben Erkundigungen eingezogen. Nirgendwo in Deutschland, in der Schweiz oder in Österreich wird eine junge Frau vermisst, auf die diese Beschreibung passt«, sagte Hoogestraat.

»Ich habe mir Gewissheit verschafft. Wir haben im Amtsgerichtsbezirk keine vorbelasteten Sexualtäter«, sagte der Staatsanwalt.

Durch das Fenster strömte angenehme und würzige Luft.

»Es ist merkwürdig. In der Nacht vom Donnerstag auf den Freitag geschah das Verbrechen. Heute haben wir bereits Montag«, sagte Busker. Er griff zur Zigarettenschachtel und bot sie dem Staatsanwalt an.

»Danke, das Laster habe ich mir abgewöhnt«, sagte Dr. Gawor. Er trank Tee.

Hoogestraat nahm eine Zigarette an und gab Busker Feuer. Sie rauchten und langten zur Teetasse.

»Es ist sicherlich noch zu früh, daraus die Konsequenzen zu ziehen«, sagte der Staatsanwalt und sah dem Rauch hinterher, der sich vor dem Fenster verflüchtigte. »Aber falls wir nicht weiterkommen, werden wir die Tote hier in Norden oder Hagersiel auf dem Friedhof bestatten müssen.«

Jemand klopfte an die Tür.

»Herein!«, rief Hoogestraat.

Der Reporter vom »Kurier« trat ein.

»Moin, Entschuldigung, wenn ich störe«, sagte er, »ich bringe die Fotos mit etwas Verspätung.«

»Herr Mannhorst vom ›Kurier‹. Herr Staatsanwalt Dr. Gawor«, machte Busker die Herren miteinander bekannt.

Hoogestraat nahm das Kuvert in Empfang.

»Ich danke Ihnen«, sagte er.

Der Reporter wandte sich zum Gehen.

»Warten Sie einen Augenblick, Herr Mannhorst«, sagte Gawor, »ich muss wissen, inwieweit wir für die Suche nach dem oder den Mördern die Bilder benutzen können oder ob wir frisierte Fotos benötigen.« Er nahm das Kuvert, öffnete es, schaute die Fotos durch und reichte sie dann den beiden Beamten. »Wir benötigen Bilder von der Toten, die aufschlussreicher sind, Herr Mannhorst«, sagte der Staatsanwalt. »Wir sprechen mit dem Bestatter und sagen Ihnen dann Bescheid.«

»All up Stee«, antwortete Mannhorst. »Auf Wiedersehen.«

Er verließ das Dienstzimmer.

»Wir haben keine Erfahrung. Sollen wir uns mit dem Friedhofsamt auseinandersetzen?«, fragte Busker.

»Das erledige ich von Aurich aus«, sagte der Staatsanwalt.

Busker schenkte Tee nach.

»Wir melden uns morgen früh bei Ihnen«, warf Hoogestraat ein.

Sie tranken Tee.

»Es hat keinen Sinn, die Leiche des Opfers länger auf Eis zu legen«, sagte Gawor.

Die Beamten besprachen das weitere Vorgehen, dann verabschiedete sich der Staatsanwalt und fuhr zurück nach Aurich.

Doch auch am Dienstagmorgen war nach mehreren Veröffentlichungen in den Zeitungen keine Meldung eingegangen. Daraufhin gab der Staatsanwalt die Leiche der unbekannten Toten für die Beerdigung frei.

Am Mittwoch gegen elf Uhr erfuhr die misshandelte junge Frau, die vermutlich von einem oder mehreren Tätern zu Tode gequält worden war, eine christliche Beerdigung.

Bei bedecktem Himmel und einem steifen Nordwestwind hatten sich Hoogestraat, sein Kollege Busker, der Totengräber und zwei unbekannte Feriengäste in der Kapelle des Norder Friedhofs eingefunden. Der Pfarrer formulierte einige Sätze und bat Gott, unser aller Vater, sich des Opfers anzunehmen und ihm die ewige Seligkeit zu schenken.

Wortlos schritten die Besucher zu dem ausgeworfenen Grab. Dann beteten sie ein Vaterunser. Der Pastor sprach sein »Erde zu Erde, Staub zu Staub«, segnete Grab und Sarg und warf eine Schaufel der sandigen Erde in die Gruft. Dann verabschiedete er sich.

Es ist noch hinzuzufügen, dass die Kriminalbeamten über das Ende des Falles äußerst unglücklich waren. Ihnen war es nicht möglich, den Sittlichkeitsverbrechern auf die Spur zu kommen.

Doch dann wollte es der Zufall, dass der Pastor mit einem Bekannten der Moorhoffs ins Gespräch kam und ihm von der Beerdigung der unbekannten jungen Frau erzählte, die vergewaltigt worden war.

In dem Bekannten der Moorhoffs regte sich ein leiser Verdacht. Er telefonierte mit Kommissar Hoogestraat und teilte ihm mit, dass Henry und Fenna Moorhoff auf eine Nachricht ihrer Tochter warteten.

Die Kripo blieb nicht untätig. Nachforschungen brachten jedoch keine Ergebnisse. Umso sensationeller mutete es an, als nach weiteren Wochen Frau Fenna Moorhoff aus dem benachbarten Emden bei der Kripo in Norden ihre Tochter Okka als »vermisst« meldete.

Okka Moorhoff, geboren in Emden, hatte sich am 20. Mai per Anhalter auf die Reise nach München begeben. Nachforschungen ergaben, dass Okka dort in der Jugendherberge gewohnt hatte. Danach hatte sie in der Schillerstraße eine Wohnung angemietet. Sie hatte nicht mit zu Hause telefoniert. Von der Zimmervermieterin hatte die Mutter erfahren, dass ihre Tochter eine Tour nach Österreich unternehmen wollte. Die Nachprüfungen stellten sich als richtig heraus.

Die Beschreibung der Tochter passte auf die Tote von Hagersiel. Das Fotomaterial ließ keine Zweifel aufkommen. Okka Moorhoff hatte sich, so glaubte die Kripo, per Anhalter auf der Reise von Österreich nach Emden befunden und muss, so die Annahme, kurz vor zu Hause zu ihrem Mörder in den Wagen gestiegen sein.

Henry und Fenna Moorhoff waren untröstlich. Mit Okka hatten sie ihren Lebensinhalt verloren. Sie ließen die sterblichen Überreste ihrer Tochter nach Emden überführen. Ihr Grab ziert ein bescheidener Granitstein, in dem ihr Geburts- und Sterbedatum eingemeißelt ist.

Doch von den Mördern fehlte weiterhin jede Spur. Die Kripo schöpfte jede nur erdenkliche Möglichkeit aus, den oder die schrecklichen Mörder zu überführen, was leider nicht gelang. Dazu zählte auch eine mit einer Belohnung ausgeschriebene Steckbriefaktion, die ebenso ins Leere griff wie alle übrigen Maßnahmen.

## 3

Etwa ein Jahr später horchten die Kommissare Hoogestraat und Busker auf, als sie auf privaten Umwegen von einem Verbrechen Kenntnis erhielten, das im friedlichen Hagersiel mit Abscheu betrachtet wurde, aber keine Anklage fand. Es gab Versionen dafür, dass die Opfer beziehungsweise ihre Eltern Stillschweigen bewahrten.

Die erste Deutung der Kripo lief darauf hinaus, dass es am Strand in der Nähe der Wiesen die Vergewaltigung zweier Mädchen gegeben hatte. Das Gerede verdichtete sich und war vermutlich das Produkt der Gerüchteküche oder aber – und das war fast undenkbar –, dass die Eltern, ehrwürdige Bürger der unteren Einkommensschicht, Repressalien befürchteten.

Diese nicht weiter verfolgten Straftaten erinnerten die Kripobeamten an den ungelösten Mordfall Moorhoff.

Hoogestraat und Busker besuchten in unauffälliger Kleidung das Lokal »Robinson« in Hafennähe, das gerade nicht den besten Ruf besaß. Es war eine geräumige Bierpinte mit einem langen Tresen. In der Mitte des Raumes befand sich ein Poolbillardtisch, der rege frequentiert wurde. Ein Fenster zeigte auf den Deich.

Die Wände waren mit einer verrauchten Tapete beklebt. Die Bilder amerikanischer Superstars schmückten die Wände. An einer freien Wand standen Stühle.

Das Lokal gehörte dem weithin bekannten fünfzigjährigen Fischer Freerk Sillen. Er hatte im »Robinson« das Sagen. Er bediente jedoch nur in der Pinte, wenn er nicht auf

Fang war. Dann hatte er einen Vertreter, den knapp zwanzigjährigen Suntke Fisker, der als Koch zur See gefahren war und jetzt »mal was anderes machen wollte«.

Abwechslung, das war seine Devise. Dabei spielte er mit dem Gedanken, demnächst wieder anzuheuern, wie er den Beamten erzählte, die im »Robinson« am Tresen an einem Donnerstagabend Bier tranken.

Am Tresen, nicht weit von den Kripobeamten entfernt, saß auch Markus Sattelkamp, der dreiundzwanzigjährige Sohn eines Landwirtes, der den väterlichen Hof führte. Er kümmerte sich nicht um die Gäste, sondern sprach mit seinem Nachbarn, dem zweiundzwanzigjährigen blonden Tade Gehlings, der von Beruf Dachdecker war. Ein paar Jugendliche spielten Poolbillard, die aber nicht das Interesse der Polizisten fanden.

»Noch zwei Bier«, bestellte Busker bei dem Wirt.

»Wie gehen die Geschäfte, Herr Wirt?«, fragte Hoogestraat Suntke Fisker, der die Biere zapfte.

»Zur Zufriedenheit vom Boss«, sagte Fisker. »Ich bin hier nur Angestellter. Das ›Robinson‹ gehört Freerk Sillen, besser Kapitän Sillen, dem Krabbenfischer.«

»Hier verkehrt wohl hauptsächlich die Jugend der Umgebung?«, fragte Busker.

»Irgendwo müssen sie sich ja wohl fühlen«, sagte Suntke Fisker.

Busker nickte zu den beiden Jungendlichen weiter hinten an der Theke. »Kennen Sie die Jungs?«

»Markus Sattelkamp, ein Jungbauer, und Tade Gehlings. Der ist Dachdecker. Die trinken hier öfter einen zusammen.«

»Und Fremde, ich meine Feriengäste?«, fragte Hoogestraat.

Fisker verzog den Mund zu einem abwertenden Lächeln.

»Gäste kommen gelegentlich, wenn es regnet«, erwiderte er und servierte die Biere.

Die Beamten schauten den Billardspielern zu. Sie tranken ihr Bier, zahlten dann und verließen das »Robinson«. Sie gingen zum Bus. Es war bereits dunkel geworden.

»Und?«, fragte Hoogestraat, als sie an der Haltestelle warteten.

»Dieser Sattelkamp ist meines Erachtens nicht der Typ, der Mädchen anfällt. Und auch der Dachdecker Tade Gehlings sieht nicht danach aus«, antwortete Busker.

»Außer Spesen nichts gewesen«, meinte Hoogestraat, als der Bus kam.

Sie stiegen ein und fuhren zurück nach Norden.

Es war eigenartig. Seit der Ermordung von Okka Moorhoff hatte sich das Zusammenleben der Einwohner von Hagersiel verändert. Als läge etwas Bedrohliches in der Luft, was der Stimmung Abbruch tat. Die Leute blickten sich öfter um, wenn sie miteinander sprachen.

Die Vergewaltigung der unschuldigen Mädchen hinter dem Deich im Wattenmeer hatte dazu beigetragen, dem Ruf der Jugendlichen zu schaden, die für Säufer gehalten wurden und im »Robinson« verkehrten. Ihren Äußerungen war außerdem zu entnehmen, dass sie der NPD nahe standen. Daraus machten sie auch keinen Hehl.

Feststand, dass sie in der Einwohnerschaft für Empörung gesorgt hatten, doch niemand wagte es, die Sittenstrolche zur Verantwortung zu ziehen. Sicherlich hatten die beiden jungen Männer sich bisher nichts zuschulden kommen lassen, doch sie gehörten zu einer Gruppe von Jugendlichen, die wegen ihrer zum Teil obszönen Lieder und Bemerkungen von vielen verachtet wurden. Sie verkehrten im »Robinson«, das von den Erwachsenen sowieso gemieden wurde und auch bei der intelligenteren Schicht der jungen Leute keinen Anklang fand. Hinzu kam, dass auch der Kapitän Sillen und seine zweite Hand, der Schiffskoch Suntke Fisker, im Verdacht standen, zu den Wählern der NPD zu zählen, denn es hieß, dass der Kapitän es duldete, dass in seinem Lokal nationalsozialistisches Liedgut gesungen wurde. Dabei war besonders auffällig, dass sich die Jugendlichen häufig im Ton vergriffen und es Frauen gegenüber an Respekt fehlen ließen.

Natürlich rief das den Unmut in der Bevölkerung hervor, doch Kapitän Sillen spielte die Sache herunter und schenkte der Kritik kein Gehör. Sein Argument lautete: »Auch die Jugend braucht einen Platz in einem Ort, der vom Fremdenverkehr lebt.«

Damit forderte er die Gegenseite heraus. Es gab genug Anhänger der bürgerlichen Parteien, die das anders sahen. Ihre Forderungen gingen so weit, das »Robinson« abzureißen und einen Neubau zu erstellen, der den jungen Leuten genügend Raum für ihre Zusammenkünfte bot, aber unter Aufsicht, damit weder Drogen- noch Alkoholmissbrauch stattfand.

Das Gemunkel blieb nicht auf Hagersiel beschränkt, sondern fand auch in den Gesprächen in den Nachbargemeinden Niederschlag.

Kommissar Hoogestraat saß am frühen Morgen an seinem Schreibtisch in seinem Dienstzimmer und hatte die Post entgegengenommen. Er hielt eine Postkarte in der Hand. Der Text war mit der Schreibmaschine geschrieben. Sie war in Jever abgestempelt.

Er las, dass der unbekannte Absender einen Dodo Panzinga aus Hagersiel schwer belastete. Wie der Denunziant mitteilte, habe der einundzwanzigjährige ehemalige Gymnasiast, der jetzt als Taxifahrer in Aurich beschäftigt war, am Freitag nach dem Mord an Okka Moorhoff ein stark zerkratztes Gesicht gehabt. Er habe sich in der Nacht vom Donnerstag auf Freitag nachweislich im »Robinson« aufgehalten.

Hoogestraat stand auf und trat an das Fenster. Er schaute in den wolkigen Himmel. Das Wetter sah nach Regen aus. Seit Tagen war kein Tropfen mehr auf die trockenen Felder gefallen.

Die Schulbusse erreichten den Markt. Die Schüler stiegen johlend aus und gingen zu den Schulen.

Der Kommissar verließ das Fenster, schritt an den Eisenschrank, nahm die Akte »Moorhoff« heraus, trug sie zum Schreibtisch und nahm Platz. Er schaute auf, als Busker das Dienstzimmer betrat.

»Moin, es gibt anderes Wetter«, sagte sein Assistent.

»Für die Bauern und auch meinen Garten tut er gut«, sagte Hoogestraat und fuhr fort: »Hilko, erinnere dich an unseren Bierabend im ›Robinson‹. Heute meldet sich einer und erinnert an das ermordete junge Mädchen. Er beschuldigt einen der Gäste.«

»Warum kommt er erst jetzt damit?«, fragte Busker, nahm am Schreibtisch Platz und las den Text der Karte.

»Es sieht fast so aus, als wäre etwas dran an dem Gemunkel«, meinte Hoogestraat.

»Ein alter Ostfriesenname, Dodo Panzinga. Keine Anschrift«, sagte Busker und griff zum Telefonbuch. »Hagersiel, Dr. Panzinga, Praktischer Arzt, Am Mühleneck 25«, las er.

»Die Dirn liegt schon einige Monate in Emden auf dem Friedhof. Dennoch können wir die Karte nicht einfach zu den Akten legen«, meinte Hoogestraat nachdenklich.

»Folkmar, wenn er ein Gast des ›Robinson‹ war, müssen wir ihn uns anschauen. Ich rufe in der Praxis an«, sagte Busker und langte zum Hörer. Er wählte die Nummer.

»Praxis Dr. Panzinga, Schönfeld«, vernahm er. Es war eine junge Frauenstimme. Vermutlich die Sprechstundenhilfe.

»Frau Schönfeld, mein Name ist Busker. Ich hätte gerne in einer dringenden Angelegenheit Herrn Dodo Panzinga gesprochen«, sagte Busker.

»Versuchen Sie es ab vierzehn Uhr noch einmal, dann ist er zu Hause. Er wohnt bei seinen Eltern«, sagte die Praxisangestellte.

»Das werde ich. Danke«, antwortete der Beamte und legte auf.

»Klare Sache, wir fahren heute Nachmittag raus«, sagte Hoogestraat. »Bestell im Fuhrpark einen Wagen.« Er fertigte eine Aktennotiz an.

Die Beamten verließen nach halb zwei das Alte Weinhaus, überquerten den Marktplatz und betraten das Polizeikommissariat. Sie suchten den Fuhrpark auf, ließen sich Papiere und Schlüssel eines Wagens geben. Sie stiegen ein und fuhren über die Heringstraße, an St. Ludgeri vorbei und bogen in die Norddeicher Straße ein.

Wegen des schlechten Wetters hielten sich kaum Urlauber am Strand auf. Viele waren in die Stadt gefahren oder unternahmen eine Küstenfahrt. Das hatte zur Folge, dass die Straßen sehr befahren waren.

Die Beamten standen nicht unter Zeitdruck. Pausenlos trommelte der Regen auf das Dach des Passats. Der Blick aus dem Wagen war trostlos. Dunkle Wolken zogen über den Deich in das Küstenvorland. Das Buntvieh hatte sich zusammengerottet, um sich vor dem Regen zu schützen. Das aufkeimende Getreide wiegte sich im böigen Wind.

»Warum rückt der unbekannte Kartenschreiber erst jetzt mit dem Hinweis heraus?«

»Vielleicht ist es auch eine sie«, sagte Busker.

»Dieser Dodo Panzinga weiß vielleicht darauf eine Antwort. Was soll es? Wir müssen mit ihm sprechen«, meinte Hoogestraat.

Die Straße führte am Deich entlang über Ostermarsch, Junkersrott, Theener und Dornum nach Hagersiel. Vereinzelt belebten Feriengäste in ihren gelben Regenmänteln die Straße.

Die Mühle im Ortskern war weit sichtbar. In der Nähe entdeckten sie das wuchtige Klinkerhaus, in dem der Arzt seine Praxis unterhielt.

Sie parkten den Passat auf dem Mühlenplatz zwischen den übrigen Wagen. Urlauber betraten durch das große Tor die Mühle.

»Wo sollen sie auch bei dem Wetter hin«, sagte Hoogestraat.

Der Wind wehte ihnen den nassen Regen entgegen.

Busker betrachtete das weiße Praxisschild.

»Verzichten wir auf den privaten Eingang«, sagte Hoogestraat und öffnete die grüne Tür, auf der Praxis stand. Sie traten ein. Der große Raum wurde von einem Tresen geteilt, hinter dem eine Angestellte stand und sie fragend anblickte. Sie trug einen weißen Kittel.

»Moin«, grüßte sie.

»Moin, wir haben die falsche Tür erwischt«, sagte Hoogestraat und lächelte höflich.

»Zu wem wollten Sie denn?«, fragte sie höflich.

»Zu Herrn Dodo Panzinga«, antwortete Busker.

»Sie hatten angerufen?«, fragte sie.

Der Kommissar nickte.

»Gehen Sie wieder zurück, dann um das Haus, da befindet sich die Privatwohnung«, sagte sie und lächelte.

»Haben Sie schönen Dank«, antwortete Busker.

Sie verließen die Praxis, gingen um das Haus und kamen zu einem hübschen Vorgarten, den ein Zaun mit einer Tür eingrenzte.

Sie bedienten die Klingel. Auf dem Rasen standen Pfützen. Von den Rosensträuchern tropfte der Regen.

Ein Summton ertönte. Die Beamten öffneten die Gartentür und gingen zur kunstvollen Eingangstür. Ein Dach schützte sie vor dem Regen.

Die Tür wurde geöffnet. Ein junger Mann stand vor ihnen und blickte sie skeptisch an. Er war vollschlank und gedrungen. Er hatte ein breites Gesicht, das den Eindruck eines unzufriedenen Menschen machte. Sein dunkles Haar war schulterlang. Er trug ein verblichenes Jeanshemd, eine Jeanshose und Sandalen.

»Sie haben sich sicherlich verlaufen«, sagte er und verzog verächtlich den Mund.

»Wenn Sie Dodo Panzinga sind, dann sind wir hier richtig«, sagte Busker.

»Der bin ich. Aber ich habe nichts bestellt und keinen eingeladen«, gab er unfreundlich von sich.

»Auch wir finden das Wetter echt beschissen, Herr Panzinga«, sagte der Kommissar. »Trotzdem sind wir zu Ihnen gekommen, um mit Ihnen zu reden. Mein Name ist Hoogestraat, das hier ist mein Kollege Busker. Wir sind von der Kriminalpolizei.«

Den jungen Mann traf ein Schrecken. Seine Augen weiteten sich. Doch dann hatte er sich wieder voll und ganz unter Kontrolle.

»Ich weiß zwar nicht, was Sie von mir wollen, doch kommen Sie bitte rein. Ich wohne hier oben«, sagte er und hielt die Tür offen.

Dann ging er vor. Sie folgten ihm über die Treppe nach oben. Die Stufen bestanden aus Bruchsteinen. An der Wand hingen Aquarelle. Auf dem Flur lagen echte Teppiche. An die Tür war ein Hufeisen genagelt.

»Treten Sie näher«, sagte er, setzte sich auf eine Liege und zeigte auf eine Sesselgruppe.

An den Wänden klebten Plakate amerikanischer Jazzmusiker neben weiteren Aquarellen. Auf einem Schreibtisch lagen beschriftetes Notenpapier und eine Gitarre.

»Reden wir nicht lange drum herum, Herr Panzinga«, sagte Hoogestraat. »Wir hätten von Ihnen gerne gewusst, wo Sie sich am Abend, als die junge Okka Moorhoff ermordet und hier am Ortsrand abgelegt wurde, aufgehalten haben.«

Dodo Panzinga verzog das Gesicht und griff mit der Rechten an den Kopf, als denke er nach.

»Das ist schon eine Weile her. Warum wollen Sie das von mir wissen?« Er lehnte sich zurück und legte die Arme übereinander.

»Weil es einen Menschen gibt, der behauptet, Sie hätten am Tag nach dem Mord ein völlig zerkratztes Gesicht gehabt. Das gibt uns deshalb zu denken, weil wir wissen, dass Okka Moorhoff sich zur Wehr gesetzt hat«, trug Busker vor.

Panzinga verzog angewidert sein Gesicht.

»Finden Sie das nicht unverschämt? Sie kommen hierher mit solchen Anschuldigungen«, sagte er empört, stand auf, griff zur Gitarre und schlug einen Akkord an.

»Sie haben auf unsere Frage noch nicht geantwortet«, sagte Hoogestraat.

Panzinga legte die Gitarre wieder auf den Tisch. »Sie werden lachen. Ich war nicht der Einzige, der spät abends mit Blessuren Richtung Heimat ging. Kennen Sie die Kneipe ›Robinson‹ hier am Hafen? Da bin ich in eine Schlägerei verwickelt worden.«

»Das klingt glaubhaft. Wir nehmen an, dass es Zeugen gibt«, antwortete Busker.

»In dem Scheißkaff gönnt der eine dem anderen nichts. Ich baue eine Band auf«, sagte Panzinga mit Stolz.

»Entschuldigen Sie die Störung. Haben Sie vielleicht einen Tipp für uns?«, fragte Hoogestraat.

»Woher? Den Übeltäter finden Sie nicht in diesem Nest«, erwiderte Panzinga und öffnete die Tür.

»Moin«, grüßten die Beamten und verließen das Haus. Sie gingen durch den Regen zum Wagen und stiegen ein.

»Für ein Bier ist es noch zu früh, aber einen Kaffee würde ich nicht ablehnen«, meinte Busker.

Hoogestraat startete den Passat, verließ das Mühleneck und lenkte den Wagen in Richtung Hafen.

»Trinken wir im ›Robinson‹ eine Tasse Kaffee«, sagte Hoogestraat.

Von Weitem sahen die Beamten die Kutterflotte, die fest vertäut im Hafen lag. Erst in wenigen Stunden liefen sie zum Fang aus. Über die Kaianlage spazierten Urlauber im nachlassenden Regen.

Seitlich vom »Robinson«, dicht am Deich, stellten die Beamten ihren Wagen ab, gingen über den kleinen Platz und betraten die Pinte.

Am Tresen saßen einige junge Männer und tranken Bier. Sie schauten gelangweilt auf. Einige Jugendliche umlagerten den Billardtisch. An den Fenstertischen saßen ältere Feriengäste.

Suntke Fisker stand hinter dem Tresen und hatte die

Hände aufgestützt. Er grüßte freundlich. Es war ihm anzusehen, dass er sie wiedererkannte.

Die Beamten setzten sich an einen freien Tisch in der hinteren Ecke. Der Lärm hielt sich in Grenzen. Der Wirt trat an den Tisch und lächelte unverbindlich.

»Suchen Sie auch Schutz vor dem Regen?«, fragte er.

»Zwei Kännchen Kaffee – und wenn Sie Zeit haben, bitten wir sie zu einem Gespräch«, sagte Hoogestraat.

»All up Stee«, antwortete Suntke Fisker und verließ den Tisch.

Busker zeigte auf cin Plakat, das die Wand schmückte. »Das ist Bud Spencer, den sehe ich immer noch gern«, sagte er.

»Da hat Dodo Panzinga Glück gehabt, dass der Westernheld nicht hier war. Der hätte sie alle ungespitzt in den Boden gehauen«, sagte Hoogestraat und lachte.

»Film und Wirklichkeit«, meinte Busker.

Hoogestraat legte die Zigarettenschachtel auf den Tisch. »Jetzt haben wir lange genug geschmachtet«, sagte er.

Fisker servierte den Kaffee. »Ich komme in etwa zehn Minuten zu Ihnen«, sagte er und ging.

Das Gedeck war sauber, und der Kaffee schmeckte wider Erwarten gut.

Suntke Fisker war ein kräftiger Mann mit breiten Schultern, Bauchansatz und kräftigen Armen. Er trug eine Lederhose, ein blaues Oberhemd mit Stehkragen und eine Brauereischürze. Sein volles Haar war kurz geschnitten.

Die Beamten steckten sich eine Zigarette an und tranken Kaffee.

Dann setzte sich der ehemalige Schiffskoch zu ihnen an den Tisch.

»Sie sehen nicht aus, als wollten Sie mir Teppiche verkaufen«, sagte er, griff in die Hemdtasche, nahm ebenfalls eine Zigarettenschachtel hervor und legte sie vor sich auf den Tisch. Er ließ sich von Busker Feuer reichen.

»Wir wollen Ihnen nichts verkaufen. Wir wünschen von Ihnen nur eine Auskunft«, sagte Hoogestraat.

»Na los, dann fragen Sie schon«, erwiderte Suntke Fisker und blies den Rauch aus.

»Sie erinnern sich an den schrecklichen Mord. Eine Lehrerin fand die tote Dirn aus Emden hier in Hagersiel«, sagte Hoogestraat.

»Hören Sie auf. Das geht mir heute noch durch Mark und Bein«, sagte Fisker und schüttelte sich.

»War an diesem Abend bei Ihnen etwas Besonderes los?«, fragte Busker.

Suntke Fisker schaute gegen die Decke. Dann blickte er die Beamten an. »Bei mir war der Teufel los. Segler waren gekommen und hatten sich mit den einheimischen Gästen angelegt. Es gab eine wilde Keilerei.«

»Damit ist unsere Neugierde schon befriedigt«, meinte Hoogestraat und griff nach seiner Geldbörse.

»Würden Sie mir anvertrauen, wer Sie sind und warum Sie das interessiert?«, erwiderte der Wirt misstrauisch.

»Wir sind von der Kripo Norden und recherchieren im Mordfall Okka Moorhoff«, sagte Busker.

Der Wirt schaute für Sekunden mit traurigem Gesicht auf den Tisch.

»Da liegen Sie auf dem falschen Sofa! Weiß Gott, wer die hergekarrt hat«, sagte er schließlich mit abfälliger Miene und nahm von Hoogestraat den Zwanzig-Euro-Schein entgegen.

»Das stimmt so«, meinte der Kommissar.

»Danke, beehren Sie uns bald wieder – und viel Erfolg«, sagte Suntke Fisker und verließ den Tisch.

Die Beamten tranken in Ruhe den Kaffee.

»Dann hat Dodo Panzinga die Wahrheit gesagt«, sagte Busker.

»Schade, dass wir nicht wissen, wer die Karte geschrieben hat«, meinte Hoogestraat.

Sie erhoben sich, winkten dem Wirt zu und verließen die Kneipe.

Es nieselte nur noch. Hoogestraat und Busker stiegen in den Passat und fuhren zurück nach Norden. Sie parkten vor dem Alten Weinhaus, stiegen aus und suchten ihr Dienstzimmer auf.

»Es ist zum Verrücktwerden! Nicht die geringste Spur«, schimpfte Hoogestraat.

»Ich protokolliere den Ausflug nach Hagersiel und die Gespräche mit Dodo Panzinga und Suntke Fisker«, sagte Busker und setzte sich an den Computer.

Hoogestraat griff zum Telefonhörer und wählte die Nummer der Staatsanwaltschaft. Die Angestellte stellte durch.

Dr. Gawor meldete sich.

»Leider war da nichts drin, Herr Staatsanwalt«, sagte Hoogestraat. »Der besagte Arztsohn war nach eigenen Angaben in eine Schlägerei verwickelt worden. Der Wirt, genauer der Angestellte und Vertreter des Inhabers, der die Pinte ›Robinson‹ führt, hat das bestätigt.«

»Wir können es nicht ändern. Ich habe morgen in Ihrer Nähe zu tun. So gegen elf Uhr schaue ich rein«, sagte Dr. Gawor.

»All up Stee«, erwiderte Hoogestraat und hängte ein.

# 4

Suntke Fisker hatte eigentlich eine schöne Kindheit. Er war das einzige Kind der Eheleute Wanda, geborene Bakker, und Tido Fisker, die in Hagersiel auf dem Alten Postweg wohnten. Suntkes Großvater war nach dem Krieg auf einem Heringslogger der Emder Flotte gefahren und hatte als Seemann die Härte des Matrosendaseins erfahren. Das hatte seinen Sohn Tido nicht davon abgehalten, zur Bundeswehr zu gehen und bei der Marine anzuheuern.

Seine Frau Wanda kam aus Wilhelmshaven. Sie hatte Bürokauffrau gelernt und vor der Eheschließung bei den Wilhelmshavener Verkehrsbetrieben gearbeitet. Sie und der forsche Maat waren ein schönes Paar, das sich liebte und schließlich die Ehe einging.

Zuerst starb Oma, dann Opa Fisker. Er hinterließ Tido und seiner Frau Wanda das alte Klinkerhäuschen in Hagersiel. Nach einer gründlichen Renovierung zog Tido mit seiner Frau auf dem Alten Postweg ein. Frau Fisker bekam eine gut dotierte Arbeit bei der Baustoffgroßhandlung »Kü-Gro« und trug damit zu einem bescheidenen Wohlstand bei. Dann wurde Wanda schwanger und gebar einen prächtigen Jungen. Sie nannten ihn Suntke.

Doch dann geschah das schier Undenkbare. Tido Fisker, ein durchtrainierter Sportler, ein Mann, der kein Gramm Fett zu viel am Körper hatte, wurde während einer Tieffliegerübung auf der Ostsee das Opfer einer Gehirnblutung, an der er verstarb.

Suntke war schon vier und hatte seit diesem Vorfall seinen Papa stets vermisst. Auch Wanda Fisker hatte den frühen Tod ihres geliebten Mannes nicht verwunden. Sie war ihrem Tido über den Tod hinaus treu geblieben und hatte sich ganz der Erziehung ihres Sohnes gewidmet.

Suntke besuchte anfangs den Kindergarten. Als er in die Schule kam, fand Wanda Fisker bei der Baustoffgroßhandlung eine Anstellung für halbe Tage, wobei die Firma sehr großzügig verfuhr. Die alleinerziehende Mutter geriet immer mehr ins Abseits, da sie jede Art von Geselligkeit mied.

Diese ausgeprägte Einseitigkeit beeinflusste selbstverständlich auch die Erziehung ihres Kindes. Suntke entwickelte sich gut, er war gesund, aber dem Jungen fehlte der Vater. Er geriet in Gefahr zu verweichlichen. Suntke hatte etwas Weibisches an sich. Selbst seine Gesichtszüge wirkten weich, doch es muss betont werden, dass er nie zur Homosexualität neigte. Als kleiner Junge verlangte er oft nach der großen Puppe der Mama, die Wanda Fisker zur Erinnerung an ihre eigene Kindheit im Schlafzimmer auf einem Bord abgestellt hatte. Das hatte zur Folge, dass der Junge auch lieber mit Mädchen spielte. Dabei akzeptierten ihn die Spielgefährtinnen jedoch auffälligerweise in der Knabenrolle.

Während der Grundschuljahre fiel Suntke einmal wegen seiner pingeligen Genauigkeit auf, andererseits fehlte ihm der Drang, eine Sache zu erledigen. Er wartete bei der Erledigung irgendwelcher Aufgaben stets auf die Impulse seiner Mitschüler. Daran änderte sich auch in den späteren Schuljahren nichts. Suntke war und blieb ein Träumer, der die hervorragende Eigenschaft besaß, sich über nichts aufzuregen. Die Aufgaben, die ihm gestellt wurden, erledigte er gewissenhaft, ließ sich durch nichts aus der Ruhe bringen, auch nicht durch schlechte Zensuren.

Diese Umsicht und Sorgfalt prägten ihn auch privat. Er sah blendend aus, wirkte stets gepflegt und bewegte sich mit gezierten, aber harmonischen Bewegungen. Es war deshalb nicht verwunderlich, dass Suntke Fisker nicht in das obere Drittel der Leistungspyramide gelangte, aber genauso nicht zu den Schülern des unteren Drittels zählte.

Nach dem Besuch der Hauptschule meldete seine Mutter ihn in der zweijährigen Handelsschule an, die er erfolgreich durchlief und mit dem Zeugnis der mittleren Reife beendete. Gerechterweise muss hinzugefügt werden, dass damals nur wenige Schüler das Gymnasium besuchten und der Besuch der Handelsschule eine Qualifikation darstellte. Zwar hätte Wanda Fisker gerne gesehen, ihr Sohn würde sich für eine Lehre bei der Verwaltung oder eine Banklehre entscheiden, aber Suntke besaß eigene Vorstellungen. Er wünschte Koch zu werden.

Wanda Fisker leistete Hilfestellung bei der Suche nach einer passenden Lehrstelle. Ihre Ansprüche waren hoch gesteckt. Zwar lagen Suntke einige Angebote aus Hagersiel vor, doch er wünschte sich Abstand zu seiner Mutter. Andererseits war die Bindung zu ihr zu stark für eine zu weite örtliche Trennung.

Das Arbeitsamt wies ihm Lehrstellen im Kölner und Düsseldorfer Raum nach. Wanda Fisker hatte nichts dagegen, im Gegenteil, sie begrüßte die Entscheidung ihres Sohnes, als er sich entschloss, in Ostfriesland zu bleiben und einen dreijährigen Lehrvertrag im renommierten Vier-Sterne-Haus »Regina Maris« auf der Insel Baltrum abschloss.

Die Ausbildung sah fünf Arbeitstage im Betrieb und einen Berufsschultag in Emden vor. Dabei war es nicht angebracht, die Stunden zu zählen, die über die reguläre Arbeitszeit hinausgingen. Dafür hatte er im Januar und Februar insgesamt fünf Wochen frei.

Selbstverständlich war es seine Pflicht, auch bei den Renovierungsarbeiten mit anzupacken. Der Lehrherr, seine Frau und selbst die Söhne, die eine Internatsschule besuchten, waren sehr sympathisch und hilfsbereit. Oft erhielt Suntke einen freiwilligen Beitrag zur Ausbildungsvergütung.

Suntke bewohnte eine zehn Quadratmeter kleine Dachkammer mit Schrägen. Er war rundum zufrieden. Er lernte sehr viel, und im »Regina Maris« wurden auch exotische Speisen serviert. Das Einzige, was ihn beunruhigte, das war sein Verhältnis zu den Mädchen. Er hatte sehr hübsche Kolleginnen im Hause, doch auch sonst gab es auf der Insel schöne Frauen, besonders im Sommer. Suntke tat sich schwer, mit ihnen zu reden, selbst wenn es um dienstliche Belange ging. Gewöhnlich stieg Röte in sein schönes Gesicht, oft verfiel er dabei in ein Stottern. Das hatte zur Folge, dass Suntke die direkte Nähe zu den Mädchen mied, sich aber aus sicherem Abstand an ihnen erfreute. Er kannte sie beinahe alle, die wie er auf der Insel arbeiteten.

Selbstverständlich unterhielt der junge Mann auch freundschaftliche Kontakte zu Arbeitskollegen, und nicht selten kam es vor, dass sie das Thema »Mädchen« mit Details »durchkauten«. Sexuelle Erfahrungen mit Mädchen besaßen zwar nur wenige, aber im Gegensatz zu Suntke waren sie geradezu erpicht, das zu ändern. Das endete oft vor dem Standesbeamten. Natürlich verlief diese Partnersuche nicht immer glücklich. Es gab auch Tränen, wenn die Liebe nicht erwidert wurde oder wenn der moralische Druck die jungen Leute zwang, bei einem Malheurchen zu heiraten.

Diese Geschehnisse liefen an Suntke Fisker vorbei. Stets

bemüht wie ein Spanner, mit seinen Blicken zu erhaschen, was seine Fantasie über Gebühr anregte. So trieb es ihn im Sommer, wenn es seine Zeit und die Umstände erlaubten, am Strand der Insel in die angrenzenden Dünen, um aus dem sicheren Versteck Mädchen zu beobachten, wenn sie mussten, oder in der Dunkelheit Pärchen zu beobachten, wenn sie sich ungezwungen der Liebe hingaben.

Wanda Fisker hatte mit ihrer Erziehung ganz gewiss dazu beigetragen, ihren Sohn zu verunsichern. Der frühe Tod ihres Mannes und die anschließenden existenziellen Sorgen hatten sie verhärtet. Sie hatte sich ganz ihrem Sohn gewidmet, was dazu geführt hatte, dass die Mutter im fortgeschrittenen Alter in allen Mädchen eine Gefahr für ihren hübschen Suntke sah. Dabei waren ihr seine femininen Züge nicht als störend aufgefallen.

Suntke hatte es auch während seiner Lehrzeit auf Baltrum nicht über das Herz gebracht, mit seiner Mama ein klärendes Gespräch zu suchen.

Als Suntke Fisker die Lehrabschlussprüfung in Emden mit dem Ergebnis im Praktischen mit »sehr gut« und im theoretischen Teil mit der Note »befriedigend« ablegte, sah alles danach aus, als trete er als glücklicher, strahlender und gesunder junger Mann ins Berufsleben ein. Doch hinter dem strahlenden Lächeln des hübschen Jungkochs verbargen sich ängstliche Zweifel, die dazu führten, dass Suntke Fisker mit Begeisterung zuschlug, als der Autofrachter »European Cars« in Emden tausend Volkswagen für Singapur an Bord nahm und ohne Koch kurz vor der Abfahrt stand. Ein Sturz von der Treppe machte für den Schiffskoch einen Krankenhausaufenthalt notwendig.

Suntke Fisker ging an Bord. Seine Einstellung galt als ein Glücksfall. Er machte seine erste Fahrt als Seemann.

Es gehörte schon eine Portion Mut und Selbstvertrauen dazu, so mir nichts dir nichts vom Viersternehotel an Bord eines Riesenfrachters umzusteigen. Mehr noch, für Suntke Fisker war es der Versuch, dem Einfluss seiner Mutter zu entfliehen und den bohrenden Gedanken an das andere Geschlecht zu entkommen.

Er meisterte die an ihn gestellten Aufgaben und war sowohl bei der philippinischen Mannschaft als auch bei den deutschen Offizieren sehr beliebt. Außerdem ließ ihm sein Job Zeit genug, ohne Ablenkungen über seine Zukunft nachzudenken.

Die Reederei unterbreitete Suntke Fisker nach Ablauf der Probezeit, während sie in japanischen Gewässern schwammen, ein Angebot, weiterhin als Koch auf der »European Cars« zu arbeiten. Die Bezahlung war verlockend. Suntke Fisker stimmte zu.

Wanda Fisker war mit Recht stolz auf ihren Sohn, der als weit gereister Fahrensmann jeweils nach neun Monaten Dienst an Bord drei Monate an Land ausspannen durfte. Dabei akzeptierte sie es mit Freuden, dass der Sohn während seiner Ferien bei ihr wohnte, sich verwöhnen ließ und dem Kutterkapitän Freerk Sillen beistand, nebenbei seine Gaststätte »Robinson« zu führen. Wanda Fisker störte es nicht, dass die Pinte mehr ein Jugendlokal war und ihr Sohn sich Frauen immer noch nicht zu nähern wagte.

Freerk Sillen hatte jahrelang in Hagersiel als vermögender und angesehener Mann gegolten. Ihm hatte der historische Dorfkrug gehört, vor dem eine 450 Jahre alte Buche steht, in deren Schatten an Sommertagen noch heute Urlauber verweilen. Seine Frau stammte aus Norddeich und hatte einen weiteren Kutter mit in die Ehe gebracht. Zudem gehörte ihm das Hotel Norder Hof auf Langeoog.

Freerk und seine Frau führten eine glückliche Ehe. Sie hatten einen Sohn, der aus nicht klar ersichtlichen Gründen zur Schwermut neigte und sich als Schüler des heimischen Gymnasiums zwischen Norderney und Langeoog ertränkte. Die in den Augen des Betrachters sinnlose Tat hatte Folgen. Frau Jacoba Sillen erkrankte nach einem Jahr unheilbar an Krebs und verstarb.

Diese Schicksalsschläge brachten den aufrechten Fischer an den Rand der Verzweiflung. Freerk Sillen war knapp über vierzig, als er nach seinem Sohn auch seine Frau verlor. Es war eine große Beerdigung, vielleicht die eindrucksvollste, die Hagersiel je erlebt hatte.

Aufrecht, mit knochigem, ernstem Gesicht, im dunkelblauen Tuchmantel der Fischer und mit einem weißen Schal gegen den schneidenden Wind war er hinter dem Sarg gegangen, den Blick auf die Blumen und Kränze gerichtet, als hätte seine Jacoba sich dort versteckt. Als der Kutscher das Gefährt in der Nähe der ausgehobenen Grube zum Stehen brachte, die Sargträger die Kränze und Blumengebinde auf die sandige Erde legten, folgte sein Blick den Sargträgern, die mit weiß behandschuhten Händen die Griffe packten, den Sarg vom Fuhrwerk hoben und ihn neben die Grube stellten.

Freerk Sillen vergoss keine Träne. Er überragte die meisten der Friedhofsbesucher. Er vernahm die Stimme des Pastors. Erst als die Sargträger die Seilenden bedienten und den Sarg absenkten, ging ein Ruck durch den kräftigen Mann. Tränen nässten sein Gesicht.

Der Pastor griff zur Schaufel, ließ sandige Erde auf den Sarg fallen.

»Erde zu Erde und Staub zu Staub«, sagte er und machte Platz.

Der Fischer ließ einen Strauß Rosen in die Grube fallen, nahm vom Pastor die Schaufel, füllte sie mit Erde und ließ sie bedächtig in die Grube fallen. Dann nahm der Kirchenchor inbrünstig Abschied von einem lieben Menschen.

Zum Leichenschmaus waren viele in den Saal des Dorfkruges gekommen, um mit Tee und Butterkuchen dem Übergang der Seele der Verstorbenen vom Irdischen in das Reich Gottes zu gedenken.

Wie hatte sich der Pastor am Grabe von Jacoba Sillen ausgedrückt? »Der himmlische Vater lässt niemanden allein.«

Über die Worte nachzudenken fehlten Freerk Sillen die Zeit und die Musse. Hunderte Hände hatte er geschüttelt, immer wieder über die Krankheit seiner Frau gesprochen. Darum war er heilfroh, als die letzten Trauergäste das Lokal verlassen hatten.

Als er nach Hause ging, war ihm frostig. Die prallen Wolken sahen nach Schnee aus. Hagersiel kam ihm fremd vor. In wenigen Wochen begann die Fangsaison. Bis dahin musste er sich gefangen haben. Er ging über den Fährweg und bog auf den Alten Fischerpfad ein. Kalt und abstoßend wirkten die spitzwinkeligen Häuser mit den knochigen Bäumen und hohen Hecken auf ihn.

Als er sein Haus erreichte und die Tür aufschloss, blieb er einen Moment stehen, als wolle er Jacoba den Vortritt lassen. Er betrat die unaufgeräumte Wohnung, hängte die Prinz-Heinrich-Mütze, den Schal und den Mantel an die Garderobe, stellte die Heizung hoch, nahm im Wohnzimmer in einem Sessel Platz und dachte an Jacoba. Er schloss die Augen und formte mit seinen Lippen ein Gebet.

Nach einer Viertelstunde blickte er über den Molenparkplatz, der an sein Grundstück stieß, an den Masten der Kutter vorbei in den kalten Himmel. Zweifel befielen ihn. Hörte Jacoba seine Gebete? Sah sie ihn? Erfuhr der liebe Gott von seinem Schmerz? Er lächelte geringschätzig. Zum ersten Mal kamen ihm Zweifel. Er starrte auf die ziehenden, bauschigen weißen Schneewolken und begann zu rechnen.

»Das darf nicht wahr sein«, sprach er zu sich selbst und kam sich vor wie ein Ketzer. Es gab achtzig Millionen Menschen allein in Deutschland. Wie sollte da der Liebe Gott ihn hören, seine Gebete vernehmen? Wenn all die Menschen nur ein einziges Mal im Jahr beten, dann hat der liebe Gott viel zu hören.

Er lachte sarkastisch, erhob sich, schritt an den Eichenschrank, entnahm ihm die Flasche mit dem Cognac, ergriff einen Cognacschwenker und nahm wieder im Sessel an dem kleinen runden Tisch Platz. Er schenkte sich das edle Getränk ein, was er nur für Gäste im Hause hatte. Er trank gewöhnlich, und das auch nur selten, den klaren Küstenkorn. Er dachte an seine Frau.

»Prost«, sagte er ironisch. Er nippte an dem Glas und genoss den französischen Cognac in kleinen Schlucken. Dann lehnte er sich zurück, schloss die Augen und überließ sich den wirren Gedanken, die ihm kamen. Dabei fiel er in einen Halbschlaf, und nach einer Weile fühlte er sich der Welt entrückt. Er sah sich eins mit Wolken und Sternen. Er schwebte glücklich, fast überirdisch durch eine Welt, die nicht seine war.

Nach einer Zeit erfasste ihn die Angst, nicht mehr wach zu werden. War er dort, wo Jacoba war? Das hatte er noch nie erlebt. War das die Antwort auf seine Fragen? Er erinnerte sich, gelesen zu haben, dass die Schamanen sich in Trance tanzten oder durch das Einatmen von Dämpfen in die Lage versetzten, den Weg zu den Verstorbenen zu gehen.

Freerk Sillen war sich nicht sicher, ob ihm Ähnliches widerfahren war. Doch so weit wagte er mit seinem Urteil zu gehen, dass es die Ebene war, auf der der Mensch zu Gott beten konnte. Dabei musste Freerk Sillen Abschied nehmen von der Vorstellung, Gott sei ein allwissender alter Mann. Gott war mehr. Er war unfassbar.

Der Fischer trank einen zweiten Cognac. Er war zufrieden mit seinen Erkenntnissen und sprach zu seiner toten Frau. Er hatte das Gefühl, dass sie ihn hörte. Diese neue Erkenntnis gab ihm die Gewissheit, dass seine Frau in der jenseitigen Welt lebte und er sie nach unbestimmten Erdenjahren wiedersehen werde.

Doch die Zeit heilt erwiesenermaßen nicht nur Wunden, sondern lässt auch vieles in Vergessenheit geraten. Freerk Sillen beendete die Gespräche mit seiner verstorbenen Jacoba und griff des Öfteren zur Flasche, was seiner charakterlichen Stärke ungemein abträglich war. Schon bei der Vorbereitung auf die neue Fangsaison unterbrach Freerk Sillen häufiger als zu den Zeiten, als seine Frau noch lebte, die Arbeit, um sich mit einem Küstenkorn zu stärken.

Sein langjähriger Maat Harm Eilts scheute sich nicht, seinen Chef zurechtzuweisen. Er war beileibe kein Abstinenzler, trank gern ein Gläschen mit, wenn sie die Netze reparierten oder mit Farbe der »Sirene« zu Leibe rückten. Aber sobald der Motor lief, war Alkohol an Bord verboten.

Dagegen ließ sich der Kapitän keine Vorschriften machen, die sein privates Verhalten betrafen. Seine Nachbarin, deren Mann Rentner war, half Freerk Sillen, den Haushalt zu führen, und kochte für ihn.

Der Kapitän hatte es sich zur Gewohnheit werden lassen,

in seiner Freizeit stundenlang in den Kneipen zu sitzen. Seinen Vorsitz im Bosselverein hatte er drangegeben. Großzügig ging er mit seinem Vermögen um. Er warf nicht nur manche Lokalrunden, sondern gab auch grüßzügig Spendengelder, wenn er mit netten Worten zur Kasse gebeten wurde. An Rücklagen für seine Zukunft dachte er nicht.

Als sein zweiter Kutter, die »Hansi«, altersschwach geworden war, verkaufte er den Dorfkrug und gab einen Neubau in Oldersum in Auftrag. Später übernahm er von dem erkrankten Wirt das damals gut geführte Hafenrestaurant, nannte es in »Robinson« um, stellte einen Geschäftsführer ein und war selbst ein guter Kunde. Das ehemalige, gutbürgerliche Restaurant verkam immer mehr und hatte bald den Ruf einer unsoliden Jugendpinte.

Zu dieser Zeit hatte sich der Kontakt zu seiner verstorbenen Frau völlig verschlissen. Freerk Sillen benötigte ihren Rat nicht mehr. Er hatte keinen, der ihm die Meinung sagte, denn Harm Eilts hatte es aufgegeben, sich ständig mit ihm zu streiten. Es war daher voraussehbar, dass Freerk Sillen, falls er sein Leben so weiterführte, irgendwann ein Fall für die Fürsorge wurde. So verkaufte er auch die »Hansi« an den Pächter. Schließlich nannte er nur noch seinen Kutter »Sirene« und die Pinte »Robinson« sein Eigen. Es war eine miserable Bilanz.

Anders verhielt es sich mit Eilhard Sattelkamp. Er war neunundsechzig Jahre alt und eine imposante Erscheinung. Hoch gewachsen, mit vollem Haar, dem knochigen, ernsten Gesicht und schlanker Figur, strahlte er eine angeborene Autorität aus. Er war einer der wenigen Landwirte in Hagersiel, die das große »Bauernsterben« überlebt hatten. Viele seiner

Kollegen hatten die Schlachtprämien für ihr Buntvieh kassiert, hatten Äcker und Weiden brach liegen gelassen und waren, soweit sie noch nicht das Rentenalter erreicht hatten, zum Emder VW-Werk gegangen, um das zu verdienen, was der Hof nicht hergab.

Nicht so Eilhard Sattelkamp. Er hatte gutes Weideland dazugekauft und sich um Ackerland bemüht, das in nicht so weiter Entfernung von seinem Hof lag. Das stellte sich als eine kluge Entscheidung heraus.

Sein Hof, ein typisches Niedersachsengebäude, mit Stallungen und Wohntrakt unter einem Dach, lag hinter dem Altdeich mit saftigen Weiden und war für die Viehhaltung ideal. Hinter dem zweiten Deich, dem Neudeich, lagen die fetten Marschfelder. Von Hagersiel führte die Straße »Zur Fahrrinne« direkt zum Sattelkamphof.

Der Bauer und die Bäuerin schauten auf ein arbeitsames Leben zurück. An ihrer Seite wirkten anfangs noch Knechte und Mägde, doch wurden sie im Laufe der Technisierung durch landwirtschaftliche Geräte ersetzt. Heidelinde Sattelkamp, knapp drei Jahre jünger als ihr Mann, gebar ihrem Mann zwei Söhne, die unterschiedlicher nicht sein konnten. Zuerst kam Ohlrich zur Welt. Der Junge zeigte schon während der Kindheit eine Riesengeduld. Die Mutter konnte ihn mit zum Feld nehmen. Er schrie so gut wie nie. Zwei Jahre später wurde Markus geboren, der pausenlos Betreuung brauchte und immer schrie, wenn er keine Beachtung fand. Es bedarf keiner besonderen Hinweise, dass der kleine Markus die Mutter vor Probleme stellte. Ihre Mentalität, abgesehen vom Finanziellen, gestattete es Heidelinde Sattelkamp nicht, auf die Arbeiten im Stall und auf den Äckern zu verzichten. Eilhard Sattelkamp stellte natürlich für die Kinderbetreuung Mädchen ein, die Markus aber mit seinem

Gebrüll schnell vertrieb. Später übernahm Ohlrich die Rolle des Babysitters, denn er verstand es auf unerklärliche Weise, mit seinem Brüderchen umzugehen.

Da die Bauersleute recht anspruchslos lebten, sich nur den Luxus eines Mercedes gönnten, häufte sich bei ihnen der Reichtum. Auch gesundheitliche Probleme störten das Wohlbefinden der Familie nicht. Die Söhne wuchsen heran und machten den Eltern viel Freude. Ohlrich, der Ältere von beiden, ähnelte der Mutter. Er war von kräftiger Statur, aber kleinerem Wachstum und hatte wie Heidelinde Sattelkamp dunkles Haar. Eigentlich war es Tradition, dass der Ältere der Brüder später den Hof übernehmen sollte. Doch es deutete sich schon früh an, dass die Sattelkamps hierin andere Wege beschreiten mussten.

Während der körperlich überlegene Markus sich bereits sehr früh auf den Trecker setzte, das Vieh auf die Weide zu treiben half und feingeistiger Kost ablehnend gegenüber stand, zeigte sein Bruder Ohlrich ein großes Interesse an aller Art von Geschichten und Geschichte. Er suchte nur selten die Ställe auf, ging nicht auf Pferde und Kühe zu und drückte sich vor der Feldarbeit. Er hatte ständig Fragen, die im wahrsten Sinne Gott und die Welt betrafen.

Im Alter von zweieinhalb Jahren überraschte Ohlrich seinen Vater mit einer Aussage, die dem weltoffenen Landwirt zu denken gab. Der kleine Ohlrich schritt mit seinem Vater an der Hand über den Parkplatz des Edeka-Marktes an St. Ludgeri und der Friedhofswarf vorbei. Er blickte über die alten, zum Teil verrosteten Kreuze und zerrte an der Hand.

»Papa, das ist schön bei Gott und den Menschen, die hier alle begraben sind«, sagte der kleine Sohn.

Diese Aussage stammte weder von Eilhard noch von seiner Frau. Ähnliche Äußerungen wiederholte der Junge, bis er drei war. In späteren Jahren fiel den Eltern sein Interesse an den biblischen Texten auf.

Eilhard Sattelkamp richtete die Erziehung seiner Söhne an der in seinen Augen notwendigen Allgemeinbildung aus. Sowohl für Ohlrich als auch für Markus hatte er den Besuch des Gymnasiums vorgesehen. Sein Hof war ein Familienbetrieb mit eigenem Land. Ihm schwebte vor, dass einer der Söhne als diplomierter Landwirt den Betrieb übernehmen würde. Doch weit gefehlt. Während Ohlrich vom ersten Schultag an gern zur Schule ging, gute bis sehr gute Leistungen brachte, die er auch beim Besuch des Heimgymnasiums in Esens fortsetzte, zeigte Markus schon in der Grundschule Lernschwächen. Trotz bezahlter Nachhilfe verfehlte Markus die Mittlere Reife und lernte bei seinem Vater die Landwirtschaft.

Der Junge bereute die verpassten Chancen keineswegs. Markus wuchs heran zu einem stattlichen jungen Mann, der gelernt hatte, den Hof zu bewirtschaften, und darauf wartete, dass sein Vater, erst recht seine Mutter, sich zur Ruhe setzten. Dem stand allerdings im Wege, dass er keine Frau fand, die bereit war, mit ihm das bäuerliche Leben zu teilen.

Ohlrich hingegen hatte sich nach dem Abitur entschlossen, evangelische Theologie zu studieren. Er kam nicht oft nach Hause, liebte das Leben in Göttingen, hatte eine hübsche Freundin und bestand sein Examen mit guten Noten.

Markus fand Gefallen an der landwirtschaftlichen Beschäftigung und liebte das Leben auf dem Lande. Zu seinen Freunden gehörte auch Tade Gehlings. Der zweiundzwanzigjährige Dachdecker war außer seiner Laufbahn als Fußballer bei Kickers Emden nicht sonderlich in Erscheinung getreten. Nach dem Aufstieg in die 2. Bundesliga beendeten ein Formtief, Unpünktlichkeiten und Verletzungspech seinen Traum vom Vertragsfußballer.

Tade Gehlings stammte aus Hagersiel. Er war der Jüngste von drei Söhnen, die Ettje Gehlings, geborene Mennen, ihrem Mann Björn geschenkt hatte. Er fuhr als Fernfahrer für die Spedition Noell, die auf vertraglicher Basis die gesamte Kunststoffproduktion der Rauhe-Werke in Jever zu den Abnehmern in der Bundesrepublik und in das benachbarte Ausland lieferte.

Seine Frau Ettje hatte nicht viel von der ehelichen Treue gehalten, während ihr Mann oft und lang unterwegs gewesen war. Sie wohnten in einem alten eigenen Haus auf der Amselstraße. Ettje Gehlings arbeitete zuerst nur stundenweise im Nordseehof, dann, nachdem die Söhne größer waren, ganztags und kellnerte zusätzlich, wenn im Hause Veranstaltungen waren.

Als Björn eines Abends unerwartet nach Hause gekommen war, erwischte er seine geliebte Ettje dabei, wie sie es mit einem anderen trieb. Es gab kein Ehedrama. Das Einzige, was sie von ihrem Mann hörte, war das Türeschlagen.

Björn Gehlings ließ sich in Hagersiel nicht mehr sehen. Wie es hieß, arbeitete er noch für die Spedition, allerdings fuhr er für das Stuttgarter Stammwerk. Ein Rechtsanwalt regelte die Zahlung an seine Söhne. Mittlerweile wohnte einer in Wilhelmshaven und arbeitete dort auf der Werft, während der zweite in Münster bei der Polizei war.

Tade Gehlings, der Jüngste der Brüder, lernte nach dem Besuch der Hauptschule in Hagersiel das Dachdeckerhandwerk. Er war kein guter Schüler gewesen. Hinzu kamen etliche disziplinarische Vergehen, die das Maß überstiegen. Seine haltlose Erziehung und die Abwesenheit seines Vaters bildeten Gründe genug, sein flegelhaftes Verhalten zu erklären.

In späteren Jahren, als seine Brüder bereits ausgezogen waren, wechselte seine Mutter den Partner, mit dem sich

Tade nicht verstand. Häufig gab es Ärger. Zu Hause auszuziehen, das lehnte Tade ab, da er im Winter oft knapp bei Kasse war, andererseits seine Mutter auch seine Zahlungen benötigte. Sie hatte nie verstanden, mit Geld umzugehen. Doch auch Tade war kein Kind von Traurigkeit. Zu seiner Zeit, als er noch Fußballer war, packte er nicht mal ein Glas Bier nach dem Training an. Doch dann wurde sein Leben fade. Sein Vater hatte die Familie verlassen. Seine älteren Brüder zogen aus, und seine Mutter hielt sich überall auf, nur nicht zu Hause. Nach der Bundeswehrzeit hatte er eine hübsche Freundin. Sie arbeitete als Helferin beim Zahnarzt. Die spannte ihm der Sohn des Lehrers aus, der in Aachen Maschinenbau studierte. Er heiratete sie.

Tade Gehlings gelang es nicht, diese Enttäuschung so einfach wegzustecken. Hinzu kamen ernsthafte Verletzungen, die ihm zu schaffen machten. Aus war der Traum von der Bundesliga, von Geld und Ruhm. Er hatte nichts gegen seinen Beruf. Nicht jeder konnte in schwindelnder Höhe gewandt wie eine Katze Schieferplatten annageln oder Ziegeln legen. Er war tüchtig und fleißig. Krankfeiern, das war nicht sein Ding. Darum hatte er stets Arbeit gehabt, selbst während der Baukrise.

Doch leider war das Elternhaus nicht so gefestigt gewesen, dass es ihn gegen die Verlockungen und schlechten Angewohnheiten immun gemacht hätte. So blieb es nicht bei ein oder zwei Bier nach Feierabend. Er lernte den scharfen Küstenkorn schätzen, den er gern in Gesellschaft seiner gleichgesinnten Freunde trank.

Tade Gehlings hatte die gute Meinung von den Mädchen verloren, seit seine Freundin ihn verlassen hatte. So sprach er nur mit Geringschätzung, ja zum Teil mit Verachtung über Frauen.

In unregelmäßigen Abständen trieb ihn seine Begierde nach Emden, wo er sich im Rotlichtmilieu mit dem nötigen Kleingeld in der Tasche Liebe kaufte.

In Hagersiel sahen die Leute großzügig darüber hinweg, wenn Tade Gehlings die Kneipen abklapperte. Sein – wenn auch kurzer – Ruhm als Fußballspieler hing ihm noch an. Auch sein Chef reagierte mit Langmut und forderte ihn wiederholt auf, die Meisterprüfung zu machen. Er wollte sogar die Kosten dafür übernehmen. Doch die vielfach geäußerte Absicht, sich zu bessern, schlug der tüchtige Handwerker in den Wind.

Notgedrungen erreichte Ettje Gehlings mit vielen Bitten schließlich, dass ihr Sohn sich bereit erklärte, notwendige Reparaturen am eigenen Haus in Angriff zu nehmen.

Harro Panzinga hatte noch zwei ältere Schwestern. Sein Vater war Realschullehrer in Jever gewesen und bereits verstorben. Die Mutter lebte noch. Die eine Schwester hatte als Krankenschwester einen Winzer aus Cochem geheiratet, und die andere blieb unverheiratet und war Besitzerin einer Apotheke in Kiel.

Die Geschwister hatten eine schöne und harmonische Kindheit im Elternhaus verlebt. Ihr Haus hatte am Park in der Nähe des Schlosses am Markt gestanden. Zu Hause hatte es nie Probleme gegeben. Die drei Kinder absolvierten ohne Schwierigkeiten das Carl-Jaspers-Gymnasium und machten das Abitur. Harro Panzinga studierte in Hannover Medizin, arbeitete als Assistenzarzt im Reinhard-Nieter-Krankenhaus in Wilhelmshaven und ließ sich später als praktischer Arzt in Hagersiel nieder. Er war verheiratet mit Wibke, geborene Vienna, aus Aurich. Sie war ausgebildete Krankenschwester.

Das Leben als Landarzt sagten Dr. Panzinga und seiner Frau zu. Von Hagersiel waren es nicht mehr als fünfzig Kilometer nach Aurich zu ihren Eltern, und auch zu der alten Mutter in Jever war es nicht viel weiter. Sie hatten sich eingelebt in der Gemeinde und nahmen Anteil am Geschick des hübschen Seebades. Sie waren Mitglieder des Tennisclubs, und Wibke Panzinga fungierte im Spätherbst und Winter als Werferin im Klotschießerverein »He löpt!«.

Sie hatten zwei Kinder. Eine Tochter, die bereits studierte und wie der Vater Arzt werden wollte. Sie war hübsch, strebsam und ehrgeizig. Sie machte den Eltern viel Freude, was man von ihrem Bruder nicht sagen konnte.

Dodo war das Sorgenkind der Familie. Er liebte den Sport, doch damit endeten schon seine liebenswerten Eigenschaften. Dodo fehlte das Gefühl für andere. Er war ein grenzenloser Egoist. Seine Mutter hatte ihn über alles geliebt und mächtig verzogen. Er hatte seinen Eltern schon im Kindergarten viel Ärger bereitet. Wenn Dodo nicht seinen Willen bekam, dann warf er sich auf den Boden und heulte vor Wut. In der Schule fiel er den Lehrern besonders durch seine Faulheit auf. Dabei bescheinigten sie ihm eine überdurchschnittliche Intelligenz.

Dodo Panzinga war der Anlass unendlich vieler Streitigkeiten zwischen Vater und Mutter, die alle Mühe hatten, ihrem Sohn beizubringen, dass er wenigstens das Nötigste tat, um von Klasse zu Klasse versetzt zu werden. Doch wenn Dr. Panzinga mit Dodo ins Gericht ging, mit Schimpfen und Drohungen nicht sparte, fand der weinerliche Sohn das Mitleid seiner Mutter. Genauso verhielt es sich, wenn sie sich Dodo vornahm. Ganz schlimm wurde es, als er seine Begabung in Musik nur noch benutzte, den Stil der Rolling Stones nachzuäffen. Es war ihm nicht einzubläuen, dass selbst bei einer überdurchschnittlich musikalischen Begabung, gepaart mit Fleiß, die Chancen auf Erfolg gleich null standen.

Das Ergebnis aller Bemühungen, Dodo auf ein normales bürgerliches Leben vorzubereiten, war schließlich unbefriedigend. Der Sohn reagierte aufmüpfig. Er schaffte die Versetzung in die achte Klasse nicht und wiederholte sie. Danach verließ er die Schule ohne Abschluss.

Für Wibke und Harro Panzinga stimmte die Welt nicht mehr. Sie taten sich schwer, diese Tatsache hinzunehmen. Dodo hatte mit seinem selbst verschuldeten Versagen eine bis dahin unbekannte Animosität in die Familie gebracht. Daran änderten auch seine musikalischen Erfolge, wie die Gründung und Leitung einer Band, nichts. Auch seine nicht sehr erfolgreichen Bemühungen, durch Taxifahren auf eigenen Füßen zu stehen, versöhnten seine Eltern nicht.

Sie gaben ihm das, was er immer wollte, die Freiheit, Musik zu machen und Bier zu trinken, wann immer es ihm gefiel. Natürlich brachte Wibke Panzinga es nicht über das Herz, ihren Sohn im Stich zu lassen. Sie war für ihn da, wenn er sie brauchte. Dagegen war das Verhältnis zu seinem Vater äußerst kühl. Vater und Sohn sprachen kaum noch miteinander.

# 5

Die hier geschilderten Personen aus Hagersiel waren typische Besucher der Pinte »Robinson«. Sie kannten sich untereinander. Sie tranken ihr Bier zusammen, vielleicht auch den scharfen Küstenkorn, machten ihre Witze, lachten gemeinsam und redeten über Fußball, Politik, Fernsehen und Frauen, die in dem Lokal nicht anzutreffen waren, abgesehen von zufälligen weiblichen Gästen an regenreichen Tagen, die nach einer Erfrischung die Pinte verließen und nicht wiederkamen.

Hier konnten nur einige wenige Stammgäste vorgestellt werden. Viele von ihnen besuchten abends in der Woche und fast alle an den Samstagabenden das »Robinson« und hatten ihren Spaß.

Es hatte sich mit der Zeit so ergeben, dass nur unverheiratete Männer in dem Lokal verkehrten, die wenigstens achtzehn und nicht älter als dreißig Jahre alt waren. Unter ihnen befanden sich auch zwei Schwule, die hier Duldung fanden und nicht in die Enge getrieben wurden.

Die Einheimischen standen der Lokalität mit gemischten Gefühlen gegenüber. So begrüßten sie es einhellig, dass sich das »Robinson« im Hafen befand und nicht das Bild des hübschen Badeortes verschandelte. Auch die Lärmbelästigung hielt sich daher in Grenzen.

Für die Mitglieder und Anhänger des Heimatvereins stellte die Pinte ein heruntergekommenes Gebäude dar, das dringend zur Renovierung anstand.

Der Ruf des »Robinson« hatte zusätzlich Schaden genommen, nachdem eine Schlägerei mit fremden Seglern dort stattgefunden hatte.

Es mochte als übertrieben gelten, wenn viele Hagersieler die Stammgäste des Jugendlokals als Rechte einstuften. Kapitän Sillen, dem seine freizügige Lebensweise sehr teuer zu stehen gekommen war, sah in dem Gerede um seine Kneipe eine miese Kampagne gegen ihn, weil er sich von allen Ehrenämtern zurückgezogen hatte, seit seine Frau verstorben war.

Doch so leicht wollte er nicht aufgeben. Das »Robinson«, sein Haus und die Fischerei waren ihm geblieben.

Doch dann tauchten gegen Ende der Urlaubssaison neue Gerüchte auf, die dem Fremdenverkehr sehr schadeten.

Einige Touristen, die auf der langen und breiten Hafenstraße ihre Autos spät abends geparkt hatten, mussten am nächsten Morgen entsetzt feststellen, dass Einbrecher am Werke waren. Sie hatten es auf Geld und verwertbare Sachen abgesehen.

Der Verdacht fiel sofort auf die jungen Besucher des »Robinson«, denn die Bevölkerung nahm an, dass es sich um Rauschgiftsüchtige und Arbeitsunwillige der besagten Kneipe handelte.

Beweise für diese Anschuldigungen lagen nicht vor. Daher war es nicht verwunderlich, dass die Besucher des »Robinson« sauer reagierten.

Die schwelende Feindschaft bestärkte den Eigner Kapitän Sillen in der Annahme, dass sein Restaurant, das »Robinson« und seine Kundschaft dort mehr als nur unerwünscht waren. Hinzu kam noch der unaufgeklärte Mord, der den jungen Menschen nicht zugeordnet werden konnte, aber das Klima vergiftete.

Um die Autos der Feriengäste vor dem Zugriff junger Diebe zu schützen, bat die Gemeindeverwaltung von Hagersiel die Staatsanwaltschaft um mehr Polizeipräsenz. Ein Anliegen, dem die Behörde in Aurich nachkam.

Das Kommissariat in Norden übernahm ab sofort mit zwei Beamten abends die Überwachung der in der Hafengegend abgestellten Wagen.

Für die Kommissare Folkert Hoogestraat und Hilko Busker stellte die Situation die Gelegenheit dar – schon allein wegen ihrer Erfahrung mit dem »Robinson« –, sich an der neuen Aufgabe zu beteiligen. Sie besprachen sich mit ihren Kollegen, die wie sie an den Kontrollgängen teilnahmen. Denn noch immer besaßen sie keinen brauchbaren Hinweis auf den schrecklichen Mord an der jungen Bürokauffrau Okka Moorhoff.

Der »Kurier« und die »Ostfriesen-Zeitung« hatten in periodischen Intervallen mit Berichten an die schreckliche Tat erinnert, dem sich verschiedene Presseagenturen anschlossen. Die Kommissare reichten das Material an das Fernsehen ein, das das Verbrechen für die Sendung »XY Ungelöst« aufbereitete und ausstrahlte.

Doch es war zum Verzweifeln. Es gab keine Hinweise.

Hin und wieder, wenn die Beamten das Gelände passierten, auf dem das junge Mädchen abgelegt worden war, hielten sie an, gingen zur Fundstelle und gedachten der Toten.

Natürlich hatte es sich herumgesprochen, dass Beamte abends in dem Seebad Streife gingen. Selbst die Zeitungen hatten darüber berichtet. Darum war es nicht verwunderlich, dass der Spuk ein Ende hatte und die Beamten keine Täter stellten.

Hoogestraat und Busker versahen ihren Dienst, der sich im Großen und Ganzen im üblichen kriminellen Geschehen abspielte. Dabei belastete das Verbrechen an Okka Moorhoff ihre Arbeit wie eine schwere Hypothek. Regelmäßig verfolgten sie die Bluttaten, die in Deutschland begangen wurden, und suchten nach möglichen Parallelen. Denn es war nicht auszuschließen, dass der Täter den grausamen Mord vielleicht in einem anderen Bundesland begangen hatte und die Leiche hier in Hagersiel ablegte. Vor Jahren hatte ein Kindermörder ein kleines Mädchen in der Eifel entführt, sich an ihm vergangen, es ermordet und die Leiche am Geniusstrand im benachbarten Wilhelmshaven vergraben. Der gut aussehende Verbrecher war selbst Vater zweier Kinder und arbeitete als Vertreter für eine angesehene Getränkefirma.

Doch alle Bemühungen blieben ohne Erfolg. Die Eltern von Okka Moorhoff durchlebten eine schlimme Zeit. Ein brutaler Mörder hatte ihnen ihr einziges Kind genommen. Der Musiklehrer und seine Frau suchten Trost in Gebeten. Sie hatten einen provisorischen Stein herrichten lassen, der an ihre Tochter und ihr Schicksal erinnerte und in Emden auf das Familiengrab gelegt. Doch erst nach einem Jahr schöpften die Beamten von Norden Hoffnung, als sie die kopierten Unterlagen der Neußer Polizei studierten, die ihnen zugegangen waren.

Der Sachverhalt machte sie hellhörig. Ende Mai hatte ein Spaziergänger mit seinem Hund an einem Samstagmorgen auf dem Reckberg die nackte Leiche eines dunkelhaarigen Mädchens entdeckt. Das ist eine kleine bewaldete Anhöhe zwischen den Stadtteilen Uedesheim und Grimlinghausen. Die Verbindungsstraße liegt in der Nähe des Autobahnanschlusses und führt durch das Weideland des Rheinufers.

Die Polizei ließ das Gebiet absuchen, ohne Erfolg. Sie fanden weder die Kleidung der Toten noch eine Spur. Die medizinische Untersuchung ergab, dass die etwa zwanzigjährige dunkelhaarige Frau misshandelt und vergewaltigt worden war. Es gab in der Tat Parallelen zu dem Fall in Hagersiel. Es ist allerdings anzumerken, dass es damals noch keine Genuntersuchung gab und Spermaspuren zwar gesichert wurden, aber nicht ermittelt und zugeordnet werden konnte, von wem sie stammten.

Erst nach Wochen gelang es, die Identität des Mädchens zu ermitteln. Es war die Tochter eines Schuhhändlers aus Grevenbroich. Das Mädchen lebte in Hamburg und arbeitete in Bergedorf in einem Kindergarten. Die junge Dame hatte Urlaub genommen und trampte, wie die Polizei vermutete, um den Vater zu besuchen. Auch sie fand – wie Okka Moorhoff – nicht nach Hause und wurde nur wenige Kilometer vor ihrer Heimat tot aufgefunden.

Der Fall rief die Empörung der Bevölkerung hervor. Die Medien berichteten. Erst nach Wochen meldete sich ein junger Pole und machte bei der Polizei in Neuß eine Meldung. Der Schlosserlehrling kam am besagten Abend von Neuss mit seinem Moped und fuhr in Grimlinghausen von der Bundesstraße 1 ab, um die Abkürzung über den Reckberg zu nehmen. Ein Motorschaden machte es notwendig, dass er sein Moped schob. Das grelle Scheinwerferlicht eines Wagens blendete ihn. Doch dann erloschen die Lichter.

Das kam dem Lehrling seltsam vor. Er suchte Deckung, blieb stehen und beobachtete das Fahrzeug. Es kam ihm vor, als habe der Fahrer etwas abgeladen. Er hörte das Schlagen der Heckklappe. Dann wurde das Auto angelassen, die Scheinwerfer gingen an, und der Wagen fuhr mit hoher Geschwindigkeit vorbei.

Der erschrockene und neugierige junge Pole schaute geistesgegenwärtig auf das Nummernschild. Er glaubte DO gelesen zu haben. Der Wagen war ein Mercedes älterer Bauart.

»Umweltsünder«, murmelte er.

Er vergaß diese Episode jedoch und wurde erst später von seinem Vater auf einen möglichen Zusammenhang mit dem Mord hingewiesen. Er selbst las kaum die Zeitung und wenn, dann nur den Sportteil.

Für die Beamten von der Kripo war es die Spur 38, der sie mit aller Entschiedenheit nachgingen. Einen Mercedes älterer Bauart herauszufinden, von dem man nur weiß, dass er in Dortmund zugelassen war, schien unmöglich. Doch weitere Recherchen blieben nicht ohne Ergebnisse.

Am 25. Mai wurde auf dem Zubringer kurz vor der Autobahn in Düsseldorf Reisholz um 22 Uhr 30 ein Mercedes älterer Bauart fotografiert, als er mit überhöhter Geschwindigkeit die Baustelle durchfuhr. Ein Verkehrsvergehen, wie es alltäglich vorkommt. Dennoch elektrisierte dieser Vorfall die Beamten im Präsidium der Düsseldorfer Kriminalpolizei. Die Uhrzeit und die Geschwindigkeit des Rasers, die sie hochrechneten, riefen ihren Argwohn hervor.

Unter der Annahme, dass der Fahrer des Wagens aus Neuss kam und über die Südbrücke den Rhein überquert hatte, fiel er zumindest unter die Fälle der »möglichen Täter«. Dabei war den Beamten klar, dass der alte Mercedes vom Reckberg in Grimlinghausen auch die Richtung Köln oder Aachen gewählt haben konnte.

Auf Wunsch der Kripo schrieb der Mitarbeiter der »Neuss-Grevenbroicher Zeitung« einen zusammenfassenden Bericht und lenkte die Aufmerksamkeit der Leser auf Zeugen, denen der Dortmunder Wagen aufgefallen war. Und in der Tat meldete sich am Montagmorgen in Neuss bei der Polizei ein älteres Ehepaar.

Es waren ein pensionierter Realschullehrer und seine Frau. Sie gaben voller Empörung zu Protokoll, dass ein alter Mercedes ihren Golf an der Einbiegung zur Kölner Straße fast gerammt hätte.

»Wir kamen von der Schwiegermutter. Sie kränkelt zurzeit. Der Wagen hat mich fast von der Straße gedrängt«, berichtete der Lehrer.

»Mein Mann wollte den Fahrer anzeigen«, sagte die grauhaarige Frau des Lehrers. »Doch das bringt nichts. Ich habe mir das Kennzeichen gemerkt. Es war ein alter Mercedes mit der Zulassungsnummer DO – HL. Dann habe ich eine 1 gelesen.«

Der Beamte erinnerte sich an das tote Mädchen vom Reckberg und nahm die Aussagen zu Protokoll. Die Polizei in Neuss gab die Zeugenaussagen weiter an die Düsseldorfer Kollegen.

Natürlich blieb es nicht aus, dass bei der Flut der kriminellen Handlungen in der rheinischen Großstadt und bei der mühsamen Aufklärungsarbeit nur ein langsames Fortschreiten zu verzeichnen war. Es dauerte schon eine Weile, bis die Beamten die Spur 38 um zwei wesentliche Erkenntnisse erweitern konnten.

Das scharf geschossene Foto aus dem »Starenkasten« entlarvte den Raser des Wagens mit dem amtlichen Kennzeichen DO – HL 6541. Der polnische Schlosserlehrling hatte ebenfalls das DO erkannt. Das aufgebrachte Lehrerehepaar hatte sich zudem noch die Buchstaben HL und die Zahl 1 merken können. Den Beweis rundete das Foto von der Geschwindigkeitskontrolle ab.

Natürlich konnten die Beamten immer noch nicht den Zufall ganz ausschließen, aber die Wahrscheinlichkeit, dass der Fahrer des Mercedes die Leiche in Grimlinghausen auf dem Reckberg abgelegt hatte, war sehr hoch. Die Beamten fühlten sich verpflichtet, der erweiterten Spur 38 nachzugehen.

An einem Freitagnachmittag Anfang Juli fuhren Kommissar Kolvenbach, 46 Jahre und sein Assistent Clören, 31 Jahre, vom Polizeipräsidium Düsseldorf nach Dortmund. Sie hatten sich vorgenommen, mit Herrn Jupp Stüssgen, einem Pharmavertreter ein klärendes Gespräch zu führen, denn der Mercedes war auf seinen Namen zugelassen.

Ein fingiertes Telefongespräch bestätigte ihnen, dass der achtunddreißigjährige Vertreter um sechzehn Uhr von seiner Geschäftstour zurückerwartet wurde. Er wohnte an der Peripherie der Stadt auf der Bonifatiusstraße.

Im Dienstwagen war es trotz der abgesenkten Seitenfenster schwülwarm. Die Luft stand wie so oft im Ruhrgebiet, und es wehte kein kühlendes Lüftchen.

»Die Pharmavertreter sind oft bessere Klinkenputzer. Sie sitzen oft lange Stunden in der Arztpraxis, bevor sie dem Doktor ein paar Prospekte andrehen können«, sagte Clören.

Kolvenbach nickte und lenkte den Wagen der Großstadt entgegen.

»Ich lasse mich überraschen. Wir wissen so gut wie nichts über diesen Stüssgen«, meinte er.

»Mit aller Wahrscheinlichkeit handelt es sich um einen Frauenmörder«, meinte Clören, »denn was suchte er auf dem sandigen Reckberg?«

»So schnell fängt man keinen Schwerverbrecher«, erwiderte der Kommissar. Er steuerte den Opel im Verkehrsfluss über die Umgehung.

Franz Kolvenbach war ein hoch aufgeschossener Mann,

der einen Bauchansatz hatte. Er hatte dunkelblondes Haar und ein joviales Gesicht. Seine Mundwinkel schienen stets ein Lächeln anzudeuten. Er war verheiratet und hatte eine fünfzehnjährige Tochter.

Auch Johann Clören war verheiratet. Die junge Ehe war noch kinderlos. Seine Frau arbeitete bei den Henkelwerken in Düsseldorf-Holthausen. Der Assistent sah bullig aus. Er trug sein dunkles Haar kurz. Er hatte ein breites Gesicht mit hervorstehenden Backenknochen. Seine Nase war abgeflacht, das Ergebnis seiner früheren Boxerkarriere.

Es muss nicht betont werden, dass beide Beamten die Tat verabscheuten und sich mit einer gewissen Skepsis dem Haus in der Bonifatiusstraße mit der Nummer 18 näherten. Sie fuhren langsam die Vorstadtstraße ab und studierten die Hausnummern. Mehrgeschossige Mietshäuser herrschten vor. Gelegentlich unterbrachen kleinere Läden die Eintönigkeit.

Kolvenbach schwitzte, denn noch immer herrschte ein reger Betrieb.

»Hier, auf der anderen Seite!«, rief Clören und wies auf ein dreigeschossiges Wohnhaus mit grünem Putzanstrich und erneuerten Fenstern.

»Drüben kann ich wenden«, sagte Kolvenbach. Er fuhr zur Straßenmitte und lenkte den Wagen über eine Tankstellenauffahrt auf die Gegenfahrbahn. Vor dem Haus mit der Nummer 18 hielt er den Wagen auf einem Haltestreifen an.

Sie sahen sich ungläubig an und schüttelten die Köpfe. Vor ihnen auf einem asphaltierten Parkplatz stand in unmittelbare Nähe des Hauses der besagte Mercedes mit der Nummer DO – HL 6541.

»Eine gepflegte Karre! Damit hat er also die Leiche transportiert«, sagte Clören skeptisch.

Kolvenbach zog den Zündschlüssel aus dem Schloss und

wischte sich mit der anderen Hand den Schweiß aus dem Gesicht.

»Gehen wir und lassen uns überraschen«, sagte er.

Sie stiegen aus. Leute spazierten vorbei. Kinder übten Seilspringen auf dem Bürgersteig. Ein leichter Wind war aufgekommen. In einem kleinen Vorgarten blühten Rosensträucher.

Eine breite Treppe führte zur Haustür. Die Beamten näherten sich dem Eingang und stiegen die Stufen hoch. Der Klingelkasten enthielt vier Familiennamen. Der Kommissar warf einen Blick um sich. Das Haus wirkte gepflegt. Er drückte die Klingel.

»Ja, wer ist da?«, klang eine Frauenstimme aus der Sprechanlage.

»Frau Stüssgen, wir wünschen Ihren Mann zu sprechen«, sagte Kolvenbach.

»In welcher Angelegenheit?«, fragte sie. Ihre Stimme klang jung.

»Eine Verkehrssache«, antwortete der Kommissar.

»Kommen Sie herauf. Zweiter Stock«, sprach Frau Stüssgen in den Lautsprecher.

Der Summton ertönte. Die Tür ließ sich öffnen. Sie stiegen die Treppenstufen nach oben. Auf den Fluren standen Kübel mit Zwergpalmen.

Vor der Wohnungstür im zweiten Stock stand eine etwa vierzigjährige Frau. Sie trug ihr blondes Haar in einer Pagenfrisur und hielt ein kleines Mädchen an der Hand.

»Bitte«, sagte sie und musterte die Beamten fragend.

»Mein Name ist Kolvenbach. Das ist Herr Clören. Wir kommen von der Polizei«, sagte der Kommissar.

»Ist mein Mann mal wieder zu schnell gefahren?«, fragte sie und lächelte verzeihend.

»Auch das«, gab Clören zur Antwort.

Die Frau nahm das Kind auf den Arm.

»Kommen Sie, mein Mann hat geduscht. Er ist noch nicht lange von der Tour zurück«, sagte sie und ging voraus.

»Papa Bad«, sagte das kleine Mädchen und hob den Arm.

»Papa kommt gleich«, sprach Frau Stüssgen und führte sie über einen Korridor. An der Wand hingen einige Gemälde, die Landschaften zeigten. Der Fußboden bestand aus Stäbchenparkett.

»Mein Mann empfängt Sie im Arbeitszimmer«, sagte sie und wies auf die Tür, die sich seitlich befand.

Der Kommissar öffnete die Tür.

»Nehmen Sie bitte in den Sesseln Platz. Mein Mann kommt sofort«, sagte die junge Frau und ging davon.

Die Beamten betraten das Zimmer. Es hatte ein Fenster, durch das man auf einen kleinen Hof mit einem Schuppen blickte. Dahinter erhob sich die Ziegelwand eines großen Wohngebäudes.

Das Zimmer enthielt neben der Sesselsitzgruppe und einem runden Tisch einen wuchtigen Schreibtisch mit Drehstuhl, ein mit Aktenordnern bestücktes Regal und einen belgischen Eichenschrank. An der Wand hingen Farbbilder der Frau und des Kindes hinter Glas. Den Parkettboden bedeckte ein echter Perserteppich.

Sie mussten nicht lange auf den Hausherrn warten. Die Tür ging auf, und Jupp Stüssgen erschien mit einem Lächeln im Gesicht. Er war hochgewachsen, schlank und ging ein wenig nach vorn gebeugt. Sein dunkelblondes Haar war kraus und voll. Er hatte ein spitzes, gut geschnittenes Gesicht. Angezogen war er mit einem dunkelblauen Pulloverhemd und einer Jeans. Seine Füße steckten in leichten Turnschuhen.

»Guten Tag, meine Herren. Bleiben Sie sitzen«, sagte er.

»Gestatten, Kolvenbach. Herr Stüssgen, mein Kollege Clören und ich haben ein paar Fragen an Sie zu richten. Wir kommen von der Polizei.« Der Kommissar zeigte seinen Ausweis.

Der Vertreter schaute überrascht auf. Er ging ans Fenster und öffnete es.

»Es ist schwül. Doch gegen Abend kann man es aushalten«, meinte er, drehte den Schreibtischstuhl um und setzte sich. »Was liegt an?«

»Sie sind am 25. Mai gegen Abend in Düsseldorf geblitzt worden. Die Geschwindigkeitsüberschreitung betrug nach Abzug der Toleranz fünfzig Stundenkilometer«, trug Kolvenbach vor.

Kühlere Luft drang in das Zimmer. Stüssgen öffnete die Schreibtischschublade und entnahm ihr eine Zigarettenschachtel.

»Möchten Sie?«, fragte er und hielt sie den Beamten entgegen.

Kolvenbach und Clören winkten dankend ab.

Stüssgen steckte sich eine an und blies den Qualm aus.

»Das will ich nicht abstreiten. Ich bin viel unterwegs«, gab er zur Antwort. »Düsseldorf, sagten sie? Ich kam wahrscheinlich von Köln, und es war schon spät.« Er schlug die Beine übereinander, lehnte sich zurück und rauchte genüsslich.

»Sie arbeiten als Pharmavertreter und besuchen Apotheken?«, fragte Clören.

»So verhält es sich. Apotheken und Arztpraxen«, antwortete Stüssgen und drückte die Kippe in den Ascher.

»In der ganzen Republik?«, fragte Clören.

»Nein, ich bereise Niedersachsen, Hamburg und Bremen,

Schleswig-Holstein und Mecklenburg-Vorpommern«, sagte Stüssgen und schaute die Beamten lauernd an.

»Dann sind Sie viel von zu Hause weg?«, fragte Kolvenbach.

»Ja, zum Leidwesen meiner Frau und meiner kleinen Tochter. Doch es käme für mich einer Katastrophe gleich, wenn Sie gekommen sind, um mir den Führerschein abzunehmen«, gab er zur Antwort und steckte sich nervös eine weitere Zigarette an.

»Nein, das fällt nicht in unseren Aufgabenbereich. Uns drückt der Schuh an anderer Stelle«, antwortete Kolvenbach.

»Werden Sie bitte genauer«, sagte Stüssgen. Sein Gesicht zeigte tiefes Misstrauen.

»Sie besitzen einen älteren, aber gepflegten Wagen. Das ist fürwahr ein Auto, das auffällt«, trug Clören vor. »In unseren Akten befinden sich Aussagen von Zeugen, die zu Protokoll gegeben haben, dass Sie nicht nur zu schnell gefahren sind, sondern Sie haben in Grimlinghausen auch die notwendige Sorgfalt fehlen lassen. Mit Ihrer aggressiven Fahrweise haben Sie einen Verkehrsteilnehmer fast von der Fahrbahn gedrängt.«

Stüssgen zog die Stirn kraus. »Grimlinghausen, den Ort kenne ich nicht mal. Da kann ja jeder kommen und mich anzeigen«, antwortete er mürrisch.

»Grimlinghausen ist ein Vorort von Neuss«, sagte Kolvenbach. »Zwischen diesem Stadtteil und Uedesheim liegt der Reckberg. Dort sah man Sie ebenfalls. Ein Zeuge erinnerte sich an Ihren Mercedes, der am Straßenrand hielt, als der Fahrer etwas auf den Rheinwiesen ablud.«

Jupp Stüssgen erschrak.

»Was reden Sie für einen Unsinn! Als Pharmavertreter

lebe ich umweltbewusst und werfe keinen Müll in die Natur«, äußerte er böse.

»Spielen Sie nicht den Naiven! Sie haben dort Ihr Mordopfer entsorgt!«, sagte Clören schonungslos.

Der Vertreter sprang auf.

»Wovon reden Sie? Mordopfer! Heraus mit der Sprache!«, schrie er wütend.

»Herr Stüssgen, wir haben Sie aufgrund der vorgetragenen Zeugenaussagen im Verdacht, dass Sie die unbekannte junge Frau ermordet und ihre nackte Leiche am Reckberg am besagten Tag abgelegt haben«, sagte Kolvenbach bestimmt. »Das erklärt auch Ihre Eile, mit der Sie in die Radarfalle gerast sind.«

»Reden Sie nicht solch einen Unsinn! Was wollen Sie mir anhängen? Ich kenne diesen Reckberg nicht!«, schrie Stüssgen außer sich und schlug mit der Faust auf den Schreibtisch.

»Herr Stüssgen, mäßigen Sie sich«, sagte Clören.

»Wenn Sie gestehen, dann erleichtern Sie Ihre Lage«, meinte Kolvenbach.

Die Beamten erhoben sich. Die Tür wurde aufgerissen. Die Frau des Vertreters blickte entsetzt in das Zimmer.

»Was ist hier los?«, fragte sie mit hochrotem Gesicht.

»Gnädige Frau, das kann Ihr Mann Ihnen erklären. Wir melden uns später wieder«, sprach Kolvenbach, bemüht, seine Erregung nicht zu zeigen. Die Beamten verließen die Wohnung und das Haus. Sie stiegen in den Wagen und fuhren los.

»Ein Gentleman. Ihm traut man keinen Mord zu«, meinte Clören.

»Er hat die junge Frau nicht nur vergewaltigt, sondern auch umgebracht!«, sagte Kolvenbach.

»Was es zu beweisen gilt, um mit Ihren Worten zu sprechen. Wir lassen uns überraschen, was der Obduktionsbericht bringt«, antwortete Clören.

Der Kommissar hielt am Ende der Straße.

»Wie wäre es mit einer Erfrischung?«, fragte er und griff zur Geldbörse. »Zwei Eis«, fügte er hinzu und wies auf das italienische Schild der Werbung.

»Nicht übel«, antwortete Clören. Er nahm das Geld, stieg aus und schritt an den Tischen und Sonnenschirmen vorbei. Am Schalter ließ er sich je drei Kugeln im Becher reichen, bezahlte und ging zurück. Sie schleckten die köstliche Erfrischung und erholten sich von der Anstrengung ihres Dienstes. Sie schwiegen und schauten dem beruhigten Verkehr zu.

Noch am selben Tag sprachen sie mit dem Staatsanwalt, der den Amtsrichter bat, einen Haftbefehl auszustellen.

Jupp Stüssgen brach nach etlichen Verhören sein Schweigen. Seine Frau zerbrach fast an der Wahrheit. Die Verwandten, die Nachbarn und Freunde konnten nicht begreifen, was in Jupp Stüssgen gefahren war und ihn zum brutalen Sexualtäter und Frauenmörder gemacht hatte.

Für die Kriminalpolizei stand nun die Frage im Raum, ob der Pharmavertreter noch weitere Opfer auf dem Gewissen hatte. Jupp Stüssgen zeigte Reue, doch er blieb auch nach vielen Verhören bei seinem »Nein«.

Die Beamten studierten seine Touren anhand der Firmenbücher und stellten fest, dass Jupp Stüssgen zum Zeitpunkt des Mordes an Okka Moorhoff auch in Norddeutschland die Apotheken und verschiedene Arztpraxen besucht hatte. Es war immerhin möglich, dass er auch die Bürokauffrau aus Emden auf dem Gewissen hatte.

Hoogestraat und sein Assistent Busker schöpften Hoffnung, den Mord an Okka Moorhoff endlich aufklären zu können. Sie führten entsprechende Telefongespräche mit ihren Kollegen in Neuss und vereinbarten, mit ihnen gemeinsam den Mörder Jupp Stüssgen aufzusuchen, der in Bochum im Untersuchungsgefängnis seinem Prozess entgegensah.

Sie fuhren nach Bochum zum Gefängnis und trafen dort vor dem Verwaltungsgebäude die Kollegen Kolvenbach und Clören von der Neusser Kripo. Sie wiesen sich aus und wurden von zwei Beamten des Vollzugs zum Besucherzimmer geführt.

Sie empfanden die Atmosphäre des auf Sicherheit bedachten Gefängnisses als sehr bedrückend. Die Vollzugsbeamten brachten den Mörder, der sich eher aufsässig als scheu gebärdete. Die Vollzugsbeamten hielten sich außer Hörweite an der Tür auf und ließen keinen Blick von Stüssgen.

Clören zeichnete das Gespräch auf. Der Pharmavertreter, ein Mann mit guter Allgemeinbildung und sicherem Auftreten, hatte sich seiner Umgebung angepasst. So als befinde er sich im Recht und die Polizeibeamten würden ihn unnütz quälen, wirkte er aggressiv und feindlich.

»Herr Stüssgen, die Herren Hoogestraat und Busker kommen aus Norden in Ostfriesland. Sie sind ebenfalls Kriminalbeamte und haben Fragen an Sie«, sagte Kolvenbach ruhig.

»Schon wieder Fragen. Was wollen Sie denn jetzt wissen?«, fragte der Mörder spöttisch.

Clören öffnete seine Mappe und entnahm ihr Fotos von Okka Moorhoff, wie sie noch jung und voller Leben war, und Fotos nach ihrem gewaltsamen Tod.

»Kenne ich nicht! Das war ich nicht!«, schrie Stüssgen außer sich.

»Bitte, bleiben Sie sachlich«, mahnte ihn der Vollzugsbeamte.

»Herr Stüssgen, Sie haben die Nordsee-Apotheke in der Woche besucht, als das Mädchen unmenschlich gequält und getötet wurde! Geben Sie die Tat zu«, sagte Hoogestraat und schaute dem mutmaßlichen Mörder in die Augen. Er sah, wie sie flackerten.

»Mein Leben ist verpfuscht«, sagte der Mörder plötzlich wie umgewandelt. »Aber glauben Sie mir, ich kenne das Mädchen nicht und habe sie nicht umgebracht.«

»Sie lag am Straßenrand in Hagersiel an der Nordsee«, fügte Kolvenbach hinzu.

Stüssgen sprang auf, steckte die Hände in die Hosentaschen und schaute verächtlich um sich.

»Ich war es nicht«, sagte er wütend und drehte sich um. »Sprechen Sie mit meinem Anwalt.«

Er schritt dem Vollzugsbeamten entgegen. Die nahmen ihn in die Mitte, legten ihm die Handschellen an und verließen mit ihm das Besucherzimmer.

Die Beamten sahen sich an.

»Kann man so einem Mann glauben?«, fragte Kolvenbach.

»Das letzte Wort ist noch nicht gesprochen«, meinte sein Kollege.

»Vieles spricht dafür, dass Stüssgen bereits die kleine Moorhoff umgebracht hatte, als er auf die Unbekannte stieß. Sie trampten beide«, erwiderte Hoogestraat.

»Bei ihm beißen wir auf Granit«, sagte Clören.

»Kommen Sie, verlassen wir die Haftanstalt. In der Nähe des Stadions kennen wir ein schönes Café«, sagte Kolvenbach.

Der Beamte hatte nicht übertrieben. Sie tranken gemeinsam Kaffee und unterhielten sich über den Mörder und sein Opfer.

## 6

Der Ansatzpunkt der weiteren Recherchen bildete für die Kripo zuerst einmal das Rotlichtmilieu. Denn es lag nahe, dass die junge Frau aus dem Osten mit Versprechungen in den Westen gelockt worden war, die hinterher nicht zutrafen.

Mit retuschierten Fotos der Toten startete das Landeskriminalamt von Nordrhein Westfalen die Suche nach Zeugen, die helfen konnten, die Identität des Opfers zu lüften. Des Weiteren spannte man den Suchdienst der Ostblockstaaten ein.

Mittlerweile hatte die Tote nach einer Beerdigung durch einen Pfarrer und den Beamten als Zeugen auf dem Friedhof von Uedesheim vorerst die letzte Ruhe gefunden. Doch es sollte noch eine Weile vergehen, bis ein erster Hinweis in Neuss einging.

Eine Frau Daden aus Bremen wurde bei der Polizei vorstellig und gab dort zu Protokoll, dass sie die Tote auf dem Foto wiedererkannt habe. Nach ihrer Aussage handelte es sich um eine Olga Kerschinsky, deren Alter sie mit etwa dreiundzwanzig bis fünfundzwanzig Jahren angab. Sie stammte angeblich aus Danzig. Frau Daden war vor drei Jahren dort Schlachtereiverkäuferin bei einem Metzger am Kohlenmarkt gewesen. Frau Jarget Daden war eine geborene Schittkowsky und hatte einen deutschen Ingenieur geheiratet.

Diesen Angaben ging die Polizei nach. Die eingeschaltete polnische Behörde in Danzig bestätigte die Anfrage. Olga Kerschinsky hatte das Land heimlich verlassen. Sie lebte ohne Eltern, hatte einen Bruder, der in Zopot lebte und dort als Kellner arbeitete.

Ihr Bruder konnte über ihren Verbleib in Deutschland keine Angaben machen. Auch er erkannte seine Schwester auf den Fotos und dokumentierte mit Unterschrift den Sachverhalt. Er kündigte seinen Besuch an.

Kolvenbach und Clören starteten einen weiteren Versuch, herauszufinden, wo Olga Kerschinsky in der Bundesrepublik gewohnt und eventuell gearbeitet hatte. Es war zu klären, ob die junge Frau in Deutschland noch Angehörige hatte, polizeilich gemeldet war oder ob Schleuser und Schlepper sie in das Land geholt hatten.

Und in der Tat führten die weiteren Recherchen die Beamten zu dem Ergebnis, dass Olga Kerschinsky ohne Aufenthaltserlaubnis in Frankfurts Unterwelt im Rotlichtmilieu tätig gewesen war und sich auf einer Erkundigungsreise nach Düsseldorf befand, wo sie nicht ankam.

Der Polizei gelang es, einigen Gangstern das Handwerk zu legen. Nicht an das Tageslicht kamen das Gepäck und die Kleidung von Olga Kerschinsky. Jupp Stüssgen schwieg sich aus. Es war anzunehmen, dass er sie in den Rhein geworfen hatte, der zur Tatzeit Hochwasser führte.

Für die Beamten aus Ostfriesland hieß es derweil, sich in Geduld zu fassen, bis der Mörder, der in der Vollzugsanstalt von Bochum einsaß, auch den Mord an Okka Moorhoff gestand.

Noch immer erhitzte der gemeine Mord an der Emderin die Gemüter der Einwohner von Hagersiel. Selbst die Feriengäste vermissten den polizeilichen Erfolg. In Gaststätten und Hotels diskutierten sie immer noch das schreckliche Geschehen, um das sich Gerüchte bildeten.

Eilrich Sandor, der aus Hagersiel stammte, tat Dienst bei

der Bundeswehr und war nach der Grundausbildung in Glücksstadt in Wilhelmshaven stationiert. Er gehörte als Maat zur Besatzung des Kreuzers Mannheim.

Eilrich Sandor hatte in Dornum die Realschule besucht und mit dem Abschluss der Mittleren Reife verlassen. Er war ein sportlicher und schlanker Typ. Sein Vater arbeitete als Filialleiter der Bremer Landesbank in Esens, seine Mutter half stundenweise in einer Buchhandlung aus. Er hatte noch eine Schwester, die in Norden die Berufsfachschule besuchte und Erzieherin werden wollte.

Eilrich Sandor hatte keine große Auswahl, als er die Berufe durchging, in denen er sich Chancen ausrechnete, eine Lehrstelle zu bekommen. Dabei hatte er weitaus bessere Karten als seine Mitschüler. Zum einen besaß er gute Zeugnisse und zum anderen hatte er einen guten Namen, dank der Stellung seines Vaters.

Nach Rücksprache mit seinen Eltern entschied sich Eilrich Sandor für die Lehrstelle bei der Gemeinde und entschloss sich, Verwaltungsfachmann zu werden. Diese Entscheidung ermöglichte ihm nach der Ausbildung eine vielseitige Verwendung. Auch konnte er damit seinen Vetter Suntke Fisker übertrumpfen, der sich auf Baltrum zum Koch ausbilden ließ. Ansonsten hatten die beiden Vettern wenig, was sie verband. Eilrichs Mutter war die Schwester von Wanda Fisker und wohnte in Dornum.

Es war nicht klar, ob Suntke Fiskers Job als Koch und Seemann die Fantasie seines Vetters beflügelte, als er sich entschloss, sich nach seiner Ausbildung bei der Marine zu bewerben. Die Mittlere Reife, eine sehr gute Abschlussprüfung als Verwaltungsfachmann, gepaart mit einer hervorragenden Gesundheit und sportlicher Leistungsfähigkeit ebneten ihm die Laufbahn in der Marine.

Eilrich Sandor hatte diesen Schritt nie bereut. Er hatte einen sicheren Arbeitsplatz, und die Manöver verliehen dem Ganzen einen Hauch von Abenteuer.

Dies zu erzählen wäre nicht der Rede wert, wenn da nicht der Abend im Winter gewesen wäre, an dem Eilrich Sandor und einige seiner Kameraden nach langer Mittelmeerreise Urlaub bekamen und sich mit einigen Seeleuten verschiedener Mannschaftsgrade, die der Dienst zusammengeschweißt hatte, an seinem Geburtstag im Rathauskeller zu einem gemütlichen Beisammensein trafen.

Nach cincm gcmcinsamcn »Happy birthday to you«, ei ner witzigen Ansprache und Überreichung der Geschenke hoben die Soldaten dann die Gläser und stießen mit Küstenkorn an und tranken auf das Wohl des Geburtstagskindes. Anschließend servierte die Kellnerin »Labskaus mit Gurken und Hering«, ein deftiges Seemannsessen, das allen mundete.

Zwischendurch wurde herzlich über Späße und verflossene Ereignisse gelacht. Die durstigen Männer hielten die Serviererin auf Trab. Das Bier floss in Strömen. Auch der Klare fand reißend Absatz. Um dreiundzwanzig Uhr beendete der Leutnant zu See den Abend und sang mit seinen Leuten das Lied vom »Wiedersehen« und schickte sie zu den bereitstehenden Taxen.

Eilrich Sandor hatte noch Zeit und Lust, weiterzuzechen. Er ließ sich zur Peterstraße fahren und betrat die »Heulboje«. In der kleinen Bierstube gab es nur wenige Tische und Stühle, die an diesem Abend alle besetzt waren.

Er öffnete seine Jacke und hängte seine Elbseglermütze an den Garderobenhaken, setzte sich an den Tresen und bestellte beim Wirt ein Bier.

Neben ihm saß ein junger Mann.

»Schneit es schon?«, fragte der Thekennachbar und blickte Eilrich Sandor freundlich an.

»Nein, ich glaube, es friert«, antwortete Eilrich, rieb seine Hände und schaute sich im Lokal um.

»Ich war lange nicht mehr hier«, sagte er und nahm das Bier entgegen.

Sein Nachbar prostete ihm zu. Sie kamen ins Gespräch. Eilrich Sandor erzählte von seinem Mittelmeereinsatz, berichtete über die Ägäis und erzählte von der griechischen Hafenstadt Saloniki.

Er bestellte zwei weitere Bier.

Der Mitzecher war ein guter Zuhörer. Doch auch er konnte mit Erzählungen zur Unterhaltung beitragen. Sie nippten an ihren Gläsern und bestellten abwechselnd.

»Es war grausam. Ein Opel war mit hoher Geschwindigkeit vor Jever gegen einen Baum gekracht«, erzählte der Mitzecher, den der Wirt Erwin nannte. »Der junge Fahrer war sofort tot, doch seine Beifahrerin hatte sich starke Verletzungen zugezogen und war zwischen Sitz und Konsole eingeklemmt. Ich habe Erste Hilfe geleistet. Da flattern einem schon die Nerven.«

Eilrich Sandor lachte gequält. »Solche Bilder verfolgen einen das ganze Leben«, sagte Eilrich Sandor mit belegter Stimme. »Ich wurde mal Zeuge, wie ein junges Mädchen zu Tode gequält wurde. Zuerst hatten die Rohlinge es auf ihre Brüste abgesehen. Dann griffen ihre Hände tiefer. Sie starb schließlich.«

Sein Nachbar war ebenfalls groß und muskulös. Er trug Jeans und einen Troyer. Sein blondes Haar war leicht gelichtet.

»Seemann, trinken wir noch ein Bier, dann ist für mich Feierabend«, sagte er und bestellte beim Wirt eine Runde.

»Einverstanden, auch ich habe genug«, meinte Eilrich Sandor lallend.

Er und sein Mitzecher blieben bei dem Thema, das »grausame Erlebnisse« heißen konnte, und tranken dabei ihr letztes Bier. Schließlich bezahlten sie, zogen ihre Jacken an, griffen nach ihren Mützen, verließen das Lokal und traten in die frostige Nacht. Sie schüttelten sich die Hände und gingen in verschiedenen Richtungen davon.

Eilrich Sandor suchte sein angemietetes Zimmer in der Bismarckstraße auf.

Auch Erwin Münchner, Eilrichs Mitzecher, ging schnellen Schrittes nach Hause. Er hatte es nicht weit bis zur Werftstraße. Er wohnte noch allein in der Dreizimmerwohnung. In zwei Monaten beabsichtigten er und seine Braut zu heiraten und zusammenzuziehen.

Der Abend war angenehm für Münchner verlaufen. Der Seemann war ein feiner Kumpel. Doch ihm ging die Geschichte von dem Mädchen nicht mehr aus dem Kopf, das irgendwelche hartgesottenen Rowdys zu Tode gequält hatten.

Er schloss die Haustür auf, schritt durch den Flur, betrat die Wohnung und brühte sich einen Kaffee auf.

## 7

Busker steuerte seinen Golf durch die treibenden Schneeflocken. Es war der erste Schnee, der den Kindern Freude bereitete, aber dem Verkehr gar nicht bekam. Die Autofahrer reagierten oft zu vorsichtig.

Die Uhr von St. Ludgeri signalisierte dem Kommissar, dass er mit einer halben Stunde Verspätung zum Dienst erschien. Der Hausmeister hatte bereits die Abstellplätze der Autos vom Schnee gesäubert. Er stellte den Golf ab und eilte zur Eingangstür. Der Himmel zeigte sich behangen.

Busker nahm die Stufen der Treppe, trat an die Tür seines Dienstzimmers und öffnete sie. Wohlige Wärme schlug ihm entgegen.

Hoogestraat saß bereits an seinem Arbeitsplatz.

»Moin«, sagte Busker. Er legte die Prinz-Heinrich-Mütze ab, hängte seinen Mantel an die Garderobe und setzte sich an seinen Schreibtisch. Er wiederholte den Gruß und nahm vom Kommissar die Morgenpost entgegen.

Busker öffnete die Briefe, las sie durch und legte sie der Reihe nach in die Ablagekörbe. Doch dann stutzte er.

»Na endlich! Auf diese Nachricht warten wir schon lange«, sagte er und reichte Hoogestraat das mit der Maschine verfasste Schreiben.

Der Kommissar nahm den Brief in die Hand und las. Der Absender war die Polizeistation am Wiesenhof in Wilhelmshaven, Altengroder Weg 23.

*Betreff: Äußerungen in einer Kneipe*

*Der Kollege Erwin Münchner, Werftstraße 29, Wilhelmshaven, reichte uns einen Bericht herein, der möglicherweise Auswirkungen auf einen ungeklärten Mordfall hat. Die Emderin Okka Moorhoff erlitt damals einen qualvollen Tod. Oben genannter Kollege traf im Ratskeller einen Angehörigen der Bundeswehr aus Dornum. Vermutlich hat er in der Bismarckstraße 76 eine Wohnung. Der Maat der Marine ist auf einem Kreuzer mit dem Heimathafen Wilhelmshaven stationiert. Er gab nur leicht alkoholisiert eine Geschichte von einem Mädchen zum Besten, das von Rowdys gequält wurde und einen schrecklichen Tod erlitt. Der Kollege Münchner bittet Sie, der Sache auf den Grund zu gehen.*

*Mit kollegialem Gruß.*

»Das ist ein Hammer!«, sagte Busker.

»Faxe das Schreiben an den Staatsanwalt. Gawor wird sich die Augen reiben«, meinte Hoogestraat. Er fertigte eine Aktennotiz an.

»Und jetzt?«, fragte Busker, als er zurückkam.

»Wir wollen nichts übers Knie brechen«, sagte Hoogestraat. »Lade den Maat Eilrich Sandor und diesen Erwin Münchner über seine Dienststelle zu einem dringenden Gespräch nach Norden ein. Gleichzeitig bitten wir die Marine, den Maat Sandor für einen Besuch freizustellen.« Er nahm das große Telefonbuch für Leer und Wilhelmshaven zur Hand und suchte die Anschrift.

Busker setzte sich an den Computer, verfasste die Briefe, druckte sie aus und legte sie dem Kommissar zur Unterschrift vor.

»All up Stee«, sagte der Kommissar. »Wenn die Sealords sich zu viel Zeit nehmen, dann intervenieren wir und schalten den Staatsanwalt ein.«

Busker machte die Briefe versandfertig und brachte sie zur Poststelle.

Eilrich Sandor hielt sich selten zu Hause auf. Er genoss seinen Urlaub. Er schlief lange, frühstückte in aller Ruhe und ging dann in die Stadt. Gewöhnlich flanierte er über die Marktstraße, die mit ihren Nebenstraßen Wilhelmshavens Einkaufszentrum bildete. Gelegentlich suchte er auch Abwechslung im »Jadecenter«. Wenn nicht in einer der Kaffeestuben dort, dann trank er im Café Köhler oder Café Heise einen Kaffee und vertiefte sich in die Hefte der Lesemappen. Das Mittagessen nahm er bei Karstadt ein.

An den Nachmittagen ging er seinen sportlichen Interessen nach. Bei gutem Wetter unternahm er Fahrradtouren, joggte oder besuchte eines der vielen Fitnessstudios. An den Abenden hörte er Musik und trank hin und wieder in einer Pinte Bier.

Damenbesuch in seiner Wohnung in der Bismarckstraße stand bevor, denn die niedliche Verkäuferin der Buchhandlung hatte nach Spaziergängen am Abend durch die Kälte ihren Besuch angekündigt.

Eilrich Sandor machte die Erfahrung aller arbeitenden Menschen, nämlich der Urlaub war viel zu kurz. Der Marinemaat war dabei, sich zu verlieben, streng genommen das erste Mal. Er war guter Dinge.

Sein Dienst bereitete ihm Freude, doch dann brachte ihn eine polizeiliche Vorladung der Kriminalpolizei von Norden ziemlich durcheinander. Er überlegte viel und fand doch so recht keine Erklärung.

Eilrich Sandor hatte bei der Marine in Glücksburg seinen Führerschein gemacht, und da die Verbindung Wilhelmshaven – Norden mit Umsteigen in Sande und Esens katastrophal war, entschloss er sich, für diesen Zweck einen Wagen zu leihen.

Der ungeübte Fahrer hatte Schnee befürchtet, doch der trat nicht ein. Im Gegensatz, es war ein klarer Frosttag.

Eilrich Sandor trug einen festen dunkelblauen Troyer, Jeans und eine gefütterte Wildlederjacke. Er fuhr über Jever, Wittmund und Dornum nach Norden, ohne zu Hause anzuhalten. Bereits um zehn Uhr parkte er den Golf in Norden am Markt. Er war für elf Uhr bestellt. Ihm blieb Zeit, das Café ten Cate aufzusuchen und sich mit einer Tasse Kaffee zu stärken. Die Kriminalpolizei residierte im Alten Weinhaus, gegenüber vom Kommissariat in unmittelbarer Nachbarschaft von St. Ludgeri.

Kurz vor elf Uhr bezahlte Sandor und ging zu dem imposanten Gebäude. Er studierte die Hinweistafeln und stieg die Treppe nach oben. Das Dienstzimmer befand sich im zweiten Stock. Er klopfte an und trat ein.

»Moin«, grüßte er und hielt die Vorladung in der Hand. Das Zimmer war nicht sehr groß. In der Mitte standen zwei Schreibtische, an denen die Beamten saßen. Sie erhoben sich.

»Moin«, erwiderten sie den Gruß.

»Mein Name ist Hoogestraat, mein Kollege Busker«, sagte der ältere Beamte. Er war von gesetzter Statur.

»Ich heiße Eilrich Sandor, bin Maat bei der Marine«, sagte der Besucher.

»Wenn Sie ablegen möchten«, sagte Hoogestraat und wies auf die Garderobe.

Sandor winkte ab. Er öffnete seine Jacke.

»Sie haben mir eine Vorladung geschickt.«

Der Beamte schob den Besucherstuhl in die Nähe des Schreibtisches.

»Nehmen Sie bitte Platz«, sagte er.

Sie setzten sich.

»Herr Sandor, haben Sie eine Vorstellung, warum wir Sie zu uns gebeten haben?«, fragte der Kommissar.

Der Besucher hob die Schultern und blickte die Beamten fragend an.

»Ehrlich gesagt, nein«, sagte er.

»Kommen wir direkt zur Sache. Die junge Bürokauffrau Okka Moorhoff wurde vor eineinhalb Jahren misshandelt, missbraucht und ermordet«, trug der Kommissar vor. »Sie reiste vermutlich per Anhalter. Der Täter, vielleicht waren es auch mehrere, haben die Tote in Hagersiel am Ortseingang auf einer Weide abgelegt. Sie war entblößt.«

Eilrich Sandor wurde blass. Er hatte von dem schrecklichen Mord gehört. Wo war er da, als das passiert war? Zu der Zeit hatte er seine Grundausbildung in Glücksburg abgeleistet. Aber er hatte frei gehabt! Ja er war Freitagnachmittag direkt von der Kaserne aus nach Hause gefahren.

Die Gedanken schossen ihm nur so durch den Kopf. Er sah verwirrt drein.

»Was hat das auf sich? Warum fragen Sie mich das?«, gab er kopfschüttelnd zur Antwort.

»Sie haben von sich gegeben, dass Sie Augenzeuge gewesen sind, als Rowdys eine junge Frau misshandelten«, sagte Busker.

Der Marinesoldat stutzte. Wie in einem Nebel sah er den Mitzecher vom »Ratskeller« vor seinem geistigen Auge.

»Mein Gott! Ich hatte ein paar Gläser Bier intus. Mit diesem Gerede wollte ich nur Eindruck schinden«, sagte er kleinlaut.

»Herr Sandor, der Alkohol löste Ihre Zunge! Die Schuld

lastete auf Ihnen. Sie sprachen die Wahrheit«, sagte der Kommissar.

»Nein, ich bin kein Mörder! Glauben Sie mir!« Er steckte die Vorladung in seine Manteltasche und faltete die Hände.

»Sie haben sich selbst mit Ihrem Kneipengespräch belastet. Es ist daher unsere Aufgabe, der Sache auf den Grund zu gehen«, meinte Busker.

»Haben Sie ein Alibi für die Tatnacht?«, fragte Hoogestraat und nannte ihm das Datum.

Eilrich Sandor rang nach Luft. »Zu der Zeit besuchte ich in Glücksburg die Kaserne. Die Grundausbildung. Am Samstag erfuhr ich von dem Mord. Ich hatte frei und war zu Hause«, antwortete er.

»Wer kann das bezeugen?«, fragte Busker.

»Meine Mutter und meine Schwester«, sagte er.

»Das lässt sich überprüfen«, meinte Hoogestraat und nickte Sandor zu. »Sie können vorerst gehen.«

»Uns fehlen die Beweise, um ihn dingfest zu machen«, sinnierte Busker.

»Sagte er die Wahrheit, oder weiß er mehr über den Mord?«, murmelte der Kommissar. »Es ist nämlich nicht selten, dass ein Täter das Maul aufreißt, um mit seiner Tat zu protzen.«

»Morgen müssen wir sowieso wegen des Autodiebstahls nach Hagersiel fahren«, sagte Busker. »Dann können wir uns dort umsehen und die Mama und die Schwester des Seemannes befragen.«

»Ja, das trifft sich gut. Fertige über das Gespräch mit ihm ein Gedächtnisprotokoll an. Ich benachrichtige den Staatsanwalt«, sagte Hoogestraat.

Das »Robinson«, die Heimat von Rechtsgerichteten, hatte sich nicht verändert. Das alte Mauerwerk trotzte weiterhin dem oft stürmischen Wetter, und auch im Inneren trugen die Wände abgewohnte Tapeten oder den verblichenen Farbanstrich.

Zum Teil verkehrten die Stammgäste von damals im Lokal. Neue Gesichter waren hinzugekommen. Auch diese jungen Leute vereinte die Unzufriedenheit mit ihrer gesellschaftlichen und politischen Situation.

Vom Publikum waren die meisten ohne Arbeit. Sie hatten zum Teil schlechte Schulabschlüsse, waren ausgeflippt, träumten an der Wirklichkeit vorbei. Sie akzeptierten nicht den politischen Druck der Gemeindevertreter, der ständig anwuchs.

Es war der allgemeine Wunsch, das »Robinson« abzureißen, das Grundstück zu verkaufen und ein neues Jugendhaus zu errichten. Es war kein Geheimnis, dass manche Gäste Drogen nahmen und auch oft tranken. Mitunter ging es lärmend in der Kneipe zu, trotzdem hatten sich die Gemeindevertreter nicht entscheiden können, der Verwaltung einen Antrag auf Schließung vorzulegen. Warum auch, die Besucher randalierten nicht und waren unter sich.

Der Eigner des Lokals, der ehemalige wohlhabende Mitbürger Freerk Sillen, hatte nach dem Tode seiner Frau mit riesigen Saufgelagen sein Ansehen eingebüßt und seinen Wohlstand verloren. Der mittlerweile knapp sechzigjährige Fischer hatte sich aber wieder gefangen, und das »Robinson« trug mit dazu bei, seine Schulden zu tilgen.

Der Kapitän war in den letzten Jahren sehr gealtert. Sein Haar war weiß geworden, und er hatte stark abgenommen. Er besuchte seine Pinte nur noch selten. Er hatte den abgebrochenen Jurastudenten Harm Walter eingestellt, der mit einem festen Grundgehalt und einer Umsatzbeteiligung abgegolten wurde.

Walter hatte das Examen an der Universität in Göttingen nicht geschafft, einen weiteren Versuch abgelehnt und hatte den Job von Sillen dankbar angenommen. Der Student, Sohn eines Zahnarztes, ein geselliger Typ, verstand es ausgezeichnet, mit seinen kritischen und empfindlichen Gästen umzugehen. Harm Walter hatte es gelernt, selbst mäßig mit dem Alkohol umzugehen, denn der Kapitän gab ihm eine Option, das »Robinson« zu kaufen.

Sein Vorgänger Suntke Fisker hatte sich der Seefahrt verschrieben. Er fuhr als Koch auf der »Habig-Sohn«, einem Containerschiff der Reederei »Habig & Werfel« in Hamburg.

Suntke Fisker hatte in den Jahren die Scheu vor der Damenwelt abgelegt. Es war während seiner ersten Reise auf der »Habig-Sohn«, als sie in Singapur entladen und beladen wurden, als der Schiffskoch bei einem Stadtbummel in einem Café die Bekanntschaft eines Mädchens machte, das an Schönheit alles überbot, was ihm in seinen Träumen erschienen war. Wie ein Porzellanfigürchen, mit großen dunklen Augen, schwarzem Haar und grazilen Bewegungen saß sie neben ihm und trank mit ihm französischen Kaffee. Sie sprach Englisch und führte ihn zu einem behaglichen Apartment, wo sie ihn zärtlich die Liebe lehrte. Er bezahlte über Gebühr in Singapurdollar für dieses märchenhafte Erlebnis, was Suntke Fisker tief beeindruckte.

Während der vielen Törns im Ostasiendienst fand er dann häufig Gelegenheit, mit weiteren hübschen Asiatinnen Liebe zu praktizieren. Diese amourösen Abenteuer stärkten das Selbstvertrauen des jungen Kochs.

Suntke Fisker verdiente gut. Er nahm sich in Hamburg

in einem Altbau eine kuschelige Dachwohnung und fühlte sich wohl als Seemann. Er sehnte sich nicht zurück nach Hagersiel, das noch immer geprägt war von dem Tod der Emderin.

Seine Mutter hatte wieder eine Arbeit angenommen und besuchte ihn, wenn er seine fahrtenfreie Zeit genoss. Dabei erzählte sie ihm, dass sein Vetter Eilrich große Schwierigkeiten hatte, weil er, und das fand seine Mutter ebenfalls unerhört, beim Bier in einer Wilhelmshavener Kneipe im Alkoholrausch berichtet hatte, er wäre Zeuge eines Mordes an einem Mädchen gewesen.

Eilrichs Mutter hatte bezeugen können, dass ihr Sohn zu Hause gewesen war, als Okka Moorhoff tot auf die Wiese gelegt wurde.

»So schnell kann man in was verwickelt werden«, hatte sie mahnend hinzugefügt.

»Typisch Eilrich! Er war immer ein Spinner«, antwortete darauf Suntke Fisker.

Später stieß er in Hamburg nach monatelanger Trampfahrt auf die Frau seines Lebens. Sie arbeitete als Verkäuferin im Kaufhof und bediente ihn, als er eine Jeans, ein T-Shirt und Socken kaufte. Sie sah gut aus, war sehr schlank und zierlich und ließ sein Herz höher schlagen.

Sie trafen sich in der nächsten Zeit häufiger, und sie versprach, ihm treu zu bleiben, wenn er wieder mit dem Containerschiff »Habig-Sohn« nach Singapur unterwegs war. Und das waren keine leeren Worte, denn ihr Vater fuhr ebenfalls zur See.

Tomma liebte ihren Suntke, der auf seinen weiteren Reisen darauf verzichtete, nach asiatischen Mädchen Ausschau zu halten. Sie zog zu Hause aus und brachte fraulichen Schick in Suntkes Dachwohnung.

Zur Freude von Suntkes Mutter beabsichtigten die beiden, sich zu verloben. Suntke Fisker hatte überwunden, woran er in seiner Jugend schwer getragen hatte. Abgetan war die Zeit, die er im »Robinson« verbracht hatte.

Tade Gehlings zeigte zu oft seine unzufriedenen Seiten. Zu Hause herrschte zwischen ihm und Alfred, dem Verehrer seiner Mutter, ein gespanntes Verhältnis.

Der große, athletische Straßenbauarbeiter, dessen Frau kinderlos starb, kommandierte ihn herum, verlangte von ihm die Erledigung der Gartenarbeit in seinem Schrebergarten und forderte von Tade die Reparaturen an seinem Mietshaus, in dem vier Parteien wohnten.

Nicht minder war es auch seine Mutter, die ihn auf Trab hielt.

Oft betrat er mürrisch das »Robinson«, reagierte viel zu schnell aggressiv. Mimosenhaft empfindlich geriet er mit seinen Mitzechern schnell aneinander.

Tade Gehlings kotzte das Leben in Hagersiel an. Obwohl er nicht gerade mit bürgerlichen Tugenden gesegnet war, mokierte er sich über die Spießigkeit seiner Mitbürger. Auch seinem Chef fiel die Änderung seines Benehmens auf. Er staunte nicht selten über seine patzigen Antworten und seine Streitsucht.

Dieses Verhalten war aber nicht dem Alkoholgenuss zuzuschreiben, wie zuerst angenommen, denn Tade Gehlings trank weniger als früher, und oft sah man ihn in der Kneipe vor einem Glas mit Wasser sitzen.

Zu Hause hatte er mehrmals seinen Auszug angekündigt, meistens, wenn er sich mit dem Stiefvater in der Wolle hatte. Doch es war bisher bei den Androhungen geblieben.

Tade telefonierte mit seinen Brüdern und bat sie, ihm einen Job zu besorgen. Doch das war nicht einfach.

Während seine Mutter sich freute, dass er ausziehen wollte, befürchteten seine Brüder Unannehmlichkeiten, wenn er in ihrer Nähe war.

Doch was keiner von den Genannten für möglich gehalten hatte, das traf ein. Tade Gehlings, der von Frauen eine schlechte Meinung besaß, fand plötzlich Gefallen an einem Mädchen, das aus dem Rheinland kam.

Tade war ja ein gut aussehender junger Mann. Seine Tätigkeiten als Dachdecker, verbunden mit seinen sportlichen Aktivitäten, hatten seinen Körper geformt. Des Weiteren war ihm der verminderte Alkoholverzehr zugutegekommen.

Schicksalhaft gestaltete sich seine Heimfahrt von einem Neubau in Esens nach Hause, als auf der Störtebekerstraße vor Fulkum eine junge Frau neben einem Renault stand und ihn anhielt.

Es war ein heißer Sommernachmittag. Tade trug nur Jeans und ein T-Shirt, aus dem sein krauses Brusthaar hervorlugte. Er hielt an, blinzelte in die Sonne und kurbelte die Fensterscheibe nach unten.

»Was ist?«, fragte er.

»Verzeihung! Ich habe einen platten Reifen und bin hilflos«, antwortete die junge Frau.

»Haben Sie ein Reserverad dabei?«, fragte der Handwerker.

»Ich glaube schon«, antwortete sie. Tade lenkte seinen Opel vor ihren Wagen, stieg aus und ging zu ihr. Sie war etwa fünfundzwanzig Jahre alt. Ihr Haar war dunkelblond. Sie trug es in einer Pagenfrisur. Ihr Busen formte das Pulloverhemd. Sie trug Shorts, die ihre wohlgeformten Beine zeigten. Ihr hübsches Gesicht zeigte ein verlegenes Lächeln.

»Dann wollen wir mal sehen«, sagte der Handwerker.

Sie zeigte auf das rechte Hinterrad vom Renault.

»Platt«, sagte sie und atmete tief durch.

»Öffnen Sie mal die Klappe«, sagte der Handwerker und grinste.

Die junge Frau errötete, trat an den Wagen und öffnete die Heckklappe.

»Mal sehen«, sagte er, stellte eine Badetasche auf den Boden, beseitigte das Schutztuch, entnahm der Ladefläche den Reservereifen und lehnte ihn an den Wagen. Er fand unter der Heckklappe den Wagenheber und das Zubehör.

Wortlos machte er sich an die Arbeit und wechselte das Rad. Er packte es in den Kofferraum. Er schwitzte und rieb sich die Hände.

»Haben Sie herzlichen Dank. Wie viel bin ich Ihnen schuldig?«, fragte sie und griff nach ihrer Geldbörse.

»Lassen Sie stecken«, sagte er und wandte sich zum Gehen.

»Mein Name ist Maria Küster«, sagte sie. »Ich komme aus Düsseldorf und mache in Norddeich Urlaub.«

»Angenehm, ich heiße Tade Gehlings. Ich bin Dachdecker von Beruf und wohne in Hagersiel«, antwortete er.

Es war bereits achtzehn Uhr. Die Sonne schien noch heiß vom Himmel.

»Darf ich Sie wenigstens zu einer Erfrischung einladen?«, fragte sie.

»Eine Portion Eis würde ich nicht ablehnen«, antwortete Tade Gehlings. Er nahm das Tempotuch entgegen und rieb sich die Hände sauber.

»Einverstanden, und wo befindet sich eine Eisdiele?«, fragte sie.

»In Dornumersiel an der Straße zum Hafen. Ich fahre

vor«, antwortete der Handwerker, ging zu seinem Wagen, stieg ein und fuhr los. Er sah im Rückspiegel, wie sie ihm folgte.

Tade Gehlings, der schlechte Erfahrungen mit Mädchen gemacht hatte, spürte eine aufsteigende Nervosität. Diese Maria Küster hatte einen guten Eindruck auf ihn gemacht. Sie war sehr hübsch.

Das mit dem Eis, das hatte er nur so gesagt. Für Sekunden überlegte er, ob er Gas geben und über einen Seitenweg verschwinden sollte. Doch andererseits reizte ihn ihre Nähe.

Er schluckte, als er den Wagen durch Hagersiel lenkte. Er sah Maria Küster im Rückspiegel. Das Eis konnten sie auch hier essen, doch er wollte sich in Hagersiel nicht an der Seite eines fremden Mädchens zeigen.

Die Weiden mit dem Buntvieh und die heranreifenden weiten Felder stimmten friedlich. Die Sonne begann ihren Untergang und färbte den Himmel rot.

Tade Gehlings lenkte den Wagen in Dornumersiel an der Fischereigenossenschaft vorbei auf den Zufahrtsweg zum Hafen.

Nur wenige Hundert Meter von der Schleuse entfernt auf der Krone des Vordeiches führte Roberto Romanelli das gut gehende Eiscafé.

Tade Gehlings fuhr langsam auf den Parkplatz und stieg aus. Maria Küster stellte ihren Renault hinter seinem Wagen ab.

»Das sieht recht einladend aus«, sagte sie und betrachtete die Terrasse mit den vielen Sonnenschirmen.

Sie gingen zum Café, betraten die Terrasse und setzten sich an einen Tisch. Sie schauten auf den von Bäumen umrandeten See und die weiten Wiesen mit dem Deich, auf dem Hunderte von Schafen grasten.

»Das hier ist sehr idyllisch«, meinte Maria Küster.

Tade Gehlings nickte. Das war das erste Mal, dass er das gewohnte Bild bemerkenswert schön fand.

Die Bedienung trat an den Tisch.

»Prego«, sagte das hübsche Fräulein und lächelte freundlich.

»Herr Gehlings, keine falsche Bescheidenheit«, forderte Maria Küster ihn auf.

»Ein großes Eis, gemischt«, bestellte der Handwerker.

»Mit Sahne?«, fragte die Bedienung.

Maria Küster nickte. »Zweimal«, sagte sie. Sie schaute Gehlings an, der so völlig anders war als ihre Bekannten. Sie hatte sich vor dem Urlaub von ihrem Freund getrennt, der nur seine Karriere, Geld und Autos im Sinn hatte. Er arbeitete als Makler im Großraum Düsseldorf. Er verdiente viel und gab viel aus. Von seiner großspurigen Haltung und seinem Getue hatte sie die Nase voll.

Maria Küster arbeitete für ihren Vater, der eine kleine Baustoffhandlung im Vorort Himmelgeist betrieb. Er beschäftigte fünf Gesellen und arbeitete viel. Unter dem Strich gesehen blieb genug für die Familie, wenn auch die Zeit der großen Scheine vorbei war. Die Kleinen hatten es schwer, sich zu behaupten. Maria hatte keine Geschwister.

»Im Winter ist es hier sicher einsam«, sagte sie.

»Das kann man so nicht sagen. Das Wasser kommt und geht. Der Wind rüttelt uns wach. Die Luft ist gesund. Weite Spaziergänge bieten sich an. Und vergessen Sie nicht, der Zusammenhalt der Menschen ist anders als in der Stadt«, sagte Tade Gehlings und spürte einen Kloß im Hals, denn er dachte an das Mädchen von Emden, deren Mörder die Polizei noch nicht gefunden hatte.

»Es würde mich schon reizen, hier im Winter drei Wochen Urlaub zu machen. Nur wandern und lesen«, meinte sie.

»Aber nicht bei Schmuddelwetter«, sagte Tade Gehlings und lachte.

Das Bedienungsfräulein brachte das Eis. Maria Küster bezahlte sofort. Sie gruben die Löffel in die Becher.

»Köstlich«, meinte Tade Gehlings, der seit Jahren kein Eis mehr gegessen hatte.

»Im Winter gibt es Zwangspausen für die Handwerker«, sagte sie.

»Da fällt immer was an. Aber falls Sie in der Tat im Winter hier Urlaub machen, dann bitte ich darum, dass Sie mich besuchen«, sagte er aufgeräumt.

Sie verzehrten das italienische Eis mit Genuss. Sie schaute ihn schelmisch an.

»Und fühlt sich dann jemand gekränkt?«, fragte sie und lächelte burschikos.

»Wenn Sie das meinen, ich bin noch solo. An Ihrer Hand sehe ich auch keinen Ring«, sagte er und errötete.

»Mir geht es ähnlich. Erschrecken Sie also nicht, wenn ich im Winter an Ihre Tür klopfe«, sagte sie belustigt.

Er hob den Kopf. »Wann ist Ihr Urlaub zu Ende?«, fragte er.

»Am Sonntag reise ich ab«, antwortete sie und schob den leeren Becher beiseite.

Vom Meer her strich ein leichter Wind über die Terrasse.

»Wie wäre es mit Samstag? Wir könnten zusammen nach Norderney fahren«, sagte er, reckte sich und lehnte sich zurück.

Tade Gehlings sah gesund aus. Die Sonne hatte ihn tief gebräunt. Sein blondes Haar war gelockt. Eine Strähne bedeckte die Stirn.

Maria Küster überlegte. »Das Wetter war sehr gut, deshalb bin ich nicht zur Insel gefahren«, antwortete sie. »Aber, fein! Ich komme mit.« Sie ließ deutlich erkennen, dass sie sich freute.

»Die Schiffe fahren ab Norddeich in der Saison stündlich. Sind Sie einverstanden, wenn wir die Fähre um 10 Uhr 30 nehmen?«, fragte er.

»Einverstanden. Wir treffen uns um zehn Uhr am Fahrkartenschalter«, schlug sie vor.

Es kamen weitere Gäste. Sie erhoben sich, gingen zum Parkplatz, sahen sich verliebt an, reichten sich die Hände, stiegen ein und fuhren davon.

Das war nach langer Zeit das erste Mal, dass Tade Gehlings wieder einer Frau Gefühle entgegenbrachte. Diese Rheinländerin gefiel ihm. Sie hatte eine Topfigur und war gescheit. Ihr alter Herr betrieb eine kleine Baustoffhandlung! Das konnte die Gelegenheit sein, endlich Hagersiel Ade zu sagen.

Er schalt sich einen Toren, dass er sich ihre Ferienadresse nicht aufgeschrieben hatte. Sie wird kommen, dachte er und fühlte ein wohliges Glücksgefühl. Er fuhr beschwingt nach Hause.

Heute störte ihn nicht, dass seine Mutter meckerte, weil er so spät zum Abendessen kam. Er zog sich früh auf sein Zimmer zurück, schaute in seinen Schulatlas und suchte Düsseldorf auf der Karte.

Tade Gehlings konnte es kaum erwarten, Maria Küster wiederzusehen. Dennoch flog die Zeit dahin. Er stellte erstaunt fest, dass ihm die Arbeit leichter von der Hand ging, er sich am Abend nicht so ausgelaugt fühlte wie noch vor Kurzem, als er ohne Perspektive und Hoffnung auf Änderung vor sich hin lebte.

Seinem mürrischen Stiefvater war die Veränderung seiner Stimmung aufgefallen. Er führte sie auf eine Aufbesserung seines Lohnes zurück.

»Du kannst Mutter ein paar Mark Kostgeld mehr abliefern«, sagte er.

Tade hatte nur einen verächtlichen Blick für ihn übrig.

Am Samstagmorgen schliefen die Eltern noch, als Tade Gehlings sich nach dem Waschen für eine saubere Jeans entschied. Er zog ein dunkelblaues Hemd an und seine Wildlederjacke darüber. Er aß im Stehen in der Küche eine Schnitte, trank dazu klaren Sprudel und sorgte dafür, dass er weg war, bevor ihn die Mutter und der Stiefvater ausfragen konnten.

Er stieg in seinen Opel und fuhr über Dornum, Junkersrott und Ostermarsch nach Norddeich, parkte auf dem Platz vor der Mole, bediente die Parkuhr und ging zur Fahrkartenausgabe.

Das Hoch erwies sich als stabil. Am Himmel trieben weiße Wölkchen im Wind und ließen der Sonne viel Platz. Das Wasser kam und trieb leichte Schwappwellen an den Strand. Fischkutter kamen vom Fang und tuckerten in den Hafen.

Vor dem Fährschiff hatten sich bereits die Wartestreifen mit Autos gefüllt. Im Sporthafen bereiteten sich die Segler auf ihre Törns vor.

Tade Gehlings schaute nervös in Richtung »Fährhaus«. Endlich sah er Maria Küster. Sie kam näher. Sie sah zum Anbeißen aus. Sie trug gegen den harten Seewind einen schwarzen Troyer, dunkle Cordjeans, Wanderschuhe und hatte ihr Haar mit einem Band befestigt.

Sie neigte sich vor, küsste Tade auf die Wange und nahm ihn an die Hand.

»Komm, wir holen die Karten für unser Traumschiff«, sagte sie aufgekratzt.

Sie betraten das Schaltergebäude, kauften die Fahrkarten und gingen zum Schiff, das abfahrbereit am Anlieger lag.

»Die meisten Passagiere bevorzugen das Sonnendeck. Trinken wir einen Kaffee auf dem Restaurationsdeck«, meinte Maria Küster und schaute Tade Gehlings fragend an.

»Gebongt«, antwortete er.

Sie betraten über die Passagierbrücke das Schiff und blieben unter Deck. Hier gab es noch freie Plätze an den Fenstern. Sie nahmen gegenüber auf einer Sitzbank Platz.

Draußen schien die Sonne in den Yachthafen. Möwen hingen im Wind.

»Hält der Reifen die Luft?«, fragte Tade Gehlings.

Sie nickte. »Den anderen bringe ich zu Hause weg«, antwortete sie.

Sie sahen sich verliebt an. Tade gab sich ungekünstelt, so wie er war. Ihm war bewusst, dass es ihm am feinen Benimm fehlte, dass er auch ein Defizit an Allgemeinwissen aufwies. Das schreckte ihn nicht ab. Er hatte eingesehen, dass er in Hagersiel versauern würde.

Auf Maria Küster machte er einen guten Eindruck. Er war anders als die jungen Männer in Düsseldorf. Ungekünstelt und selbstbewusst, verkörperte Tade für Maria das, was sie einen »Naturburschen« nannte. Sonnengebräunt mit breiten Schultern und kräftigen Händen saß er vor ihr und strahlte Ruhe und Gelassenheit aus.

»Wie verliefen Ihre Tage, die ich faulenzend am Strand in Norddeich verbrachte?«, fragte sie.

»Wenn ich ehrlich bin, besser als sonst. Ich freute mich auf unser Wiedersehen«, antwortete er.

Der Ober trat an den Tisch.

»Zweimal Kaffee«, sagte Tade Gehlings.

»Becher?«, fragte der Ober.

Tade nickte.

»Mir imponierte Ihre Hilfsbereitschaft, und ich hoffte stark, dass Sie die Verabredung nicht vergessen«, sagte sie mit einer leichten Röte im Gesicht.

Der Ober brachte den Kaffee. Sie gaben Milch und Zucker hinzu und rührten um. Dann nahm sie den Becher in die Hand und hielt ihn hoch.

»Ich heiße Maria«, sagte sie.

»Mein Name ist Tade«, antwortete er und hob ebenfalls den Becher hoch. Sie lachten, stießen an und nahmen einen Schluck. Danach gaben sie sich einen Kuss. Sie mochten sich und hatten Vertrauen zueinander.

Während die »Frisia II« ablegte und bei herrlichem Wetter und Windstärke fünf der Insel entgegenstampfte, tranken Tade Gehlings und Maria Küster den Kaffee und erzählten sich Begebenheiten aus den Kindertagen und der Jugendzeit.

Nach einer kurzen Unterbrechung, als sie auf den Sandbänken die Seehunde liegen sahen, die sich sonnten, setzten sie die Gespräche fort und gewannen den Eindruck, sich schon lange zu kennen.

Sie nahmen sich an den Händen, verließen das Schiff und bummelten in bester Laune am Weststrand entlang, erfreuten sich am Strandleben und der Landschaft. Sie folgten der Promenade mit dem Blick auf das weite Meer, die heranrollenden Wellen und den Badebetrieb.

Seitlich erhob sich die Skyline der Insel und ging bereits vor dem Café Cornelius über in die Dünenlandschaft.

Sie trugen gutes Schuhwerk, spürten noch keine Müdigkeit und hatten sich noch viel zu erzählen, sodass sie beschlossen, erst an der »Weißen Düne« eine Rast einzulegen.

Mitunter nahm das Gespräch fast den Charakter einer Beichte an, wenn es galt, Dummheiten offen zu legen. Spätestens zu diesem Zeitpunkt stand fest, dass ihre Zielsetzung, wenn auch unbewusst, darauf hinauslief, sich noch näherzukommen, um letzten Endes ein Paar zu werden.

Bereits jetzt deutete Tade Gehlings an, dass er sich gerne zu verändern beabsichtige, wobei Düsseldorf als kulturelle Metropole seinen Bildungshunger stillen konnte. Das sah Maria Küster ein, der es nicht gegeben war, die Eltern und das Geschäft zu verlassen.

Seinem Gesinnungswandel gemäß spielte Tade mit dem Gedanken, die Abendschule zu besuchen, um seine Bewerbungssituation zu verbessern.

Maria Küster wusste bereits zu helfen. Bei ihrer Tante Nettchen in Itter, nicht ganze zwei Kilometer Entfernung von zu Hause, wohnte in einem preiswerten Apartment ein Student, der im Herbst auszog.

Auf diese Weise hatte sich binnen kurzer Zeit für Tade die Welt geöffnet.

»Natürlich ist es am Rhein auch schön. Bei diesem Wetter am Ufer den Schiffen zuzuschauen, die zu Berg und Tal fahren. Oder auf der Kö spazieren gehen und abends einen Altstadtbummel unternehmen«, sagte Maria Küster, als sie die »Weiße Düne« erreichten.

Der feine Sand bedeckte den Strand und zog sich hoch bis zu den mit Strandhafer bewachsenen Dünen. Den Namen verdankte dieser Strandabschnitt dem großen, rot gestrichenen langen Holzhaus, das ein beliebtes Café und Restaurant war. Es lag zwischen zwei hoch geschichteten Dünenkämmen und bot eine hervorragende Aussicht auf den Strand und das Meer. Seine Terrasse für die Frischluftfanatiker grenzte an den Wanderweg.

»Tade, bekommst du nicht jetzt schon Heimweh, bei diesem Anblick«, scherzte Maria.

»Nein, wenn ich dich in meiner Nähe habe«, antwortete er und betrat mit ihr die Terrasse.

Sie setzten sich an einen Tisch und schauten weit übers Meer bis zum Horizont. In den bunten Strandkörben saßen Urlauber und sonnten sich. Kinder spielten im Sand. In den Wellen badeten die Gäste.

»Die Seeluft macht hungrig«, sagte Maria und griff nach der Karte, die auf dem Tisch lag.

»Irgendetwas mit Fisch«, sagte er. »Den bekomme ich zu Hause nie. Meine Mutter mag den Geruch nicht.«

Sie studierten gemeinsam das Angebot. Der Ober erschien.

»Die Herrschaften haben gewählt?«, fragte er.

»Zweimal die Norddeicher Kutterscholle mit Petersilienkartoffeln und Buttersauce«, bestellte Tade Gehlings.

Der Kellner schrieb die Bestellung auf. »Und zu trinken?«, fragte er.

»Mineralwasser«, antwortete er, der früher jede Gelegenheit genutzt hatte, Alkohol zu sich zu nehmen.

Sie verzehrten das Essen mit Genuss, tranken dazu das Wasser. Dann bezahlten sie und gingen durch die Dünen zurück. Der kurvenreiche Weg führte entlang der Dünen-Täler und über die Dünenkronen.

Müde und erschöpft erreichten sie die Stadt. Ihnen blieb noch Zeit, die »Alte Teestube« aufzusuchen. Sie setzten sich an einen Fenstertisch, bestellten zwei Kännchen Tee und zwei Stücke Rumflockentorte.

Sie erholten sich von der langen Wanderung mit dem

Blick auf das ferne Juist. Die ersten Fischkutter passierten die Insel und fuhren zum Fang aus.

»Ein herrlicher Abschluss eines erholsamen Ausfluges«, meinte Maria Küster.

»Mir steht der Jahresurlaub noch zu. Wenn ich dich im September besuchen will, muss ich ihn am Montag anmelden«, sagte Tade und schaute sie fragend an.

»Bitte, erledige das sofort. Wir wollen uns doch schnell wiedersehen«, antwortete sie und legte ihre Hand auf seine.

»Mein Fotoapparat hängt leider zu Hause«, sagte er bedauernd.

»Dein Bild trage ich hier«, sagte sie und legte die andere Hand auf ihr Herz.

Sie bezahlten und gingen am Weststrand entlang zum Schiff. Ohne Scheu hielten sie häufig inne, küssten sich und achteten darauf, keinen Anlass zum Ärger zu bieten.

Sie nahmen die letzte Fähre zum Festland. Sie war brechend voll.

Doch diesmal stiegen sie die Treppen hoch und fanden in der Nähe der Brücke noch zwei Plätze. Sie hielten sich an den Händen und schwiegen.

Als das Schiff Norddeich erreichte, begleitete Maria Küster Tade zum Parkplatz. Sie stiegen ein und küssten sich, dann fuhren sie zur Pension. Gern hätte Tade sie auf ihr Zimmer begleitet, doch das hätte die Grenzen des Zumutbaren gesprengt.

Glücklich, mit pochendem Herzen nahmen sie Abschied.

# 8

Tade Gehlings dachte an seine wilden Jahre und an seine anfängliche Zeit im »Robinson«. Gewiss, er konnte sie nicht ungeschehen machen. Dabei war er der Meinung, es sei berechtigt, jegliche Schuld von sich zu weisen und seine Unschuld glaubhaft darzustellen.

Aber das Gerede rief ein tiefes Misstrauen hervor, das aber nicht Tade alleine betraf, sondern auch seinen Freund und Kumpel Markus Sattelkamp, den Sohn des wohlhabenden Bauern aus Hagersiel.

Markus hatte erst kürzlich mit der Aufzucht von schottischen Hochlandrindern große Erfolge zu verzeichnen gehabt. Vor allem mit Schlachtrindern, die wegen der Qualität sehr beliebt waren. Besonders auf den Inseln war die Nachfrage enorm gestiegen.

Markus Sattelkamp befand sich auf Erfolgskurs. Die Schönheit der Rinder hatte es ihm angetan. Er schlachtete ein Kalb, verarbeitete es im eigenen Haushalt, und sie alle fanden das Fleisch gut.

Markus war begeistert und mit ihm die Metzgermeister von Hagersiel, die das Fleisch prompt nach eigenen Schlachtungen ihren Kunden anboten. Es war ein Renner und bereits binnen weniger Stunden verkauft. Ganz besonders fand das Fleisch der Schlachtrinder auf den Inseln bei den Feriengästen Anklang.

Schon nach kurzer Zeit hatte Markus seine Tiere verkauft. Alles in allem befand er sich auf Erfolgskurs. Doch ihn reizte nicht nur das Geld. Er liebte diese Tiere, die mit ihrem zottigen Fell sehr urig aussahen und dabei recht zutraulich waren. Die große Kundennachfrage hatte ihn selbst überrascht.

Am Nachmittag, als er mit seinem Mercedes über den Hof fuhr, sah er seine Mutter. Er stieg aus und umarmte sie. Doch er erschrak, als er ihr verhärmtes Gesicht sah.

»Ist etwas?«, fragte er aufgeregt und strich ihr liebevoll durch ihr lockiges Haar.

Doch sie schreckte zurück und begann zu weinen. Dann schlug ihr Weinen in ein Schluchzen um.

»Kannst du mir das erklären?«, fragte sie, zog einen Brief hervor und hielt ihn ihm hin.

»Was ist das?«

»Lies selbst.«

Markus schluckte heftig, als er die Zeilen las. Der Vater eines der Mädchen, die er und Tade Gehlings vor einiger Zeit sexuell belästigt hatten, wie er es für sich nannte, hatte den Brief geschrieben. Darin ging es um sogenannte »Ausgleichszahlungen«.

Hatte die Polizei davon etwa Kenntnis? Und was wäre, wenn sein Vater damals bereits eine stattliche Summe an den Vater des Mädchens bezahlt hätte?

Markus erschrak, als seine Mutter sich ihm zuwandte. Aber was wusste seine Mutter überhaupt von der Sache? Markus überlegte.

»Denk an unsere Vereinbarung, offen miteinander zu sein!«, sagte sie.

»Mir passt es nicht, dass er uns erpresst!«, keuchte Markus. »Ich werde ihn anzeigen.« Er war sehr blass geworden.

Seine Mutter ließ nicht locker.

»Sag mir, was dran ist, dass du dem Mädchen etwas angetan hast! Ich werde sagen, dass es eine Lüge ist. Ich habe inzwischen gezahlt. Ich kann dir die Quittung zeigen!«

»Das muss genügen, denn hier haben sich noch andere Dinge ereignet, die einigen Bürgern die Ehre nehmen könnten. Es ist eine Sauerei, immer wieder zu kassieren«, sagte Markus. »Aber er weiß, dass ich vermögend bin und es mir nicht leisten kann, mich vor Gericht zu verantworten und mich dem Gerede der Leute auszusetzen.«

»Ich weiß nicht, wovon du redest. Der Staatsanwalt hat dich noch nicht zu einem Verhör eingeladen! Aber wenn, was kann er dann von dir wollen? Sag es mir, bevor ich es von der geschwätzigen Nachbarin erfahre.«

Als er nichts auf ihre Worte erwiderte, drehte sich die Mutter und ging davon.

Zwar hielt sich der Vater aus dem Geschäftlichen zurück, ließ den Sohn schalten und walten. Sie waren dabei immer gut gefahren. Mit einem eigenen Mähdrescher ernteten sie die großen Felder ab. Neben der Milchwirtschaft stellten die Kartoffeln einen erwähnenswerten Umsatzbeitrag dar. Der gute Kleieboden war dafür sehr geeignet.

Ohlrich Sattelkamp bestand das Priesterexamen mit der Note Gut. Er erhielt seine erste Stelle auf dem Lande bei Göttingen.

Doch dann ging es mit kleinen Vorboten los, die anzeigten, dass die guten Jahre dem Ende entgegengingen. So war es eine Venenentzündung, die der Mutter zu schaffen machte. Tapfer rückte sie der Erkrankung mit ihren Hausmitteln zu Leibe. Doch dann ereilte sie eine Gehirnblutung, als sie im Hühnerstall die Eier einsammelte. Dort lag sie bei brütender Sommerhitze bis in den späten Nachmittag, bis ihr Mann Eilhard sie fand.

Sie kam in das Norder Krankenhaus.

Trotz aller nur möglichen Gegenmaßnahmen lag sie im Koma und verstarb nach gut zwei Wochen.

Erst jetzt erfuhren die beiden Männer, was die Mutter geleistet hatte. Markus Sattelkamp bemühte sich händeringend, zumindest eine Haushälterin zu finden. Die Ernte war gelaufen, doch wie sollte es weitergehen?

Die Frage wurde noch akuter, als Eilhard Sattelkamp unmittelbar vor der Adventszeit über ein starkes Unwohlsein klagte, das mit Schwindelanfällen einherging. Später gesellten sich Schmerzen im Oberbauch hinzu.

Markus fuhr den Vater zum Norder Krankenhaus.

Die gründlichen Untersuchungen der Ärzte ließen keine Zweifel zu. Eilhard Sattelkamp litt an Leberkrebs.

Er wurde aus dem Krankenhaus entlassen und starb eine Woche später. Dabei hatte der Landwirt genügsam gelebt, und sein Alkoholverzehr hatte sich in Grenzen gehalten.

Eilhard Sattelkamp hatte es zu hohem Ansehen gebracht. Die Gemeinde Hagersiel nahm mit Ehrfurcht Abschied von dem Landwirt, der zu Lebzeiten viele Ehrenämter erfüllt hatte.

Sohn Ohlrich leitete die Trauerandacht. Er war besonders über den Tod seiner Eltern erschüttert. Seine Frau Lucia war hochschwanger und brachte das Kind erst nach der Beerdigung zur Welt.

Markus stand seiner Zukunft hilflos gegenüber. Plötzlich auf sich allein gestellt, wuchs ihm die Arbeit im Büro, erst recht im Haushalt, über den Kopf. Er hatte nichts anderes gelernt als die Landwirtschaft. Doch die chaotischen Verhältnisse überstiegen seine Kräfte.

Er atmete auf, als die Landwirtschaftskammer »Weser-Ems« ihm einen »Grünen Engel« schickte, der ihm beistand, wieder Ordnung in seinen Betrieb zu bringen.

Auch die Finanzen waren durcheinandergeraten. Die Ersparnisse seiner Eltern deckten die Beerdigungskosten und einen Teil des Anspruchs seines Bruders Ohlrich, der in Göttingen gebaut hatte und glaubte, zu schlecht zu fahren, da Markus wie vereinbart den Hof erbte. Sein Bruder hatte vergessen oder nie erfahren, wie viel Arbeit es erforderte, einen landwirtschaftlichen Betrieb rentabel zu führen.

Markus kalkulierte deshalb den Streit mit Ohlrich von vornherein ein. Diesen Rat gab ihm auch die versierte Aushilfskraft.

Sie hieß Antje Herbig, kam aus Oldenburg und hatte Agrarwesen studiert. Sie war nur ein Jahr älter als Markus Sattelkamp, und das Schicksal hatte es gewollt, dass sie auf ihre weiteren Bewerbungen noch keine Antwort erhalten hatte.

Sie suchte eine Stelle als Verwalterin einer Domäne. Das war bis dato das Reich der Männer.

Antje Herbig machte eine gute Figur. Sie war weder schlank noch dick. Sie hatte ein hübsches Gesicht, blondes langes Haar, und sie konnte anpacken, was besonders wichtig war.

Innerhalb weniger Monate ging es wieder bergauf mit dem Sattelkamphof.

Antje Herbig und Markus Sattelkamp arbeiteten gut zusammen, wie die letzte Ernte bewiesen hatte. Dabei hatte er sich gegen seine früheren Gewohnheiten ihr gegenüber wie ein Gentleman verhalten. Auch wenn es locker herging, was häufig der Fall war, hielt er sich mit anzüglichen Bemerkungen zurück.

Markus Sattelkamp hatte ihr das Zimmer seines Bruders zur Verfügung gestellt, es wohnlich gestaltet und selbst einen Fernseher angeschafft. Doch ergab es sich, dass sie abends lange zusammen in der Wohnstube saßen.

Eines Tages kam von Antje Herbig der Vorschlag, sich zu duzen, da ihre Zusammenarbeit so hervorragend lief und es der Situation mehr entspreche.

Fremde, die Antje Herbig und Markus Sattelkamp auf dem Hof antrafen, wenn sie Gemüse oder Milch kauften, oder sonst wo zusammen sahen, hielten die beiden für ein Ehepaar.

Der Zeitpunkt rückte näher, an dem die junge Frau neuen Aufgaben zugeführt wurde, denn Antworten auf ihre Bewerbungen ließen weiter auf sich warten. Der Winter nahte und kündigte für den Hof ruhigere Zeiten an.

Die Landwirtschaftskammer hatte Markus Sattelkamp unschätzbaren Dienst erwiesen und war nun zu Recht der Meinung, die Zeit hätte gereicht, den Hof wieder in Eigeninitiative zu führen.

An einem finsteren Spätherbsttag, nachdem es den ganzen Tag geregnet hatte und der Sturm durch die alten Bäume gefegt war, betrat Markus Sattelkamp am Abend nach der Stallarbeit das Wohnzimmer, stellte eine Flasche Sekt auf den Tisch, holte zwei Gläser, öffnete die Flasche und goss die Gläser voll.

Er rief nach Antje, die sich draußen zu schaffen machte.

Sie zog die Stirn kraus, als sie den Sekt sah.

»Habe ich deinen Geburtstag vergessen?«, fragte sie überrascht. Er lachte.

»Keineswegs! Ich wollte mit dir auf unsere Verlobung anstoßen«, sagte Markus mit ernstem Gesicht.

Seine Augen signalisierten ihr, dass ihn nicht der Schalk ritt.

Seine Hand zitterte, als sie ihr Glas hob und schweigend mit ihm anstieß. Sie tranken sich zu und küssten sich behutsam. Dann setzten sie die Gläser ab.

Antje weinte und ließ sich von Markus in die Arme nehmen.

»Willst du meine Bäuerin werden?«, fragte er mit Tränen in den Augen.

Sie nickte nur und erwiderte seinen Kuss. Dann führte Markus Antje zur historischen Couch, auf der schon Oma und Opa Platz gefunden hatten. Es war gemütlich in der Bauernstube. Markus löschte das Licht. Er entkleidete unter heißen Küssen seine Antje, zog sich aus und liebte sie, während draußen der Regen wie in Eimern vom Himmel fiel.

Dodo Panzinga, der begabte Musiker und Arztsohn, führte ein Leben, das sich mit den Vorstellungen seiner Eltern absolut nicht deckte. Dabei spielte natürlich eine wesentliche Rolle, dass sein Vater als Arzt sehr konservativ war und von daher allen Neuerungen skeptisch gegenüberstand.

Die Mutter spielte ihre Rolle ohne jeden Emanzipationsanspruch. Beide, sie und ihr Mann hatten alles Erdenkliche getan, ihren Kindern ein schönes und behagliches Zuhause zu bieten. Dabei hatten sie es nicht an Gelegenheiten fehlen lassen, den Kindern den Umgang mit der Freiheit beizubringen. Von der antiautoritären Erziehung, deren Auswirkungen mittlerweile ins Zwielicht gerückt waren, hielten sie nicht viel.

Während der ersten Schuljahre machte Dodo den Eltern keine Probleme. Er zeigte sich folgsam, lernte gern und gut, ohne dass die Eltern eingreifen mussten.

Für den Arzt und seine Frau war es eine Selbstverständlichkeit, dass Dodo das Gymnasium besuchte. Es folgte ein problemloser Übergang. Den Vorstellungen der Eltern entsprechend entschied sich Dodo unter anderem für den Leistungskurs Latein.

Um die Anfängerklippen zu überwinden oder erst gar nicht auftreten zu lassen, übernahm der Vater die Betreuung des Sohnes. Diese abendlichen Veranstaltungen und Wochenendübungen verliefen anfangs harmonisch, und sie bereiteten beiden eine Menge Spaß. Doch dann fühlte Dodo sich immer mehr unter Druck gesetzt. Der Ton des Vaters verlor seine Herzlichkeit. Das Latein beschwerte nicht nur das Verhältnis zwischen Vater und Sohn, sondern gestaltete sich für Dodo zum roten Tuch.

Schließlich engagierte Dr. Panzinga einen Pädagogen. Doch damit war der häusliche Friede nicht wieder hergestellt. Dodo empfand die Schule immer mehr als eine üble Last.

Seine Eltern wurden nicht müde, ihm klarzumachen, dass er als Sohn eines Arztes wenigstens das Abitur abzulegen habe. Seine Schwester wurde als sein Vorbild hingestellt, die sehr gern und mit großem Erfolg zur Schule ging.

Doch das viele Reden brachte nichts. Im Gegenteil, die Abneigung gegen die Schule wuchs, und so war es schließlich konsequent, dass Dr. Panzinga Dodo von der Schule nahm, von dem er einst angenommen hatte, er werde sein Werk fortsetzen.

Doch dieser Entschluss hatte zur Folge, dass das Familienklima fortan vergiftet war. Dodo reagierte bockig. Sein Benehmen führte zu Streitigkeiten zwischen Vater und Mutter. Auch die schlichtende Schwester kam nicht ungeschoren davon.

Sie alle mussten sich eingestehen, dass der geliebte Dodo auf dem Wege war, ins Verderben zu laufen. Und so kam, was kommen musste.

Dodo widmete sich mit Enthusiasmus der Musik, zog zu Hause aus, wohnte in einer Wohngemeinschaft mit Gleichgesinnten, die wie er glaubten, die Welt mit Musik verbessern zu können. Doch sie gaben das Geld aus, was die Alten verdient hatten.

Es gehört nicht viel dazu, nachzuvollziehen, wie vor allem Frau Panzinga unter diesen misslichen Zuständen litt. Das Gerede der Leute überhörte sie dabei. Gelegentlich schaffte sie es, Dodo wieder in ihren Haushalt einzugliedern. Handwerker verwandelten sein Zimmer in ein gemütliches, wohnliches Apartment. Eltern und Schwester duldeten das Gitarrengeklimper.

Doch dann geriet Dodo erneut mit seinem Vater aneinander.

Es gab viele Anlässe. Es war vor allem der Alkoholkonsum, über den sich der alte Herr erzürnte.

Erneut sah die Mutter leidend zu, wie der Sohn versuchte, auf eigenen Beinen zu stehen. Er verdingte sich als Taxifahrer mit mehr oder weniger Erfolg.

Seine zweite Heimat wurde das »Robinson«.

Doch dann schien sich das Blatt zu wenden. Ein seltener und großer Erfolg geriet in die Nähe der Möglichkeit. Ein führender Musikverlag und seine Späher hatten ein Auge auf die Provinzband die »Sea Players« geworfen, in der Dodo Panzinga die führende Rolle spielte. Die acht Musiker aus Hagersiel und Umgebung erhielten eine Einladung mit Zusage der Kostenübernahme nach Hannover. Zusätzlich wurde eine Gage von zehntausend Euro vereinbart.

Sie führten in einem renommierten Tonstudio ihr Programm vor und machten Probeaufnahmen. Die Zeitungen berichteten.

Doch dann kam die Enttäuschung. Von den übrigen

sechs Gruppen, die unter gleichen Bedingungen eingeladen wurden, gingen die Braunschweiger »Brocken Singers« als Sieger hervor.

Die »Sea Players« unter der Leitung von Dodo Panzinga mussten ihre Hoffnungen auf einen Durchbruch begraben.

Das war eine bittere Pille für den abgebrochenen Gymnasiasten und bedeutete das Ende seiner Band. Die Mitglieder, die eine professionelle Ausbildung durchlaufen hatten, fanden Arbeit beim NDR in Hannover, die übrigen versuchten sich in bürgerlichen Berufen.

Dodo Panzinga fand nicht zurück zu seiner Familie, die bereit war, ihn finanziell zu unterstützen. Er ging nach Hamburg, jobbte in mehreren Berufen und suchte Anschluss in verschiedenen Bands. Nach vielen Umwegen gelang es ihm, Mitglied einer Gruppe zu werden, die auf St. Pauli ihr Zuhause und feste Engagements hatte.

Die Gruppe wohnte zusammen in der Seilerstraße und führte ein Leben voller Hoffnungen auf dem Weg nach oben. Die jungen Männer besaßen Talent, daran war nicht zu zweifeln, doch ihre Träume erstickten oft in Alkohol und Drogen. Sie gaben zudem viel Geld aus für Agenturen und Vermittler, die geschickt ihre Hoffnungen nährten.

Dodo hatte es vorgezogen, für wenig Geld zu musizieren, und lehnte es ab, bürgerliche Ziele ins Auge zu fassen.

Seine Mutter und seine Schwester hatten lange gebraucht, zu erfahren, wo er abgeblieben war. Der Arzt wollte nichts mehr von seinem Sohn wissen.

Anders reagierte seine Frau. Die Mutter buchte per Telefon im Ibis-Hotel in Altona ein Zimmer und fuhr nach Hamburg. Angeblich besuchte sie ihre Schwester.

Am Nachmittag machte sie sich auf den Weg zur Seilerstraße. Sie trug Jeans, eine weiße Bluse und eine Lederweste.

Es gab bereits um diese Zeit genügend zu entdecken, was ihr den Atem nahm. Es war ein Samstag mit viel Sonnenschein und schwüler Abendhitze. Der angesagte Wind brachte kaum Kühlung. Leicht bekleidete Frauen aller Farbschattierungen lockten die Besucher an. Kinos zeigten Pornos. Große, knallbunte Lichtreklamen machten auf Shows aufmerksam, die zwischen ganz normalen Geschäften stattfanden.

Eine Welt für sich, fuhr es Frau Panzinga durch den Kopf, und sie dachte an Hagersiel. Hier würde sich wahrscheinlich niemand wundern, wenn am Morgen eine leicht bekleidete Frau tot aufgefunden wurde. Aber das war in dem sauberen, christlichen Hagersiel passiert.

Die vielen Menschen auf St. Pauli kamen ihr schmuddelig vor. Und hier wohnte ihr Dodo, ihr Sorgenkind.

Auch das Haus in der Seilerstraße machte einen ungepflegten Eindruck. Ein Sex-Shop war nicht zu übersehen.

Sie schüttelte sich, nahm sich ein Herz und trat an die Haustür. Fremde Namen und der Name der Band standen auf einem Klingelschild.

Sie klingelte. Dann ging die Tür auf.

Ein junger Mann erschien.

»Ja?«, sagte er nur, und es sah aus, als grinse er. Er trug eine kurze Hose. Er sah ungepflegt aus mit seinen langen Haaren und Dreitagebart.

»Mein Name ist Panzinga, ich hätte gerne Dodo Panzinga gesprochen«, sagte sie aufgeregt.

»Ich heiße Alpes, sie nennen mich Apfel, weil ich von Stade komme. Eine Verwandte?«, fragte er.

»Die Mutter«, sagte sie.

Der junge Mann lachte. »Zweite Tür rechts«, sagte er.

»Danke«, antwortete sie.

Der Korridor war ungepflegt. Das Haus war alt. Eine Eisentreppe führte nach oben. Sie trat an die Tür. »Dodo« stand auf einem Namensschild. Sie klopfte an und wartete.

»Gehen Sie ruhig rein«, sagte der junge Mann und ging davon.

Frau Panzinga öffnete die Tür und trat ein. Es war ein Zimmer mit hoher Decke und einem großen Fenster. Ein Schrank, es war mehr ein Spind, stand an der Wand, daneben lag auf einer Matratze ihr Sohn.

Dodo trug nur seine Badehose. Auch er war unrasiert.

Im Zimmer gab es noch einen Tisch, einen Stuhl, ein Bücherregal und eine Kochecke.

»Dodo! Wach auf. Deine Mutter ist hier!«, rief sie.

Dodo schlug die Augen auf. Wie durch eine Nebelwand sah er das Gesicht seiner Mutter. Er stützte sich mit den Armen ab.

»Mutter«, sagte er verwirrt und setzte sich auf den Matratzenrand.

»Dodo, zieh dich an und fahr mit mir nach Hagersiel zurück«, sagte sie bestürzt. Sie beugte sich nieder und fuhr ihm durch die Haare.

Dodo schüttelte den Kopf.

»Hagersiel? Nie mehr! Verschwinde! Lass mich in Frieden. Die Gruppe braucht mich.« Er schob ihre Hand von seinem Kopf.

»Dodo, nimmst du Rauschgift?«, fragte sie.

»Jedenfalls nicht das, was du darunter verstehst, Mutter«, antwortete er. Er stand auf, zog eine alte Jeans und einen abgetragenen Troyer an.

»Dodo, wir vermissen dich und wollen dir helfen, einen Neuanfang zu beginnen«, trug sie gequält vor.

»Danke, die Band ist meine Heimat. Sag dem Doktor, dass es aus ist mit mir«, sagte er, nahm den Arm seiner weinenden Mutter und schob sie vor die Tür. »Komm gut zurück«, sagte er und verschloss die Tür von innen.

Sie stand im Flur und schluchzte. Das Wiedersehen hatte sie sich anders vorgestellt.

»Dodo!«, rief sie. Sie trommelte mit den Fäusten gegen die Tür. »Mach auf!«

Die Tür blieb verschlossen. Sie wischte sich die Tränen vom Gesicht, trat auf die Straße und ging schweren Herzens davon. Sie passierte die vollen Bürgersteige und kam zum Millerntorplatz. Dort betrat sie ein Café, setzte sich an einen Tisch und bestellte einen Kaffee.

Sie spürte instinktiv, dass sie ihren Sohn verloren hatte. Sie hatte ihm das Leben geschenkt, ihn in Liebe aufgezogen, doch er hatte andere Vorstellungen von der Welt.

Sicherlich traf ihren Mann nicht die Schuld an dem Dilemma. Er liebte ihn und hatte stets aus seiner Fürsorge heraus gehandelt.

Sie faltete die Hände unter dem Caféhaustisch und wandte sich mit einem Gebet an die Mutter Gottes.

Wie tief konnte Dodo noch sinken? Er nahm Drogen, das hatte sie in seinem fahlen Gesicht erkannt.

Frau Panzinga bezahlte, ging zu Haltestelle und fuhr mit der S-Bahn zum Hotel zurück.

Ihr Mann durfte nicht erfahren, dass sie Dodo davor bewahren wollte, sich selbst zu ruinieren. Einen solchen Lebensstil könnte sie niemals gutheißen.

Das aber sah ihr Sohn anders. Das Musizieren war sein Leben. Dabei glaubte er an eine steil aufwärts führende

Karriere, die ihn für seine bisherigen Opfer mit Ruhm und Geld entschädigen würde. Bald gehörten sie zur Szene!

Seine Mutter tat ihm nicht leid. Erst recht sein alter Herr nicht. Sie hatten ihn stets gequält während seiner Schullaufbahn. Er hatte sein Schicksal in die eigenen Hände genommen. Auch die Beatles hatten hier in Hamburg ihre Weltkarriere gestartet. So kurz vor dem Ziel wollten die Alten ihn wieder in das langweilige Kaff holen. Hier in Hamburg spielte in der Tat die Musik.

Während seine Mutter voller Enttäuschung im Hotel Ibis Rotwein trank und mit dem Schicksal haderte, waren etwa ein paar Hundert junge Zuhörer in den Veranstaltungssaal in der Seilerstraße gekommen und jubelten den Bandmitgliedern zu.

Am nächsten Morgen hatte ein Tief Hamburg erreicht. Dichte Regenschauer prasselten vom Himmel, und ein aufgefrischter Südwest von der Stärke sechs bis sieben fegte durch die Straßen.

Frau Panzinga hatte schlecht geschlafen. Daran war nicht das Hotelbett schuld, sondern ihr Sohn, der in der großen Stadt dabei war zu verkommen.

Das Hotelfrühstück war gut und reichlich. Sie nahm sich ein Brötchen, das sie beim Kaffee herunterzwang. Sie telefonierte mit ihrem Mann, verschwieg ihm jedoch ihren Versuch, Dodo heimzuholen. Mit der Straßenbahn fuhr sie dann zum Bahnhof Altona und nahm den Zug nach Bremen. Dort stieg sie um nach Norddeich Mole, wo ihr Mann sie abholte.

Sie gab sich fröhlich, grüßte von ihrer Schwester und ließ ihren Mann in der Ungewissheit.

Für Dr. Harro Panzinga gab es keinen Dodo mehr. Das Fass war übergelaufen. Sein Sohn hatte alle Chancen gehabt und sie nicht genutzt. Er verbot seiner Tochter und seiner Frau, seinen Namen in seiner Gegenwart zu erwähnen.

Natürlich entging der Ärger, den Dodo seiner Familie bereitete, nicht den Einwohnern von Hagersiel und erst recht nicht den Nachbarn. Die Leute redeten hinter vorgehaltener Hand, als verspürten sie Freude über Dodos Eskapaden.

# 9

Die Zeit rann dahin. Es verging keine Woche, ohne dass die gealterte Mutter, meistens in Begleitung ihres Mannes, das Grab der ermordeten Tochter Okka bei Wind und Wetter auf dem Friedhof aufsuchte und für frische Blumen und Grabschmuck sorgte.

Der Tod der Tochter hatte ihrer Gesundheit geschadet und ihren Lebensnerv getroffen.

Das Ehepaar war in Pension gegangen, und oft musizierten sie an späten Abenden im Kerzenlicht und hielten Zwiesprache mit der Toten.

Natürlich konnte das tote Mädchen auf diesem Wege den Eltern nicht mitteilen, wer ihre Peiniger gewesen waren. Sie gingen aber davon aus und behaupteten bei jeder Gelegenheit, dass Okkas Seele lebte.

Die hartgesottenen Kripobeamten lehnten es ab, dazu Stellung zu beziehen. Sowohl Busker als auch Hoogestraat hatten eine christliche Erziehung genossen und glaubten, wie sie sich ausdrückten, an einen Gott oder einen ewigen Geist. Doch der entzog sich voll und ganz unserer Wirklichkeit.

Sicherlich konnte niemand auf die Idee kommen, die Beamten dafür verantwortlich zu machen, dass sie den Mörder noch immer nicht überführt hatten.

Die vergangene Zeit hatte nicht dazu beigetragen, die Ermordung der ehemaligen Reedereiangestellten zu vergessen. Akribisch verfolgten die Beamten und auch Staatsanwalt

Gawor das kriminelle Geschehen in der Bundesrepublik. Sobald sie irgendwelche Parallelen zu ihrem Mordfall entdeckten, waren sie zur Stelle.

Erst kürzlich hatten Spaziergänger an einem Parkplatz in Mulardshütte die Leiche einer Studentin der TH Aachen gefunden. Der Mörder hatte die hübsche junge Frau vergewaltigt und erwürgt.

Hoogestraat wandte sich an die Kripo Aachen, ließ entsprechende Kopien kommen und studierte die Unterlagen mit Busker.

Die vorgefundenen Gemeinsamkeiten häuften sich. Auch hier gab es Schnittstellen mit dem Mord an der Polin. Nach ausgiebigen Recherchen konnte Monate später der Täter ermittelt werden. Es handelte sich um eine Beziehungstat. Mörder und Opfer wurden später von einem Besucher des Campingplatzes aufgrund einer Phantomzeichnung in der Aachener Zeitung identifiziert.

Es konnten keine Rückschlüsse auf den Mord an Okka Moorhoff gezogen werden.

So oder ähnlich verlief auch der Mord an einer Kellnerin in Bad Harzburg. Sie war auf dem »Brockenweg« unterwegs und hatte sich gegen Nachmittag am Wegesrand im Gebüsch hingesetzt, um zu urinieren. Dabei hatte ein Strolch sie beobachtet, von hinten angefallen, erwürgt und anschließend missbraucht. Auch dieser Fall konnte nicht aufgeklärt werden. Verdächtigt wurde ein Pilzsammler, der sich im Wald aufgehalten hatte. Später konnte der Mörder überführt werden. Es handelte sich um einen Jugendlichen, der arbeitslos war, aber oft das Lokal aufsuchte, in dem die junge Frau arbeitete. Er hatte von seiner Mutter ein falsches Alibi bekommen. Später gestand er die Tat.

Daraufhin prüften die Beamten genauestens das Leben

des Verbrechers, konnten aber nicht eine Spur entdecken, die nach Ostfriesland führte.

Auch am nächsten Tag herrschte klares Frostwetter vor. Nach Bearbeitung der Post verließen die Kommissare das Alte Weinhaus und nahmen im gegenüberliegenden Kommissariat den angeforderten Passat in Empfang.

Sie machten sich auf den Weg nach Hagersiel. Die Straße führte am Deich entlang. Sie fuhren über Junkersrott und Dornum.

Auf den weiten Weiden und riesigen Feldern lag Schnee. Einem Möbelvertreter aus Herford war der Wagen, es handelte sich um einen Audi A4, gestohlen worden. Er hatte ihn auf dem Platz vor dem Hotel »Sielhof« abgestellt.

Das war – soweit sich die Beamten erinnern konnten – der erste Autodiebstahl hier an der Küste. Daher hegten die Beamten die Hoffnung, dass der Wagen in der näheren Umgebung wieder auftauchen würde.

Hoogestraat fuhr zum »Sielhof«. Der aufgeregte Vertreter war ein gesetzter, etwa vierzigjähriger Mann, der »die Osteuropäer« für den Verlust seines Wagens verantwortlich machte.

Der Vorfall war schnell aufgenommen. Eine Firma aus Esens brachte einen Leihwagen. Die Kosten deckte die Vollkaskoversicherung des Vertreters. Für die Ergreifung des Täters oder der Täter war die Polizei zuständig.

Gegen elf Uhr verließen die Kommissare den »Sielhof« und fuhren zur Dornumer Riege, auf der die Eltern mit der Schwester des Marinesoldaten Eilrich Sandor wohnten. Am Ende der Hauptstraße führte eine Querstraße zu den teuren Bungalows, die sich in Deichnähe befanden.

Das hübsche Klinkerhaus hatte einen verschneiten Vorgarten, den ein Jägerzaun einzäunte. Die Beamten parkten vor dem Haus, gingen zur Haustür und betätigten die Klingel.

Sekunden später erschien eine etwa fünfzigjährige Frau. Sie hatte hell blondiertes Haar. Ihr Gesicht war breit und gut geschnitten. Sie trug eine Cordjeans und einen Strickpullover mit Zopfmuster.

»Ja, Sie wünschen?«, fragte sie.

»Wir kommen von der Polizei. Mein Name ist Hoogestraat, das ist mein Kollege Busker«, sagte der Kommissar und zeigte seinen Ausweis.

Frau Sandor erschrak.

»Ist was …?«, fragte sie aufgebracht.

»Es besteht kein Grund zur Aufregung«, antwortete der Kommissar.

»Kommen Sie rein«, sagte sie. Sie ging vor durch einen Flur, von dem mehrere Türen abzweigten. Sie öffnete eine.

»Nehmen Sie bitte Platz«, sagte sie und wies auf die Sesselgruppe, die in Fensternähe stand.

Sie setzte sich zu den Beamten an den runden Tisch.

»Sagen Sie mir, weshalb Sie zu mir kommen«, sagte sie aufgeregt mit glühenden Wangen.

»Frau Sandor, wir hätten gern von Ihnen erfahren, ob Ihr Sohn Eilrich zu Hause war, als das Mädchen aus Emden, sie hieß Okka Moorhoff, ermordet und am Ortseingang von Hagersiel auf die Weide gelegt wurde?«, trug der Kommissar vor.

Frau Sandor sah die Beamten misstrauisch an.

»Ja, er kam damals am Freitagnachmittag von Glücksburg«, sagte sie. »Dort befindet sich seine Kaserne. Nach dem Abendessen ist er noch mal ausgegangen, war jedoch um elf Uhr wieder hier. Das können mein Mann und auch meine Tochter bestätigen.« Sie schaute erwartungsvoll auf.

»Und er hat sich nicht mehr während der Nacht entfernt?«, fragte Busker.

»Nein, wir haben noch zusammengesessen«, antwortete sie.

»Das geben Sie uns schriftlich?«, sagte der Kommissar.

Busker nahm einen Block und einen Kugelschreiber aus der Tasche und schob ihn ihr zu.

Ihre Hand zitterte leicht, während sie schrieb. Danach reichte sie dem Beamten den Block und den Kugelschreiber zurück.

»Warum wollen Sie das wissen?«, fragte sie.

»Weil Ihr Sohn erzählt hat, er hätte zugesehen, wie ein Mädchen misshandelt, gequält und schließlich getötet wurde«, sprach Busker mit hartem Ton.

»O Gott, nie und nimmer stimmt das! Eilrich muss betrunken gewesen sein«, sagte sie und schob ihre Hände über den Tisch, als wollte sie ihn abwischen.

»Frau Sandor, Sie wissen, dass wir immer noch nach dem Mörder fahnden, der die Dirn aus Emden ermordet hat«, warf Hoogestraat ein. »Über die Geschichte macht man keine Witze. Wir müssen jedem Hinweis nachgehen.«

»Haben Sie meinen Sohn zur Rede gestellt?«, fragte sie.

»Das haben wir«, antwortete Busker. »Sie lieferten uns die Bestätigung seiner Aussage. Ihnen ist dabei klar, dass Sie sich strafbar machen, wenn Sie uns in die Irre führen?«

Die Beamten gingen davon aus, dass die biedere Frau die Wahrheit sagte.

»Mein Mann ist Filialleiter bei der Bremer Landesbank«, sagte Frau Sandor. »Unsere Kinder haben uns bisher nie Schwierigkeiten gemacht. Diesmal scheint sich unser Sohn

Eilrich mächtig daneben benommen zu haben. Das bitte ich zu entschuldigen.« Sie lächelte verlegen.

Das Zimmer zeigte bürgerliche Gemütlichkeit. Überhaupt wirkte das Haus gepflegt.

Die Beamten erhoben sich.

»Der Vorfall ist aktenkundig geworden. Wir werden ihn weiter im Auge behalten«, sagte Hoogestraat.

»Mit anderen Worten, sie werden Eilrich nicht zur Rechenschaft ziehen?«, fragte Frau Sandor aufatmend.

Busker nickte.

»Sprechen Sie mit Ihrem Sohn. Auf Wiedersehen«, sagte Hoogestraat.

Die Beamten verließen das Haus, gingen zu ihrem Wagen und stiegen ein.

»Das war wohl nichts«, sagte Hoogestraat, steckte den Schlüssel in das Schloss, startete den Motor und fuhr los.

»Dennoch finde ich es seltsam, dass der Junge mit dem Mordgerede imponieren wollte«, sagte Busker.

Sie fuhren zurück zur Hauptstraße und verließen dann Hagersiel.

»Und wenn sie gelogen hat?«, fragte Busker nach einer Weile, während sie die zum Teil winterliche Deichlandschaft passierten.

»Ihr Sohn hat doch bestimmt mit ihr telefoniert«, meinte Hoogestraat.

»Welche Mutter würde ihrem Sohn nicht aus der Klemme helfen?«, gab Busker zur Antwort.

»Neben Jupp Stüssgen kommen wir nicht umhin, auch Eilrich Sandor zu verdächtigen«, gab Hoogestraat zur Antwort.

Sie schwiegen, während sie Norden erreichten und zum Alten Weinhaus fuhren. Sie stellten den Wagen ab, betraten das Gebäude, stiegen die Treppe hoch und suchten ihr Dienstzimmer auf.

Es war angenehm warm. Die Beamten legten ihre Mützen ab, zogen ihre Jacken aus, hängten sie an die Garderobe und nahmen am Schreibtisch Platz.

Busker betätigte den Computer. Er benachrichtigte die Sammelstelle für gestohlene Personenkraftwagen, gab die Daten des Eigentümers und Wagens durch. Von dort ging die Meldung direkt weiter an die deutschen Grenzen.

Während dieser Zeit telefonierte Hoogestraat mit dem Staatsanwalt in Aurich.

»Selbstverständlich können wir diesem Eilrich Sandor die Tat nicht nachweisen«, äußerte der Kommissar. »Sein Zechgefährte, der Polizeikollege, bestätigte, dass der Maat seine Äußerungen in der Tat alkoholisiert gemacht hatte. Er gab zu Protokoll, dass er an dem besagten Freitag Urlaub hatte, den Abend zu Hause verbrachte, also sich zur Tatzeit nicht draußen aufgehalten hat. Wir haben mit Frau Sandor, seiner Mutter, gesprochen. Sie gab eine entsprechende schriftliche Erklärung ab.«

»Jeder normale Mensch wird sich hüten, mit solchen Äußerungen seine Umgebung zu schocken«, sagte der Staatsanwalt. »Welchen Eindruck machte er? Trauen Sie ihm die Tat zu?«

»Teils, teils. Denkbar ist auch, dass seine Mutter ihm ein Gefälligkeitsalibi lieferte«, antwortete Hoogestraat.

»Fertigen Sie einen entsprechenden Bericht an und legen Sie ihn zu der Akte. Was war mit dem Autodiebstahl?«, fragte der Staatsanwalt.

»Einem Möbelvertreter aus Herford wurde während der Nacht sein Wagen, es handelt sich um einen Audi A4, vor dem ›Sielhof‹ gestohlen. Wir haben den Fall aufgenommen und die ersten Schritte unternommen«, antwortete der Kommissar.

»Anfang nächster Woche komme ich nach Norden und besuche Sie. Tschüß«, sagte der Staatsanwalt.

»All up Stee«, antwortete Hoogestraat und legte auf.

»Wie wäre es mit der verdienten Mittagspause?«, fragte Busker und schaute den Kommissar fragend an.

»Einverstanden. Bereite einen Tee zu, während ich vorher noch den Bericht über unseren Besuch bei Frau Sandor erstelle«, sagte Hoogestraat und verließ das Dienstzimmer.

Busker suchte den Sozialraum auf. Er füllte den Wasserkocher und schaltete ihn ein und spülte die Teekanne mit warmem Wasser aus. Dann gab er den Tee in die Kanne und füllte sie mit dem kochenden Wasser. Er zündete das Teelicht im Stövchen an und stellte die Teekanne auf die erhitzte Abdeckung. Daraufhin ließ er den Tee mit dem Blick auf die Uhr genau fünf Minuten ziehen. Aus dem Wandschrank nahm er die Gedecke, setzte sie auf ein Tablett und trug es in das Dienstzimmer. Er verteilte das Geschirr auf die Schreibtische, begab sich wieder zum Personalraum, nahm eine zweite Kanne, spülte sie ebenfalls mit heißem Wasser aus und füllte den Tee in die zweite Kanne, indem er mit einem Sieb die Teeblätter entfernte.

Busker wusste, dass sein Tee Spitze war. Er brachte die Kanne samt Stövchen zum Dienstzimmer. Er und Hoogestraat legten Kluntje in ihre Tassen, dann schenkte Busker ein. Sie nahmen ihre Brote aus der Tasche, aßen sie und tranken den Tee dazu.

»So ganz überzeugend stellt sich das Bild meiner Meinung nach nicht dar«, sagte Busker. »Plapperte Eilrich Sandor im Suff Dinge aus, die in der Tat den Mord an Okka Moorhoff betrafen?«

»So langsam gerät die schreckliche Tat in Vergessenheit«, sagte Hoogestraat. »Auch dem Frauenmörder Jupp Stüssgen ringen die Kollegen vom Vollzug kein Geständnis ab.« Er löffelte seinen Joghurt, trank danach eine Tasse Tee und räumte den Tisch.

»Wenn wir wüssten, wo das Verbrechen stattgefunden hat, dann fiele es uns leichter, einen Ansatz zu finden«, meinte Busker, packte seine Brotdose ein und steckte sich eine Zigarette an.

Der Kommissar holte die Akte auf den Tisch. Sie hefteten den Bericht ab.

»Wir kommen einfach nicht weiter. Es gibt keine Zeugen«, sagte Busker und brachte den Ordner zum Schrank zurück.

An der Hilflosigkeit der Beamten im Mordfall Moorhoff änderte sich auch weiterhin nichts. Das Verbrechen schien ungesühnt den Sieg über die Bemühungen der Polizei davonzutragen.

So jährte sich der Tag zum zweiten Mal, an dem die junge, gut aussehende Reedereikauffrau in die Klauen des oder der Verbrecher geraten war.

Während in Emden die Mutter und der kranke Vater das Grab auf dem Friedhof mit blühenden Blumen schmückten und dabei Tränen vergossen, warteten in Norden die Kripobeamten fast hoffnungslos auf einen Hinweis.

Sie lehnten es inzwischen ab, die Tat dem Frauenmörder Jupp Stüssgen anzuhängen, obwohl es berechtigte Gründe gab.

Natürlich beschäftigten schwere und minder schwere Verbrechen die Beamten, die dennoch den Mord an Okka Moorhoff nicht vergaßen, wenn auch im dritten und vierten Jahr nach der Tat keine Erfolge erzielt werden konnten.

Aber auch in Hagersiel war zu spüren, dass die Bürger auch nach Jahren nicht bereit waren, das Verbrechen auf sich beruhen zu lassen.

Es war deshalb nicht verwunderlich, dass am Ortsausgang auf der verwilderten Wiese an der Straße nicht nur ein schlichtes Holzkreuz errichtet worden war, sondern selbst zur Winterzeit stets Blumen an die tote Okka Moorhoff erinnerten. Es waren nicht die Eltern des Mädchens, die auf diese Weise der Toten gedachten, sondern Bürger von Hagersiel.

Für die Urlauber und Fremden erwies es sich als erstaunlich und auffällig, dass die Trauer so lange anhielt, wo doch das Verbrechen nicht in Hagersiel geschah.

Sicherlich gab es auch hier Gründe, ihrer zu gedenken.

Die Beamten, einschließlich des Staatsanwalts, vertraten die Meinung, dass der Mord an Okka Moorhoff der rohen Mentalität der Besucher des »Robinson« entspräche.

Öl in das Feuer goss ein Artikel des »Kuriers«, der die Meinung vieler wiedergab.

Das Fazit war schnell gezogen und lautete: Schließt die Kneipe »Robinson«!

Der Wirt und Eigentümer, Kapitän Sillen, befand sich mal wieder in Geldnot und war nicht abgeneigt, das Robinson zu verkaufen. Interessenten gab es genug, da die Lage hervorragend war. Auch die Gemeinde sah die Möglichkeit gekommen, die Kneipe abzureißen und damit endgültig das Thema vom Tisch zu haben. Sie bot dem Kapitän eine entsprechend hohe Summe und fand einen Interessenten, der einen dem Kurbetrieb adäquaten Neubau errichten wollte.

Es war schon ein historischer Tag, als mit dem Abriss des

Robinson begonnen wurde. Das lockte nicht nur die Gäste des Jugendlokals in das Hafengebiet.

Auch Hoogestraat und Busker waren gekommen, um Zeuge zu sein.

Wie von vielen Bürgern vermutet, kam es zu undisziplinierten Verhalten. Unschöne Szenen spielten sich ab, als die jungen Leute mit der Entrümpelung des Hauses begannen. Sie entfachten seitlich des Hauses ein Feuer und verbrannten massenweise obszöne Schriften und Hefte. Sie ernteten einen Lacherfolg, als sie eine Schaufensterpuppe, deren weibliche Geschlechtsmerkmale von Kugeln eines Luftgewehres durchlöchert waren, dem Feuer anvertrauten.

Lauten Beifall gab es, als die Fenster geöffnet wurden und der Billardtisch mit einem lauten Krachen auf der Straße landete.

Doch dabei gab es eine Verwirrung, die Busker auf den Plan rief.

Aus der Kugelablage fielen nicht nur die bunten Billardkugeln auf die Straße, sondern auch ein Ring.

Der Kriminalbeamte hob ihn auf und betrachtete ihn. Er sah sofort, dass es sich um eine einfache Arbeit handelte, wie sie von ausländischen Straßenverkäufern angeboten werden. Busker reichte ihn dem Kommissar.

Hoogestraat betrachtete den Ring interessiert. Er gab Busker ein Zeichen und ging mit ihm zu dem Billardtisch, der beschädigt am Boden lag. Einer der früheren Gäste des »Robinson« machte sich an den Kugeln zu schaffen.

Der Kommissar studierte die Kugelablage und befühlte die Wand. Dann sah Busker auch die beschädigte Wand neben dem Führungskanal.

Hoogestraat hüstelte und betrachtete den Ring.

»Könnte er Okka Moorhoff gehört haben?«, murmelte er.

»Aber wie kam dann der Ring in den Billardtisch?«, fragte Busker.

Hoogestraat zuckte mit den Schultern. »Deponierung des Ringes in höchster Not? Wollte sie damit jemandem eine Nachricht hinterlassen? Eine ziemlich naive Vorstellung – oder gibt ihr Hilferuf doch etwas mehr her?«

Der Ring gab den Beamten zu denken. Denn er passte eigentlich nicht ins »Robinson«, denn hier verkehrten keine Frauen wie Okka Moorhoff.

Die Beamten ließen den Ring vom BKA untersuchen. Daraufhin starteten Hoogestraat und Busker eine Zeitungsaktion, und zwar brachte der »Weserkurier«, danach sogar der »Stern«, einen Bericht mit einem Foto des Ringes.

Wie erwartet, sorgte der Bericht für eine lebhafte Resonanz. Ein Steuerberater aus dem Rheinischen meldete sich und gab an, dass er eine Anhalterin auf der Raststätte Ulm angetroffen und mit ihr Kaffee getrunken habe, die einen Ring, wie er abgebildet sei, getragen hatte. Sie hatte ihm erzählt, dass sie auf dem Wege sei, ihre Eltern zu besuchen, und dass sie einen Freund, einen Studenten, hätte, der aus Südamerika stamme. Er hatte ihr den Freundschaftsring geschenkt. Dabei erwähnte sie, dass sie mit ihm nach Rio fahren werde. Sie war sehr gesprächig.

So weit die Aussage des Zeugen.

»Die Welt ist klein«, meinte Busker und telefonierte mit seinen bayerischen Kollegen, die sich bereitwillig einschalteten.

Hoogestraat sah hoffnungsvoll der Entwicklung ihrer Arbeit entgegen.

»Natürlich unter der Voraussetzung, dass wir den südamerikanischen Studenten finden, wäre es angebracht, nicht nur von ihm eine Genprobe zu nehmen«, meinte Busker.

»Dem stimme ich zu«, antwortete Hoogestraat. Schließlich hatten der oder die Mörder genügend Sperma hinterlassen, um eine Genprobe durchführen zu können.

Hoogestraat rief den Staatsanwalt an.

»Das heißt mit anderen Worten, wir müssen den Studenten einladen, um diesen Gentest durchführen zu können, oder wir müssen nach München fahren«, äußerte der Kommissar.

Dem stimmte Staatsanwalt Gawor zu.

»Ich denke, Sie schicken ihm eine Vorladung«, sagte der Staatsanwalt, »und bei der Gelegenheit nehmen Sie eine Genprobe von ihm und gewinnen damit Sicherheit für weitere Untersuchungen.«

»All up Stee«, sagte Hoogestraat. »Ich telefoniere noch mal mit den Kollegen in München, vielleicht kennen sie den Studenten. Wir müssen allerdings damit rechnen, dass er nicht so einfach aufzuspüren ist.«

Hoogestraat sprach mit einem Kommissar Bachmeier, der ihm mitteilte, dass sie den brasilianischen Studenten ausfindig gemacht und einem Verhör unterzogen hätten. Es handelte sich um den fünfundzwanzigjährigen Medizinstudenten Enrico Burdos.

»Der Student hat zu Protokoll gegeben, dass Okka Moorhoff mit ihm mehr als nur bekannt war, ja, er hatte das Mädchen geliebt. Dieser Enrico hat bereits gemerkt, dass wir ihn verdächtigen.«

»Das ist hochinteressant. Wir kommen nach München, um den Studenten selbst zu verhören«, sagte Hoogestraat.

»Bis dann«, verabschiedete er sich.

Am nächsten Morgen zogen über Ostfriesland dunkle Regenwolken auf. Schon früh fuhren die Beamten los. Sie waren guter Dinge und hofften auf brauchbare Hinweise, denn immerhin war Enrico Burdos Okka Moorhoffs Geliebter gewesen. Er hatte, davon konnten die Beamten ausgehen, ihr den Freundschaftsring geschenkt.

Doch da blieb die Frage, wie dieser Ring in die Kugelablage des Billardtisches gekommen war. Wenn der Student München nicht verlassen hatte, besaß er ein Alibi, was zu überprüfen war, denn auch auf ihm lastete der Verdacht, Okka vielleicht nach einem Streit getötet zu haben.

Hoogestraat und Busker hatten genug Gesprächsstoff, während sie die siebenhundert Kilometer über die Autobahn zurücklegten. Sie hatten keine Probleme mit dem Großstadtverkehr und fanden ohne Schwierigkeiten das Studentenheim, in dem der Student wohnte.

Enrico Burdos war anwesend und bat sie einzutreten. Er war beileibe nicht der Typ eines Mannes, der seine Freundin misshandelt und erdrosselt haben könnte. Der Student war groß von Wuchs und hatte einen athletischen Körperbau. Seine Haut war gebräunt. Sein Gesicht war gut geschnitten.

Er blickte die Besucher prüfend an.

»Herr Burdos, mein Name ist Hoogestraat«, sagte der Kommissar. »Das ist mein Kollege Busker. Wir sind Kriminalbeamte und recherchieren im Mordfall Okka Moorhoff, die mit Ihnen befreundet war. Sie sind über den Mord informiert?«

Über das Gesicht des Studenten huschte ein Schatten.

»Ja. Ich weiß es durch Okkas Vermieterin. Okka war meine Freundin«, antwortete er, »ich liebte sie!« Er fuhr mit der Hand über seine Augen. »Setzen Sie bitte alles daran, damit der Mörder endlich gefasst wird!«

»Sie schenkten Ihrer Freundin einen Ring?«, fragte Busker.

Der Student nickte.

»Haben Sie in Hagersiel alleine oder mit Okka das ›Robinson‹ betreten?«, fragte Busker.

»Nein, ich war nie in Hagersiel. Okka erwähnte das Lokal aber einmal«, sagte er. »Sie wollte mich begleiten, wenn ich nach Hause nach Rio fahre.«

»Hatte sie Feinde?«, fragte der Kommissar.

»Nein, nicht, dass ich wüsste.«

Hoogestraat hob die Schultern und atmete tief durch.

»Auch ich habe immer wieder gegrübelt und überlegt, wer fähig sein könnte, das Verbrechen zu begehen. Aber umsonst!«, murmelte der Student.

»Herr Burdos, dennoch ist es erforderlich, dass wir von Ihnen eine Speichelprobe nehmen, um einen Gentest durchzuführen«, sagte Busker.

Enrico Burdos nickte gelassen. »Ich studiere Medizin!«, antwortete er.

Hoogestraat öffnete die Tasche, entnahm ihr das vorbereitete Wattestäbchen und reichte es dem Studenten, der es in den Mund nahm, es mit Spucke nässte und zurückgab.

Busker nahm es an und legte es in eine Plastikschachtel.

»Vielen Dank für Ihre Bereitschaft, unsere Arbeit zu unterstützen, Herr Burdos!«, sagte Hoogestraat. Er reichte dem Studenten die Hand.

»Auf Wiedersehen. Sie hören von uns«, sagte Busker.

Die Beamten gingen zum Wagen und fuhren zum Polizeipräsidium, um mit ihren bayerischen Kollegen zu sprechen.

»Wir müssen die Auswertung des Gentestes abwarten, dennoch bin ich der Meinung, dass der Student unschuldig ist«, meinte Busker.

»Dem pflichte ich bei«, erwiderte Hoogestraat.

Und in der Tat, der Gentest bewies die Unschuld des Studenten.

Dennoch war ihr Besuch in München nicht ohne Ergebnis gewesen. Abgesehen davon, dass wieder Schwung in die Ermittlungen gekommen war, zeigten die Untersuchungen doch auch, dass Okka Moorhoff in München ein normales Leben geführt hatte. Sie hatte sich in einen jungen Mann verliebt. Es gab keinen kriminellen Hintergrund. Daraus war zu schließen, dass die Lösung des Falles im heimischen Hagersiel zu suchen war.

Dieser Meinung war auch Staatsanwalt Gawor, der ebenfalls von dem Wunsch beseelt war, die Akte des Mordfalles endlich schließen zu können.

Aber ein schrecklicher Vorfall erschütterte erneut Hagersiel und erinnerte an den Mord, den aufzuklären der Polizei noch nicht gelungen war.

# 10

Roswitha Roßlenbroich strahlte Gesundheit aus. Die siebzehnjährige Schönheit war eine Augenweide nicht nur für die jungen Männer des Ortes, nein, Roswitha gefiel auch den meisten Frauen von Hagersiel, denn sie verkörperte etwas, was man selten so antrifft, nämlich in ihr kam der Zeitgeist zum Ausdruck.

Sie hatte dunkles, langes Haar und bronzefarbene Haut. So stellte sich ein Maler eine Südeuropäerin vor, nämlich den Typ, den Roswitha verkörperte! Dazu gehörten auch ihre dunklen Augen.

Roswitha Roßlenbroich war von kleinem Wuchs und hatte Ähnlichkeit mit Okka Moorhoff. Sie besuchte in Esens das Gymnasium.

Niemand in Hagersiel konnte ahnen, dass Roswitha ebenfalls so ein Schicksal erleiden würde wie Okka Moorhoff. Wenn hier auch gravierende Unterschiede zu nennen sind.

Roswitha war ohne feste Bindung, denn die Liaison mit ihrem Schulfreund Hubertus war nicht ernst zu nehmen, wie sie selbst sagte. Sie liebte allerdings den Umgang mit männlichen Altersgenossen. Sie tanzte gerne und besuchte mit ihrem Freund Hubertus die Disco, um Freunde und Freundinnen zu treffen.

Sie war auch an diesem Abend in der Disco im Gasthaus »Stranddistel« in Hagersiel, in der Nähe des Marktes, etwa fünfhundert Meter vom Park entfernt. Hier verkehrten Handwerker und bürgerliche Stammgäste und tranken in der angegliederten Bierstube nach Feierabend Bier und spielten Skat. Hier fanden auch die meisten Vereinstreffen statt.

Des Weiteren hatte der Wirt nach Schließung des »Robinson« eine ansprechende Diskothek eröffnet. Hier war die hübsche Roswitha ein gern gesehener Gast.

Roswithas Mutter kam aus Andalusien. Ihr Vater hatte sie während seiner Jahre als Bäcker in Nerja kennengelernt und geheiratet, bevor sie die Bäckerei in Hagersiel übernahmen.

Roswitha war eine begehrte Tanzpartnerin. Sie kam an diesem Abend nicht zur Ruhe. Nicht eine einzige Verschnaufpause gönnten ihr die jungen Männer.

Das sah ihr Freund Hubertus nicht gerne. Eifersüchtig ließ er seine Freundin nicht aus den Augen und gönnte ihr nicht einmal die Zeit, die Toilette aufzusuchen.

Um elf Uhr verließ Roswitha mit ihrem Freund die Disco. Sie hatten sich an den Händen gefasst und schritten in Richtung Marktplatz durch die Grünanlage, in die nur wenig Licht fiel.

Hubertus ließ plötzlich ihre Hand los und verschwand in den dichten Büschen. Roswitha dachte, ihr Freund wollte sein Wasser unbemerkt abschlagen, und ging unbesorgt langsamer über den Kirchweg weiter.

Der Abend war sehr schön gewesen. Sie hatte sich aus der Eifersucht ihres Tanzfreundes nichts gemacht und viel getanzt und sich wohl gefühlt im Kreis der jungen Menschen.

Sie drehte sich um und blickte in die Büsche, weil Hubertus immer noch nicht wieder aufgetaucht war. Sie sah ihn aber nicht.

Dann spürte sie eine Hand auf ihrer Schulter und lächelte, denn Hubertus suchte des Öfteren so ihre Nähe. Sie strich ihm über das kurz geschnittene Haar und kuschelte sich an ihn.

Doch dann erschrak sie, denn Hubertus zog ihr die Hose nach unten.

»Hubertus!«, schrie sie entsetzt. Doch ihr Freund gab keine Antwort. Er fiel über sie her. Sie spürte seine Hände, während sie fest auf den Boden gedrückt und unsittlich berührt wurde.

Ihre Angst steigerte sich. Sie rang nach Luft, als sich zwei Hände auf ihren Mund legten.

»Lass das!«, jammerte sie und erschrak zu Tode, als sie spürte, dass Hubertus versuchte, sie zu vergewaltigen.

Ihr Wimmern hörte ein vorbeispazierender Feriengast und rief mit seinem Handy die Polizei, die sich auch sofort auf den Weg machte.

Die Beamten fanden eine weinende und gestikulierende schöne junge Frau vor, die sich als Tochter des Bäckers und Schülerin des Esener Gymnasiums vorstellte. Ihr Name war Roswitha Roßlenbroich.

Ihr Gesicht war fahl. Sie war nur knapp einer Vergewaltigung entgangen. Sie gab an, dass es ihr Freund gewesen sei, der sie begleitet hatte.

Daraufhin suchten die Beamten die ganze Gegend und den Park nach Hubertus ab. Aber da war nichts zu machen. Hatte das Mädchen vielleicht gesponnen?

Sie sahen keine Spur des Freundes, dieser Hubertus war verschwunden.

Die Beamten suchten das ganze Gebiet nach Spuren ab. Dann brachten sie Roswitha Roßlenbroich nach Haus. Ihr Vater ließ seine Tochter berichten und zeigte sich zufrieden, als er aus ihrem Munde erfuhr, dass sie einen Schutzengel gehabt hatte.

Wer immer es auch war, der seiner Tochter hatte Gewalt antun wollen, aber nicht zum Zuge gekommen war, er musste seine Strafe bekommen.

Roswitha war geschockt, aber Gott sei Dank hatte sie selbst Schlimmeres verhütet. Aber wo war Hubertus geblieben? Er war in die Büsche des Parks gegangen, mit den Händen am Unterleib, was ganz danach aussah, als hätte er gemusst.

Die Polizisten fanden eine Lache, von der sie eine Probe zur Sicherheit nahmen. Der Park war frisch hergerichtet worden und barg auch Fußspuren, die die Polizei ebenfalls aufnahm.

Auf Wunsch des Bäckermeisters und seiner Tochter fuhren die Beamten zu der Wohnung in Hagersiel. Hubertus wohnte in der Schulstraße, aber er war nicht zu Hause. Seine Mutter wusste auch nicht, wo er war.

Die Polizei bat die Mutter, sofort anzurufen, wenn ihr Sohn nach Hause käme. Zusätzlich ließen sie sich Schuhe von Hubertus geben, von dem sie annahmen, dass er der Täter war. Sie staunten nicht schlecht, als sie feststellen mussten, dass er denselben Fußabdruck hinterließ wie der auf dem frisch umgeworfenen Acker.

»Ich bin gespannt, was uns dieser Hubertus erzählen wird«, sagte Kommissar Hoogestraat. »Wir fahren am besten sofort zum Revier und melden den Vorfall.«

»All up Stee«, sagte Busker.

Sie fuhren zum Revier und machten Meldung. Daraufhin bereiteten sie eine Urinprobe für das Labor vor.

Die Abmessung des Abdrucks passte mit dem Schuh überein.

Auch der Staatsanwalt schaltete sich ein und beabsichtigte, Hubertus zu verhören. Er wollte von ihm wissen, wo er sich aufgehalten hatte, als man nach ihm suchte. Er nahm die Aussagen von Roswitha ernst, die ihren Freund sehr belasteten. Doch was war in den jungen Mann gefahren, der seine Freundin auf dem Heimweg von der Disco überfiel und versuchte sie zu vergewaltigen, wo er doch Stunden später mit seiner Roswitha vermutlich hätte zusammen schlafen können? Das jedenfalls gab die Schülerin ungeniert zu Protokoll.

Hoogestraat und Busker verhörten den jungen Mann, als er nach Tagen aufkreuzte. Die Aussagen von Hubertus waren schockierend. Er war in die Büsche gegangen, weil er dringend musste. Dabei kam ihm in den Sinn – vielleicht durch den getrunkenen Alkohol –, mit seiner Freundin zu schlafen. Sicherlich hatte sie ihm nach dem Besuch der Disco zugesagt, ihm gefügig zu sein.

»Doch dann suchte ich den Nervenkitzel. Anschließend schämte ich mich.«

»Dieser Nervenkitzel, wie er sich ausdrückte, der wird ihn teuer zu stehen kommen«, beurteilten die Beamten.

Roswitha Roßlenbroich war im Gegensatz zu ihrem Vater geneigt, auf eine Anzeige zu verzichten, doch der Staatsanwalt war nicht dieser Meinung. Er zeigte kein Verständnis für das Verhalten von Hubertus Fenner und bestand auf Bestrafung.

In Norden im Alten Weinhaus hatte am Nachmittag der Staatsanwalt mit den Kommissaren Hoogestraat und Busker eine Besprechung. Ihnen lag an der weiteren Bearbeitung des Falles Moorhoff.

Die Beamten hatten den brasilianischen Studenten in München aufgesucht und verhört. Er kam als Täter wohl nicht infrage. Das bestätigte auch der genetische Fingerabdruck. Allerdings bestätigte er, dass er Okka Moorhoff, die mit ihm liiert war, den Ring geschenkt hatte, den sie im Kugelfach des Billardtisches gefunden hatten. Der Student hatte geschworen, dass er niemals in Hagersiel gewesen wäre und auch nicht Billard spielen könne.

»All up Stee«, meinte der Staatsanwalt und holte einen alten Gedanken wieder hervor. »Es ist nicht von der Hand zu weisen, dass Okka Moorhoff in dem anrüchigen ›Robinson‹ war. Herr Busker, soweit ich mich erinnere, haben Sie eine Liste der Besucher des ›Robinson‹ angefertigt.«

Der Staatsanwalt blätterte in den Akten. Er fand die Seite, auf der Busker einige Namen von Stammgästen zusammengestellt hatte.

»Dazu ist noch zu sagen, dass alle Stammgäste leidenschaftliche Billardspieler waren«, sagte Busker.

Der Staatsanwalt las die Namensliste.

»Die ist nicht vollständig«, sagte Busker.

»Ich denke, da setzen wir an«, sagte der Staatsanwalt.

Den Stein ins Rollen brachte Leo Hartstein, ein Vertreter, der viel unterwegs war.

Hartstein hatte Okka Moorhoff einige Kilometer mitgenommen und erinnerte sich an den Ring, den sie getragen hatte.

Wenn dem so war, war die Frage, ob Okka Moorhoff Billard gespielt und ob sie ihren Ring dabei getragen hatte.

Die Kriminalbeamten waren fast am Verzweifeln, denn sie fühlten sich, als hätte das Verbrechen sie besiegt. Da half auch nicht, wenn Hoogestraat und auch Busker vorschlugen, das Augenmerk wieder auf die Gäste des »Robinson« zu richten und diese zu einem Verhör vorzuladen.

Es stand fest, dass der Ring eine Art Freundschaftsring darstellte, der von dem brasilianischen Studenten stammte und eine Schlüsselrolle in dem Drama zu spielen schien.

Um zu erfahren, was sich letztlich alles in diesem Zusammenhang ereignet hatte, benötigten sie weitere Informationen.

Mithilfe des ergrauten Kapitäns und der vielen feindlich gesinnten Beobachter musste es gelingen, die Namensliste der ›Robinson‹-Gäste zu vervollständigen. Dazu gehörten auch ihnen bekannte junge Männer wie Markus Sattelkamp und Tade Gehlings, dann der Schiffskoch, der auf Baltrum gelernt hatte, und der Musiker Panzinga. Es wäre nicht zu verantworten gewesen, die Genannten als Kriminelle abzutun. Zu nennen war noch der Maat der Bundeswehr, der in Wilhelmshaven angetrunken im Detail beschrieb, wie ein Mädchen über Gebühr gequält worden war.

Dann war den Beamten in diesem Zusammenhang bekannt geworden, dass einem Gast das Gesicht zerkratzt worden war, was aber nachweislich von einer Schlägerei herrührte. Das war Dodo Panzinga gewesen. Dazu gehörten zudem die nicht aktenkundig gewordenen Vergewaltigungen. Sie bedurften auch noch einer verspäteten Untersuchung.

Das Benehmen einiger Stammgäste des ehemaligen »Robinson« war doch recht abnorm. Zu ihnen zählte auch der Vertreter des Wirtes.

An einem verregneten Freitag parkte Leo Hartstein in Norden seinen Wagen vor dem Alten Weinhaus.

Er war entschlossen, seine Eindrücke lückenlos zu schildern, denn er hatte Zeit in Hülle und Fülle gehabt, sich mit der schönen Anhalterin zu unterhalten. Sie war aufgeschlossen und munter und eine unterhaltsame Gesprächspartnerin gewesen.

Dabei hatte sie ihn auch eingeweiht in private Dinge, die ihn eigentlich nichts angingen. So gab sie von sich, dass sie beabsichtigte, sich Pfingsten ohne Wissen ihrer Eltern mit einem Studenten zu verloben, der nicht die deutsche Staatsangehörigkeit besaß.

Er war aber ein lieber und gebildeter junger Mann. Der Sohn eines Regierungsbeamten aus Rio.

Anschließend unterhielt sich Hartstein mit Okka Moorhoff lange Zeit über vermeintlichen Ausländer- und Fremdenhass. Sie hatten noch über ihre Tätigkeit in einem Münchener Reisebüro gesprochen und von dem geplanten Besuch in Rio. Dann hatte sie von ihrem Papa geschwärmt, der als Konzertmusiker bereits viel in der Welt herumgekommen war. Sie hatte berichtet, dass ihre Eltern sie mit ihren strengen Anforderungen davon abgehalten hätten, Musikerin zu werden.

So war die Zeit im Nu verstrichen. Die junge Dame hätte frei weg von sich und ihrem Leben erzählt.

Hartstein las in der Zeitung von ihrem Tod. Er dachte im Nachhinein, dass es für die Polizei nützlich sein konnte, davon zu erfahren.

Er fand zu dem Dienstzimmer, klopfte an und trat ein.

Das Zimmer war weiß gestrichen und hatte ein Fenster, durch das man auf den Norder Markt sehen konnte. Die Wände zierten eine Karte des Landkreises Aurich und einige vergrößerte Fotografien der Frisia-Schiffe im Hafen von Norddeich. Mitten im Zimmer standen zwei Schreibtische, an denen zwei Kommissare saßen, die sich erhoben und sich ihm näherten.

Es waren ein jüngerer mit Namen Busker und ein gesetzter älterer Beamter, der sich Hoogestraat nannte.

»Ich komme in der Mordsache Moorhoff«, sagte der Vertreter und stellte sich vor.

Hoogestraat nickte.

»Dann setzen Sie sich mal und berichten«, sagte er.

Leon Hartstein setzte sich auf den bereitgestellten Stuhl.

»Sie fuhr per Anhalter«, begann er. »Sie stieg in Köln zu mir ins Auto. Ich nahm sie mit nach Jever. Sie war eine aufgeschlossene junge Frau, die mir unterwegs erzählte, dass sie auf dem Wege war, sich mit einem Studenten aus Rio zu verloben. Ihre Eltern wären noch unwissend. Sie hatte ihn in München kennengelernt. Sie arbeitete dort in einem Reisebüro und ging davon aus, dass ihre Eltern ihr keine Schwierigkeiten bereiten würden. Sie verließ in Jever meinen Wagen. Das war gegen zwei Uhr.«

»Schönen Dank«, sagte der Kommissar. »Das ist lobenswert, dass Sie uns helfen wollen, ein Verbrechen aufzuklären, das in der Bundesrepublik einmalig ist. Wir sind für jeden Hinweis dankbar. Herr Hartstein, eine wichtige Frage. Der Mann aus Rio beabsichtigte, sich mit Okka zu verloben, und schenkte ihr einen Ring. Für uns ist es wichtig zu wissen, ob Okka solch einen Ring aus Silber trug, als sie unterwegs war.«

Der junge Kommissar ging zum Schreibtisch, entnahm der Schublade ein Foto und händigte es Hartstein aus.

»Sehen Sie diesen Ring? Trug das Mädchen so einen?«

Hartstein nickte. »Sie trug außerdem einen leichten Sommerblouson. Ihr Kleid hatte aufgesetzte Taschen. Auch an den Ring erinnere ich mich genau.«

Das Gespräch mit Leo Hartstein bestätigte die Vermutung, dass Okka in der Tat im »Robinson« gewesen sein musste. Des Weiteren war daraus zu folgern, dass sie mit dem Ring eine Nachricht hinterlassen hatte. War es ein Hilfeschrei gewesen?

Hoogestraat und Busker schöpften Hoffnung. Okka hatte ihnen oder der Nachwelt eine Nachricht hinterlassen! Sie mussten nach Möglichkeit mit dem Verhör der damaligen Gäste beginnen und feststellen, ob jemand Okka Moorhoff zum Billardspielen mitgenommen hatte.

Hoogestraat nahm sich vor, die Namen aller Billardspieler zu erfassen, die im »Robinson« vor dem Abriss verkehrten. Dabei sollte auch der frühere Eigentümer mit eingeschlossen werden. Denn, so dachte er folgerichtig, er musste gesehen haben, was in seinem Haus passiert ist.

Doch bei der Durchsicht der Namen stiegen die ersten Zweifel auf, wem diese schreckliche Tat und ein kritisches Verhör zuzumuten war. Hinzu kam, dass einige Besucher des »Robinson« nicht mehr in Hagersiel wohnten, zum Teil hatten sie sich im Rathaus regulär abgemeldet und ihre neue Anschrift hinterlassen.

Die Polizeibeamten sahen eine Menge Arbeit auf sich zukommen. Da gab es eine Menge Schriftverkehr, der anfiel.

Es würde einige Wochen dauern, bis mit den Verhören begonnen werden konnte.

Doch Vorrang hatte noch der Vorfall im Park. Sicherlich hatte Roswitha den schrecklichen Vorfall bereits verkraftet. Es stellte sich aber für die Kripobeamten die Frage, ob dieser Hubertus mit dem Mord etwas zu tun hatte.

Das Verhör ergab, das es nicht sein erster Versuch war, sich junge Mädchen zu Willen zu machen. Allerdings entlastete ihn eine Genprobe.

Bauarbeiter waren mit dem Neubau auf dem Grundstück des alten »Robinson« beschäftigt. Sie hatten das alte Gebäude bis auf die Grundmauern abgerissen und mit dem Neubau eines Silenthotels der Spitzenklasse begonnen.

Wie nach einer groß angelegten Säuberungsaktion bewegten sich die Bürger freier. Wenn auch der Mord an der Emderin noch nicht gesühnt war, so hatten doch fast alle das Gefühl, es geschieht etwas. Und so war es auch.

Der Dachdecker Tade Gehlings war nach Düsseldorf verzogen, und sein Freund Markus Sattelkamp hatte in Pewsum einen Hof angepachtet und einen Putenmastbetrieb eingerichtet, den er an einen Holländer verpachtet hatte.

Doch dann kam es knüppeldick für Markus.

Bei den Kriminalbeamten ging ein Schreiben ein, in dem Markus Sattelkamp und sein Freund Tade Gehlings schwer belastet wurden. Ein angesehener Bürger aus Hagersiel erhob massive Vorwürfe auch gegen die Polizei, weil sie angeblich nicht konsequent genug gegen die beiden jungen Männer vorgegangen sei, denn immerhin hätten die beiden Schulmädchen vergewaltigt und sich mit dem Geld der Sattelkamps das Schweigen der Eltern erkauft!

Das, was bisher nur als Gerücht bekannt geworden war, zog plötzlich Kreise.

Der Staatsanwalt beauftragte die Beamten mit der Klärung der Vorwürfe.

»Die Sache ist lange her«, das war der Tenor.

Die Verhöre brachten wenig, abgesehen davon, dass durch ständiges Nachbohren schließlich Antje Sattelkamp so viel erfuhr, dass sie ihren Mann verließ.

# 11

Busker bereitete ruhig im Zimmer des Kommissariats die notwendig gewordenen Untersuchungen vor. Die Billardspieler, die anhand der Liste als Gäste des »Robinson« eingeladen wurden, um sich der angeordneten Speichelprobe zu unterziehen, waren alle erschienen.

Der Kommissar begann mit ein paar einführenden Worten und reichte den jungen Leuten die Wattestäbchen, die sie annahmen. Nachdem sie diese mit Speichel genässt hatten, gaben sie diese wieder ab. Dabei machten sie ihre Witze.

Dabei war das ernste Gesicht von Tomco Hamacher auffällig, der sich dann auch weigerte, das Wattestäbchen zurückzugeben. Sein Blick verfinsterte sich. Er warf das Stäbchen weg und rannte davon.

»Herr Hamacher!«, rief Busker hinterher. Doch zwecklos.

Busker machte sich seine Gedanken, erledigte seinen Auftrag, besprach sich mit Hoogestraat und entschloss sich, mit Hamacher zu sprechen.

Der Andrang der Feriengäste stand noch bevor. Busker suchte die Fahrbereitschaft auf, ließ sich die Wagenpapiere des Passats aushändigen und fuhr direkt los in Richtung Hagermarscher Straße. Er lenkte den Wagen über die Friedhofsstraße und fuhr direkt zur Gärtnerei, die mitten im Ort lag.

Er parkte den Wagen auf dem Hof der Gärtnerei vor den Gewächshäusern und stieg aus. Er sah Erika Hamacher, die errötete und aufgebracht die Stufen zum Wohnbereich des Hauses nahm.

»Polizei? Was wollen Sie denn hier von meinem Mann?«, schrie sie Busker an.

»Entschuldigen Sie. Ich muss Ihren Mann dringend sprechen«, entgegnete Busker.

»Was haben Sie mit ihm angestellt?«, fragte sie und fuchtelte wild mit den Armen in der Luft.

»Verzeihung, sein Verhalten gab uns Rätsel auf. Ohne ein Wort entfernte er sich und weigerte sich, eine Speichelprobe abzuliefern«, erwiderte Busker. »Damit entzog er sich einer dringend notwendigen Untersuchung, mit der seine Unschuld am Tode von Okka Moorhoff festgestellt werden könnte.«

»Mein Mann hat damit nichts zu schaffen«, sagte sie und ging eiligen Schrittes zum Gewächshaus, riss die grüne Tür auf und schrie laut: »Tomco, Besuch für dich!«

Doch sie bekam keine Antwort und rief erneut nach ihrem Mann. Aber wieder erhielt sie keine Antwort.

Sie schaute Busker irritiert an. Dann betrat sie das Gewächshaus und stieß einen Schrei aus, der durch Mark und Bein ging.

Busker rannte los und betrat das Gewächshaus. Er fuhr erschrocken zusammen, denn das Licht durchflutete die Glasscheiben. Er blickte auf die hochstieligen Margeriten und sah Erika Hamacher, die mitten auf dem Gang stand, sich mit den Händen die Augen rieb und weinte.

Dann sah er den Mann, der im Beet lag und blutete.

Es war Tomco Hamacher.

Busker eilte zu ihm, legte die Hand auf seine Stirn. Sie war heiß und nass. Der Mann lag in einer Blutlache, die den Torfboden rot gefärbt hatte.

Erst jetzt entdeckte Busker das Messer mit der halbrunden Schneide. Er bückte sich, hob das Messer auf. Dann erfasste er das Geschehen.

»Mein Mann«, schrie Erika Hamacher auf. »Es ist sein Arbeitsmesser!«

»Frau Hamacher, Ihr Mann hat sich vermutlich die Pulsadern aufgeschnitten«, sagte Busker.

»Das darf doch nicht wahr sein!«, sprach sie im anklagenden Ton.

»Rufen Sie einen Arzt an, damit er den Tod feststellt und den Totenschein ausstellt«, sagte der Beamte laut, um Erika Hamacher wach zu rütteln, denn sie stand im Gewächshaus wie angewurzelt.

Busker ging zu ihr und ergriff ihren Arm.

»Frau Hamacher, Ihr Mann ist tot! Hören Sie, rufen Sie einen Arzt an!«

»Moment«, antwortete sie und rannte davon. Sie verschwand in der Wohnung.

Busker rief über sein Handy im Kommissariat an. Hoogestraat war gerade nicht da. Er bat die Sekretärin, ihn sofort zur Gärtnerei zu schicken, und berichtete kurz, was hier geschehen war.

Er ging erneut zu dem Toten und beugte sich über ihn. Für Tomco Hamacher kam jede Hilfe zu spät. Er war tot, verblutet. Er hatte sich selbst umgebracht. Doch warum? Er besaß eine gut gehende Gärtnerei, eine hübsche Frau und offensichtlich keinen Grund, sich umzubringen.

Wenn der Arzt da war, würde er sich auf die Suche nach einem Abschiedsbrief begeben und mit Erika Hamacher das Gespräch suchen.

Busker verließ das Gewächshaus und wartete vor der Haustür.

Erika Hamacher erschien wieder mit verheulten Augen.

»Der Arzt kommt gleich«, sagte sie und ordnete ihr Haar. »Mein Mann hatte keinen Grund, aus dem Leben zu scheiden. Das Geschäft lief gut! Er war gesund, und wir verstanden uns hervorragend.«

»Ich kann ihm meine Fragen leider nicht mehr stellen«, antwortete der Beamte.

»Ich weiß nicht, was Sie von ihm wollten, aber das kann ich Ihnen sagen, Tomco hat sich nichts zuschulden kommen lassen!«, sagte sie schnippisch.

»Darum geht es zunächst mal nicht. Ihr Mann hat sich recht sonderbar verhalten und damit den Verdacht auf sich gelenkt, von einer schlimmen Tat Kenntnis gehabt zu haben. Sehen Sie, wir waren im Kommissariat dabei, von einigen Männern, die im ›Robinson‹ verkehrten und zu den Billardspielern gehörten, Speichelproben zu nehmen, um anhand eines genetischen Fingerabdruckes feststellen zu können, ob er mit dem Tod der Okka Moorhoff etwas zu schaffen hatte. Doch als die Reihe an ihn kam, rannte er davon und hinterließ den Eindruck, er hätte aus Angst vor einer Entdeckung die Flucht ergriffen. Um das zu überprüfen, habe ich mich auf den Weg gemacht. Und jetzt liegt er hier tot im Gewächshaus mit aufgeschnittener Pulsader. Ich denke, dass wir uns auf die Suche nach einem Abschiedsbrief machen, wenn Dr. Panzinga seinen Beitrag geleistet hat, denn das Ganze hier lässt vermuten, dass Ihr Mann mit dem Tod der Okka Moorhoff in Verbindung gebracht werden kann.«

»Herr Busker, das ist ein gewaltiger Irrtum, den Sie da begehen, denn nie und nimmer hätte mein Mann so etwas getan.«

Die Hoftür wurde geöffnet, und Dr. Panzinga betrat hastig den Hof. Er schaute sich fragend um.

»Leider konnte ich nicht früher kommen«, wandte er sich an die Frau des Toten.

»Darf ich bekannt machen? Herr Busker von der Polizei. Er ist zufällig hier und wollte meinen Mann sprechen«, sagte sie mit brüchiger Stimme.

Sie wischte sich mit einem Tempotuch über die Augen.

»Herr Doktor, mein Mann ist tot. Er hat sich das Leben genommen«, flüsterte sie und zeigte auf das Gewächshaus. »Kommen Sie, ich führe Sie hin.«

Sie ging voraus und öffnete die Tür. Der Arzt folgte ihr.

»Donnerwetter«, sagte er, stellte seinen Arztkoffer ab und öffnete ihn. Er entnahm ihm Gaze, wischte das Blut vom Arm des Toten und legte einen Verband um die Schnittstelle. »Mehr kann ich nicht mehr für ihn tun«, sagte er und drückte Tomco Hamacher die Augen zu.

Erika Hamacher schluchzte. »Mein Mann hat nie angedeutet, dass ihn etwas störte. Er war selbst heute Morgen noch heiter und fidel. Ich konnte nicht ahnen, dass er beabsichtigte, mich zu verlassen.«

»Ja, dann würde er noch leben«, antwortete der Arzt.

»Vielleicht hat er einen Abschiedsbrief hinterlassen, der Auskunft gibt«, meinte Busker.

»Das ist in den meisten Fällen der Fall«, sagte Dr. Panzinga.

»Kommen Sie und suchen Sie und Herr Busker mit, ich weiß nicht, wo mir der Kopf steht«, sagte sie und begann erneut zu schluchzen.

»Frau Hamacher, Ihr Mann hat seinen Tod geplant«, sagte Busker. »Selbst den Zeitpunkt und den Ort. Es ist deshalb anzunehmen, dass er für Sie eine Nachricht hinterlegt hat.«

»Herr Doktor, sie kannten Herrn Hamacher?«, fragte der Kommissar.

»Ja, weniger als Patient. Seine Gesundheit ließ nichts zu wünschen übrig.«

»Es ist mir unerklärlich, was in ihn gefahren war, sich hier zwischen seinen Margeriten die Pulsadern aufzuschneiden und mich alleine zu lassen«, schluchzte Frau Hamacher hysterisch. »Tomco! Warum hast du das gemacht?«

»Frau Hamacher, es ist nicht einfach, den Verlust hinzunehmen. Kommen Sie mit, ich gebe Ihnen etwas. Dann legen Sie sich hin und ruhen sich aus. Alles Weitere können Sie später unternehmen«, sagte der Arzt und nahm seine Tasche. Er fasste Erika Hamacher am Arm und begleitete sie in die Wohnung.

Das war auch für den Beamten das Zeichen, den Besuch zu unterbrechen. Natürlich hatte er noch Fragen.

Busker ließ der Witwe Zeit, sich auszuruhen. Danach wollte er mit ihr zusammen nach einem Abschiedsbrief suchen. Ein Brief, in dem ihr Mann ihr vielleicht mitteilte, was ihn bewogen hatte, sich auf diese Art davonzuschleichen.

Erika Hamacher war überzeugt davon, dass ihr Mann in keiner Weise mit dem Mord an Okka Moorhoff in Verbindung zu bringen war. Das war für sie undenkbar. Er gehörte zwar zu den Gästen des »Robinson« und spielte leidenschaftlich gern Billard. Sie hatte ihn oft begleitet, aber dass er Okka Moorhoff kannte und sie zum Billardtisch begleitet haben sollte, stellte sie ebenfalls infrage.

Tausend Gedanken gingen Erika Hamacher durch den Kopf. Was hatte es auf sich mit dem genetischen Fingerabdruck, mit dem ein Mörder überführt werden konnte? Sie verstand zu wenig von der Medizin. Warum nur hatte er sich geweigert, die Untersuchung über sich ergehen zu lassen? Fühlte er sich ertappt, als die Beamten ihn zum Gentest einluden? Gewiss war das eine Möglichkeit, denn Tomco besaß eine unvorstellbare Fantasie.

Sie dachte an die glücklichen Tage, als sie gemeinsam die Gärtnerei aufbauten und ihre Baumschule hier in Hagersiel zum Markenzeichen wurde und die Kundschaft aus ganz Ostfriesland anreiste, um sich mit Obstbäumen einzudecken, die sie und ihr Mann veredelt hatten. Die ersten Obstplantagen hinter den Deichen stammten aus ihrer Baumschule.

Doch wie ein bitterer Geschmack zog sich die Tatsache durch ihre Gedanken, dass ihre Ehe kinderlos geblieben war. Noch vor ihrer Ehe waren sie sich einig gewesen, ihr Leben mit wenigstens fünf Kindern zu teilen! Tomco hatte darunter gelitten, dass ihre Ehe kinderlos geblieben war. Sie hatten alles Erdenkliche unternommen, die besten Gynäkologen Deutschlands besucht und deren Rat eingeholt. Aber umsonst. Selbst vor einer Reise nach New York waren sie nicht zurückgescheut, um Professor Neix aufzusuchen, der mit dem Sperma ihres Mannes experimentierte und eines ihrer Eier künstlich befruchtete. Aber auch diese Investition und die Strapazen zahlten sich nicht aus. Es stand fest, dass Tomco unfruchtbar war. Was sie zwar mit Fassung trug, aber ihre Begehrlichkeit stark herunterschraubte, was sich besonders beim von Tomco so beliebten Schmusen bemerkbar machte.

Was sollte es. Jetzt war Tomco tot. Erika dachte an die unangenehmen Laufereien, die mit seinem Tod verbunden waren. Sie musste nun dafür sorgen, dass Tomco beerdigt wurde.

Sie weinte, denn jetzt begriff sie, dass da eine Menge Arbeit auf sie zukam. Sie nahm das Telefonbuch zur Hand und suchte unter B nach und fand schnell die Seite, die etwa fünf Beerdigungsinstitute enthielt. Sie entschied sich für eines, das in Hagersiel beheimatet war. Sie griff zum Telefonhörer und wählte die Nummer.

Sachlich telefonierte sie und bat um den Besuch des Bestatters. Dabei hatte sie keine Träne übrig für ihren Mann Tomco.

Die Haustür wurde geöffnet. Es war Hoogestraat, der Busker zunickte, als er das Haus betrat.

»Ich konnte nicht früher kommen«, sagte er. »Hat Tomco Hamacher sich wirklich umgebracht?«

Busker nickte. »Pulsader aufgeschnitten. Dr. Panzinga hat ihn untersucht und den Totenschein ausgestellt. Der Bestatter war schon da und hat den Leichnam abgeholt.«

Erika Hamacher erschien in der Wohnzimmertür.

»Ich bin ein Kollege von Herrn Busker«, stellte sich Hoogestraat vor.

»Kommen Sie rein.«

Frau Hamacher setzte sich in einen Sessel, nachdem die Beamten das Wohnzimmer betreten hatten.

Es war recht gemütlich eingerichtet. Es enthielt einen Kamin, unter dem sich das Brennholz stapelte. Im Zimmer standen drei bequeme Sofas mit einem recht modernen Dekor. In der Mitte stand ein stabiler Eichentisch mit geschwungenen Beinen.

An den Wänden hingen Ölgemälde einer Malerin, die in Hagersiel zu Hause war. Sie zeigten einen Bauernhof, eine Weide mit Kühen, ein weiteres Bild zeigte eine Bäuerin, die Krabben pulte, dann gab es noch ein Porträt, das den Gärtner zeigte, während er ein Buch las.

Kommissar Hoogestraat zeigte auf das Gemälde.

»Ist das Ihr Mann?«, fragte er.

Sie nickte nur und warf einen Blick auf das Bild ohne eine innere Regung.

Tomco Hamacher wirkte auf dem Bild wie ein Kranker.

»Tomco hat mir gegenüber nie von seiner Absicht gesprochen«, sagte Frau Hamacher im Plauderton, »auch hat er nie erwähnt, dass er mit seinem Leben unzufrieden war. Im Gegenteil, er liebte seinen Beruf über alles. Es ist, als hätte mein Mann den Mai abgewartet, wenn es im Garten grünt und sich die Blumenpracht entfaltet.«

Sie erhob sich.

»Kommen Sie mit«, sagte sie, »schauen Sie sich die Stelle an, die Tomco für seinen Freitod gewählt hat.«

Im Gewächshaus war es sehr warm. Die Sonne schien auf die Fenster. Hoch gewachsene Margeriten wuchsen in der braunen Erde.

»Hier hielt er sich am liebsten auf«, sagte sie. »Ich bekam immer mal wieder mit, wie er mit den Blumen sprach.« Sie wies auf eine Stelle neben einem Pflanztisch. »Dort fanden wir ihn. Er lag in den Blumen, er war blass und blutleer. Er hatte sich die Pulsadern aufgeschnitten. Aus unerklärlichen Gründen. Dabei hatte er am Morgen beim Frühstück zu mir gesagt, er wolle die Margeriten eintopfen, um sie am Freitag mit zum Markt zu nehmen. Er zeigte keinerlei Anzeichen, die auf seine Absicht hinwiesen. Im Gegenteil, er war lustig und scherzte. Erika, hat er gesagt, wenn du eine Mutter wärest, würde ich dir alle Blumen zum Muttertag schenken. Er wünschte sich einen Jungen, für den es lohnte zu schuften. Das sagte er immer, doch es gelang ihm nicht, mich zu schwängern. Dabei schließe ich unsere Kinderlosigkeit als Anlass für seinen Selbstmord aus.«

»Können Sie sich andere Gründe denken?«, fragte Hoogestraat.

»Nein, mein Tomco hatte keinen Anlass, diese Tat zu begehen. Er war weder krank, noch fehlte es ihm an irgendetwas. Das Geschäft lief gut. Außerdem war auch die Auftragslage mehr als befriedigend. Ich stehe vor einem Rätsel.«

Erika Hamacher verstummte für eine Weile. Dann fuhr sie mit leiser Stimme fort: »Es war ein Fehler, aus einem erfüllten Leben auszuscheiden, wo das Leben Tomco noch so viel zu bieten hatte. Zu seinen Lebzeiten hat sich Tomco immer eine Bestattung in der Nordsee gewünscht, aber ich konnte mich nicht dazu durchringen, ihm seinen Wunsch zu erfüllen. Oft habe ich mit ihm diskutiert über das Ende. Im Gegensatz zu ihm glaube ich nicht an ein Leben nach dem Tode. Er versuchte mir immer klarzumachen, dass wir eine Seele besitzen, die unsterblich ist, und nach dem Leben im Jenseits vor dem hohen Richter erscheinen und über unser Fehlverhalten Rechenschaft ablegen müssen. Doch da brauchte Tomco nichts zu befürchten. Er hat nach christlichen Maßstäben ein Leben ohne schwere Verfehlungen geführt, abgesehen von seinem Selbstmord. Aber wer sein Leben wegwirft, der macht sich schuldig, weil er damit in die göttliche Ordnung eingreift. Er muss wahrscheinlich so lange in der Finsternis verharren, bis seine Zeit nach dem Plan Gottes gekommen ist, erst dann wird feststehen, was am Ende seines weiteren Lebens steht, denn es herrscht das Prinzip der ausgleichenden Gerechtigkeit. Alles, was man seinen Mitmenschen getan hat, erfährt man am eigenen Leibe. Hat man Mitmenschen in einem früheren Leben gequält, so steht einem im nächsten Leben ebenfalls solch eine Tortur bevor.«

Erika Hamacher nickte heftig, als besäße sie einen Einblick in das, was sie die göttliche Ordnung nannte.

Die Beamten sahen sich an.

»Wenn Sie recht haben, dann hat Ihr Mann schlechte Karten. Vielleicht beten Sie für ihn«, meinte Busker.

Erika Hamacher ließ sich nicht aus der Ruhe bringen.

»Wissen Sie, mein Mann war im Gegensatz zu mir sehr gläubig«, sagte Erika in einem rechthaberischen Tonfall. »Er war Christ durch und durch und wird vor seinen Richter treten. Dieser wird ihm seine geringen Verfehlungen verzeihen, ja, bis auf seinen Selbstmord.«

»Aber wo wir schon dabei sind, über die Verfehlungen Ihres Mannes zu sprechen, da ist mir als Polizeibeamter ein gewaltiger Verdacht gekommen«, sagte Hoogestraat. »Noch immer bewegen wir uns im Dunkeln, was den Mord an Okka Moorhoff betrifft.«

»Die Tat geschah schon vor längerer Zeit«, warf Busker ein.

»Ja, ich erinnere mich.«

»Trotz der hohen Prämie sind nur unbrauchbare Hinweise bei uns eingegangen«, sagte der Kommissar.

»Und warum bringen Sie meinen Mann damit in Verbindung?«, fragte die hübsche Frau des Gärtners. Sie trug eine weiße Jeans, die gut saß und ihre hervorragende Figur zur Geltung brachte. Die Sommerbräune unterstrich ihre Wirkung.

Sie schaute die Beamten misstrauisch an.

»Da muss ich Tomco in Schutz nehmen. Nie und nimmer hätte er auch nur eine fremde Frau angeschaut, geschweige denn berührt«, sagte sie überzeugt. »Denn wie bekannt geworden ist, haben sich die Mörder an dem Mädchen schwer vergangen.«

»Das ist richtig. Es waren vermutlich nicht nur Säufer am Werk, sondern auch noch Sittenstrolche«, sagte Hoogestraat. »Das Mädchen befand sich per Anhalter auf dem

Weg von München nach Emden, um ihre Eltern zu besuchen, als sie ihren Vergewaltigern in die Hände fiel. Auch Ihr Mann könnte Okka getötet haben oder am Mord beteiligt sein. Das herauszufinden gehört zu unseren Aufgaben.«

»Werden Sie bitte genauer. Ich sehe da keinerlei Zusammenhang«, antwortete Erika Hamacher schnippisch.

»Er ist schnell hergestellt«, sagte Busker und atmete tief durch. »Noch nicht allzu lange besitzen wir neben der Beweislast anhand eines Fingerabdrucks noch den genetischen Fingerabdruck. Das Wissen, dass auch auf ihn ein Gentest zukommen könnte, wird bei Ihrem Mann Angstzustände hervorgerufen haben.«

»Mein Mann hatte nichts zu befürchten«, antwortete Erika Hamacher. »Nie und nimmer hätte er sich hinreißen lassen, das Mädchen zu töten oder auch nur Hand an sie zu legen, das sagte ich bereits.«

»Nun, Ihr Mann gehörte zu den Stammgästen des ›Robinson‹ und spielte außerdem leidenschaftlich Billard.«

»Das ist, soweit ich weiß, nicht verboten«, antwortete sie böse.

»Nach unseren Erkenntnissen fällt auf diese passionierten Gäste ein Verdacht«, sagte Hoogestraat. »Als wir die verdächtigen Billardspieler zur Speichelprobe aufgefordert haben, rannte Ihr Mann im letzten Moment davon, und jetzt hat er Selbstmord begangen, was ihm als Geständnis ausgelegt werden könnte.«

»Niemals!«, rief Erika Hamacher.

»Der Verdacht, sich an Okka vergangen zu haben, steht im Raum«, sagte Hoogestraat. »Vielleicht hat er uns eine Nachricht zukommen lassen, der wir entnehmen können, wie es um ihn stand.«

»Da passt alles«, fügte Busker hinzu. »Ihr Mann spielte

im ›Robinson‹ Billard, gehörte also ebenfalls zu dem Kreis der Verdächtigten.«

»Das ist doch alles Unsinn!«, entgegnete Frau Hamacher. »Ja, Tomco zählte zu den Stammgästen des ›Robinson‹. Er spielte Billard, weil es ihm Freude bereitete. Ihm lag nichts an anderen Vergnügungen. Oft habe ich ihn begleitet, wenn er ein oder zwei Gläser oder mehrere Gläser Bier trank.«

»Es ist wohl anzunehmen, dass diese Sittenstrolche eine Menge Alkohol getrunken haben müssen«, sagte Busker. »Denn dieser Mord ist in der Tat eines der grausamsten Verbrechen der letzten Jahre in Norddeutschland.«

»Frau Hamacher, seien Sie uns nicht böse wegen des Verdachts«, sagte Hoogestraat. »Er ist einfach vorhanden und bietet sich an. Führen Sie uns bitte in das Arbeitszimmer Ihres Mannes. Wir wollen uns dort umschauen, ob er dort vielleicht einen Hinweis über die Gründe seiner Tat hinterlassen hat.«

»Das ist vergebliche Liebesmüh«, sagte Erika Hamacher aufgebracht. »Ich habe bereits alles durchsucht. Aber, wenn Sie wollen, an mir soll es nicht liegen. Ich führe sie hin.«

Busker und Hoogestraat boten Erika Hamacher ihre Hilfe bei der Suche nach einer Mitteilung ihres Mannes an, der sie aus unerklärlichen Gründen alleingelassen hatte.

Erika Hamacher hatte all die Jahre, während sie verheiratet waren, Tomco für ein Weichei gehalten, wie im Volksmund schwache Männer genannt wurden, die sich von Powerfrauen an die Wand spielen ließen.

Doch das Bild hatte sich geändert. Tomco hatte Mumm bewiesen. Es gehörte schon etwas dazu, sich die Pulsader zu durchtrennen und Schluss zu machen mit allem, was einen bedrückt.

Ihr Mann hatte nie geklagt. Er war gesund und hatte am

Morgen noch bei bester Laune mit ihr gefrühstückt. Auch hatte die Einladung der Polizei, an dem Gentest teilzunehmen, ihn weder aufgeregt, noch hatte er darüber mit ihr gesprochen.

Erika Hamacher half ihrem Mann nur gelegentlich im Betrieb. Deshalb hatte sie sich auch nichts daraus gemacht, als er sich am Morgen im Gewächshaus gründlich um seine Margeriten kümmerte, den Boden mit frischem Torf mischte und die Stiele der Blumen entfernte, die für die Entfaltung der Blüten hinderlich waren.

»Die Margeriten nehme ich am Samstag mit zum Markt«, hatte Tomco nur gesagt, als sie ihn fragend angeschaut hatte. Es waren seine letzten Worte gewesen. Doch sie hatte nichts Auffälliges an ihm entdeckt.

Jetzt wusste sie, dass er zu dem Zeitpunkt bereits die Absicht gehegt hatte, sich im Gewächshaus umzubringen.

Er hatte sozusagen das Bett für seine Tat vorbereitet.

»Es wäre mir schon recht, wenn Sie mir beistünden, noch einmal gründlich nachzuschauen«, sagte sie und forderte die Beamten auf, einzutreten.

Sie öffnete eine Tür und zeigte auf eine Treppe.

»Das Reich meines Mannes befindet sich oben«, sagte sie und betrat die Treppe.

Die Beamten folgten ihr.

Die Treppe führte zu einem Korridor mit gehobelten Brettern und einem Geländer, dahinter befand sich eine Tür. Sie war aus stabiler Eiche gefertigt.

Erika Hamacher nahm einen Schlüssel aus ihrer Jackentasche und schloss die Tür auf.

»Tomco war ein misstrauischer Mensch. Er misstraute sogar mir und verschloss sein Arbeitszimmer.«

Sie öffnete die Tür und hielt sie offen.

»Ich hielt mich sehr selten hier oben auf«, sagte sie.

Das Zimmer war holzgetäfelt und hatte eine Schräge. Es war etwa acht Meter lang und etwa fünf Meter breit. In der Mitte stand ein wuchtiger Schreibtisch. Ihn bedeckten zwei Aktenordner und zwei Bücher, die bunte Einbände hatten.

Hoogestraat trat an den Schreibtisch, nahm die Aktenordner in die Hand und betrachtete den Inhalt.

Dann las der Kommissar die Titel der Bücher und schüttelte den Kopf.

»Ich komme irgendwoher und gehe irgendwohin«, las er und betrachtete nachdenklich die bunten Einbände, die Engel zierten.

»Frau Hamacher, bevor er von uns ging, machte sich Ihr Mann vertraut mit dem, was über das Jenseits geschrieben wird«, sagte er und reichte ihr die Bücher.

»Er las gern esoterische Werke, das tat er schon, bevor wir uns kannten«, meinte sie.

»Die Schreibtischschubladen sind verschlossen«, sagte Busker.

»Hier ist der Schlüssel«, antwortete sie und reichte dem Beamten einen Schlüsselbund. »Sie werden nichts finden außer unseren Bankauszügen, einer Summe Bargeld und einigen Aktien hiesiger Firmen.«

Busker begann die Suche, öffnete die Schubladen, die Geschäftspapiere und das Geld enthielten. Es waren zehntausend Euro und weitere Belege der Bank, ein Sparbuch und die angekündigten Aktien einer Reederei aus Emden.

»Habe ich zu viel gesagt? Sie werden nichts finden, das unsere Fragen beantworten wird«, sagte sie, als handele es sich um verstaubte Regale, die es auszuräumen galt.

Doch dann erregte ein großer Briefumschlag Buskers Aufmerksamkeit. Er lag auf einer alten Taschenuhr, die wohl ein Erbstück darstellte, und auf alten Münzen, die sehr wertvoll zu sein schienen, trugen sie doch den Aufdruck des römischen Reiches. Busker konnte seine Überraschung nicht verbergen.

»Tomco, ich meine mein Mann, stammt aus dem Rheinland, genauer aus Neuss«, berichtete Erika Hamacher. »Die Stadt Neuss ist hervorgegangen aus einem Militärlager der Römer. Die Münzen fand er auf dem elterlichen Grundstück, und die Uhr gehörte seinem Großvater, der Korbflechter war und für seinen Betrieb die Weiden vom Rheinufer verarbeitete. Diese Gegenstände waren Tomco heilig.«

Busker nahm das Kuvert in die Hand und reichte es Hoogestraat, der es öffnete und hineinschaute.

»Frau Hamacher, haben Sie wirklich genau nachgesehen, denn das hier sieht aus wie ein Brief«, sagte Hoogestraat und entnahm der Brieftasche ein weißes Blatt.

Frau Hamacher schaute den Kommissar verlegen an.

»Ja, das habe ich in der Hand gehabt«, sagte Erika Hamacher. »Auf dem Blatt hat mein Mann vermerkt, dass der Buchhändler Butenmann von ihm zweitausend Euro geliehen hat.«

»Das auch«, antwortete der Kommissar, »aber Sie haben dieses Blatt hier übersehen.«

Die Witwe schaute überrascht drein.

»Und?«, fragte sie.

»Das ist interessant. Ihr Mann hinterließ eine Nachricht, die Auskunft über seinen Freitod gibt. Ich lese: ›Ich bitte denjenigen, wer auch immer der Finder dieses Schreibens sein soll, das Schreiben der Polizei auszuhändigen. Ich wähle den Freitod aus freien Stücken. Niemand ist dafür verantwortlich zu machen. Dem Anschreiben lege ich ein Haar für die Genanalyse bei, damit bewiesen ist, dass ich mit dem Tod Okka Moorhoffs nichts zu schaffen habe. Nur das sage ich über diese brutale Tat und bin bereit zu sterben, denn mir macht das Leben keinen Spaß mehr. Ich liebe meine Frau über alles. Sie soll glücklich sein und sich frei entfalten können. Ich wähle den Tod durch das Messer, da ich zu feige bin, mir eine Pistole zu besorgen, und weil ich glaube, dass es angenehmer ist zu verbluten. Doch zu meinem Tod will ich noch sagen: Heirate nie eine schöne Frau! Erika, ade! Es gibt ein Leben nach dem Tode. Auf ein Wiedersehen im Jenseits.‹«

»Also doch!«, meinte Hoogestraat.

Erika Hamacher kamen die Tränen.

»Tomco hatte keinen Grund, sich zu beklagen«, sagte sie und wischte sich die Tränen aus dem Gesicht. »Ich war ihm treu, doch er vergrub sich hier, züchtete Geranien, die er auf dem Wochenmarkt anbot, und vergaß dabei, dass er noch eine Frau mit einer großen Vorliebe für Cafés hatte. Fest steht, dass es mir nicht möglich war, an seiner Seite glücklich zu sein. Eigentlich hätte ich Gründe gehabt, ihn zu verlassen. Tomco war ein hervorragender Gärtner. Einer, der es verstand, viel Geld zu verdienen, doch er vergaß, es auszugeben. Er ging mit mir nicht aus, hatte keinen Sinn für schöne Kleider, und selbst meine Vorliebe für Cafés übersah er. Er zwang mich, den Kaffee zu Hause zu kochen und mit ihm zu trinken. Er war böse, wenn ich nicht mit ihm im Treibhaus war. Meine Ehe war die Hölle.«

»Dazu können wir wenig sagen, aber Ihr Mann hat uns die Möglichkeit gegeben, anhand einer Genuntersuchung festzustellen, ob er am Tode der Okka Moorhoff beteiligt war«, sagte Hoogestraat. »Aber er wird einiges Wissen über die näheren Umstände der Tat mit in den Tod genommen haben.«

»Herr Kommissar, es war die Hölle, mit ihm zu leben. Glauben Sie mir, umgekehrt hätte ich genügend Gründe gehabt, aus dem Leben zu scheiden«, beklagte sie sich.

»Frau Hamacher, wir können feststellen, was auch der Arzt testiert hat, nämlich, dass Ihr Mann ohne Fremdeinwirkungen starb«, sagte der Kommissar. »Ich nehme das Kuvert an mich und werde das Haar einer Genuntersuchung zuführen. Wir werden Ihnen die Ergebnisse sofort zukommen lassen.«

»Frau Hamacher, hatte Ihr Mann Freunde, die ihn zum Billardspiel begleiteten?«, fragte Busker.

»Mein Mann war nicht besonders beliebt unter den Gästen des ›Robinson‹. Er spendierte keine Runden, war auch zu zurückhaltend bei Späßen, die manchmal dicht an der Grenze des Erträglichen lagen. Einen besonders vertrauten Kumpel hatte Tomco nicht. Er spielte mit allen, die wie er dort hinkamen. Meistens ließ ich ihm nicht allzu lange Zeit, sich im ›Robinson‹ aufzuhalten, denn, wie bereits geschildert, achtete ich darauf, dass er nicht zu viel trank und nicht den ganzen Abend am Billardtisch verbrachte.«

»Sie meinen, wir täten gut daran, mit den anderen Gästen zu sprechen, soweit das noch nicht geschehen ist«, sagte Busker.

Sie nickte.

Als sie zum Wagen schritten, sagte Busker: »Na, auch sie war nicht so ohne. Sie vermisste schicke Klamotten und fand das Leben hier ohne Kaffeehausbesuche eintönig. Dabei fehlt es uns nicht an schicken Cafés!«

Sie stiegen ein und fuhren davon.

Hoogestraat verscheuchte seine Gedanken, die dabei waren, eine Mitschuld am Tode des Gärtnermeisters zu konstruieren. Denn so einleuchtend es war, kam als Ursache für den Selbstmord sicherlich die angeordnete Genprobe infrage, die seine Nerven zu sehr belastet hatten.

Busker ordnete die von den jungen Männern genommenen Speichelproben. Er nahm die Liste und vermerkte die Namen. Er hatte die ehemaligen Billardspieler mehr oder weniger zufällig in das Weinhaus eingeladen, da sie in Hagersiel wohnten und auch Zeit hatten, denn viele der ehemaligen Gäste des »Robinson« waren verzogen, und es würde wohl noch eine ganze Zeit dauern, bis sie die Reihe durchhatten.

Er machte die Röhrchen mit den benetzten Wattebäuschen versandfertig, setzte sich an den Computer und fertigte einen Begleitbrief an. Dann trug er das Päckchen zur Poststelle. Dann rief er den Staatsanwalt an und unterrichtete ihn von dem üblen Selbstmord im Blumenbeet des Gewächshauses.

Das anschließende Gespräch umfasste die Vorgehensweise im Mordfall Okka Moorhoff und kam einer Zwischenbilanz gleich. Dabei machte der Staatsanwalt auf die Notwendigkeit aufmerksam, wenn nötig auch von den übrigen Billardspielern des »Robinson« die Speichelproben vorzunehmen.

»Wir werden uns bemühen, die Liste der Billardspieler, die im ›Robinson‹ verkehrten, zu vervollständigen, um dann darauf zu achten, dass sich jeder von ihnen der Speichelprobe unterwirft«, antwortete Busker.

»Einverstanden. Dennoch befürchte ich, dass uns selbst bei diesem ausgeklügelten Weg der Mörder durch die Lappen gehen könnte«, meinte der Staatsanwalt. »Aber gut, wenn dem so ist, dann können wir es nicht ändern. Ich habe allerdings keine Lust, nur Däumchen zu drehen und zu warten, bis uns der Mörder in das Netz geht.«

Busker wusste, dass noch eine Menge Arbeit vor ihnen lag. Okka Moorhoff hatte einen Freund, der in München studierte und aus Brasilien stammte, dem die junge Frau eventuell einen Hinweis geben wollte.

Und da gab es noch eine Quelle, die nicht übersehen werden durfte. Es handelte sich um den alten Fischer, dem das »Robinson« zum Zeitpunkt der Tat gehört hatte. Der Alte, der einst zu den reichsten Bürgern von Hagersiel gezählt hatte, konnte ihnen vielleicht behilflich sein.

»Wo wir einmal dabei sind, einen Generalangriff gegen Unbekannt zu starten, wäre es nicht uninteressant, auch den alten Kapitän Freerk Sillen einzubeziehen. Vielleicht fallen ihm noch ein paar Namen ein, wenn er die Liste sieht, die eine ganze Menge seiner ehemaliger Gäste enthält«, sagte Hoogestraat.

»Keine schlechte Idee«, meinte Busker. Er nickte und verließ das Dienstzimmer.

Die Rolle des ehemaligen »Robinson« hatte das Haus »Diekster Heuler« übernommen, das sich ebenfalls in Strandnähe befand und jungen Musikern erlaubte, sich an den Abenden dem Publikum zu stellen. Auch die Billardspieler fanden dort Gelegenheit, ihre Wettkämpfe auszutragen.

Überhaupt verlief der Betrieb im »Diekster Heuler« äußerst gesittet. Der Wirt war bis vor einigen Jahren Leader einer geschätzten Band gewesen, deren Ruf bis in die Landeshauptstadt vorgedrungen war. Weiterhin muss gesagt werden, dass auch die Jugend in jeder Weise bessere Manieren an den Tag legte und es ablehnte, Drogen zu nehmen.

Das gefiel auch den Politikern, die das Haus großzügig unterstützten.

Der Kapitän hatte in der Nähe des neuen Silenthotels eine Wohnung gemietet, in der er sich auf das Altern vorbereitete. Seine Kutter hatte er verkauft und seine Schulden aus dem Erlös des »Robinson« getilgt.

Doch Busker hatte Pech. Der Kapitän war nicht zu Hause.

# 12

An einem heißen Spätsommerabend Ende August verdüsterte sich plötzlich der Himmel, und ein mächtiges Gewitter entlud sich mit bedrohlichen Blitzen und lautem Donnergrollen, das den Menschen Angst einflösste.

Ob ein Blitz zu guter Letzt auch in einen Lichtmast eingeschlagen war, blieb unbekannt, als auch noch das Licht ausfiel und die gewohnte Helle der Dunkelheit wich.

Das plötzliche Aufheulen der Sirene auf dem Feuerwehrhaus verkündete den Feuerwehrleuten, dass es irgendwo brannte. Sie unterbrachen ihre Tätigkeit und hasteten zu ihrem Treffpunkt, um das Feuerwehrauto und das Gerät für den Einsatz vorzubereiten. Die nötigen Handgriffe erledigten sie routiniert.

Der Einsatzleiter nannte den Ort des Brandes. Es war das Gebäude des Landwirtes Sattelkamp, in das vermutlich der Blitz eingeschlagen war.

Wenig später fuhr die Feuerwehr mit dem Löschfahrzeug durch das geöffnete Tor der Brandstelle entgegen. Das Martinshorn klang heulend in den dunklen Himmel und warnte die übrigen Verkehrsteilnehmer zur Vorsicht.

Mit hoher Geschwindigkeit fuhr das Fahrzeug über den Alten Dieker zur Hagermarscher Straße in Richtung Theener, über dem der Schein des Brandes lag.

Sie erreichten den Ort, der nur aus wenigen Häusern bestand. Es waren zumeist Ferienpensionen mit schmucken Vorgärten.

Doch dann sahen sie es. Der Hof von Markus Sattelkamp brannte lichterloh.

Die Feuerwehrmänner fühlten die Wärme auf der Haut durch die geöffneten Fenster. Sie setzten ihre Helme auf und hielten sich an den Sitzen fest, als der Fahrer das Fahrzeug abbremste. Sie hasteten aus dem Wagen und öffneten mit eingeübten Griffen die Türen, holten die Schläuche aus den Halterungen, während andere einen Hydranten öffneten, die Schläuche anschlossen, die Spritzen aufschraubten und den Wasserstrahl auf die hochschießenden Flammen richteten.

Weitere Schläuche wurden entrollt, an die Hähne des Löschfahrzeuges angeschlossen und auf den Brand gerichtet.

Mit heulendem Martinshorn traf Verstärkung ein. Es war die Feuerwehr aus Norden, die den Brand zu löschen half.

Die Flammen griffen bereits auf das Wohnhaus über und bildeten den Schwerpunkt der Löscharbeit, während die Scheune, aus der bis zu zehn Meter hohe Flammen schossen, kaum noch zu retten war.

Spät, aber noch zeitig genug, wurde erkannt, dass die Stallungen bereits Feuer gefangen hatten. Erst jetzt drang das Schreien der Kühe durch die knisternde Feuersbrunst, die begierig die Strohballen fraß, die nach der Ernte in dem Gebäude eingelagert wurden.

Beherzte Männer rannten durch die Hitze, schlugen mit ihren Äxten die Türen ein und schufen einen Ausgang für das Vieh, das verängstigt nach draußen stürmte. Vor dem Hof auf einer Grünfläche kamen Kühe und Schafe zum Stehen, nur die Pferde trabten wiehernd auf die benachbarten Felder.

Mittlerweile war ein weiterer Feuerwehrzug eingetroffen und unterstützte die Wehr aus Hagersiel, die bemüht war, das Wohnhaus vor den Flammen zu retten. Der Brandmeister versuchte ohne Erfolg, den Landwirt Markus Sattelkamp ausfindig zu machen. Sein Wagen stand nicht in der Garage. Der Tatsache entnahm der Brandmeister, dass der Bauer nicht anwesend und keine Person in Gefahr war, in den Flammen umzukommen.

Die Feuerwehrmänner waren erschöpft. Der Rauch behinderte das Atmen und trieb ihnen Tränen in die Augen. Einige Männer stiegen mit Atemgerät auf den Speicher des Hauses und fanden bestätigt, dass kein Mensch mehr im von den Flammen bedrohten Gebäude war, in dem bereits der Dachstuhl Feuer gefangen hatte.

Doch dann vernahmen die Männer, die sich bereits wieder der Drehleiter zugewandt hatten, das zu Herzen gehende Geschrei einer Katze, die nicht wegrannte, sondern miauend unter Dachsparren verschwand. Der Feuerwehrmann entdeckte fünf kleine Kätzchen in einem Nest, die er herausnahm und seinen Kameraden reichte, die mit ihnen die Drehleiter erklommen. Das Muttertier umschlich, als wolle es sich bedanken, die Beine des Feuerwehrmannes, der sich bückte und die Katze ergriff und mit ihr die Leiter bestieg.

Gerettet werden konnten auch noch die Schweine. Den vereinten Wehren war es zu verdanken, dass das Herrenhaus bis auf Teile des Dachstuhles vor den Flammen gerettet werden konnte.

Markus Sattelkamp kam spät von einem Skatabend in Esens zurück. Er weinte und nahm die Katzen auf seinen Arm.

»Das ist ein schwerer Schaden«, sagte er aufgeregt.

»Das Haus, in dem Sie wohnen, konnten wir Ihnen erhalten. Inwieweit unser Spritzwasser Schaden angerichtet hat, müssen wir noch untersuchen«, sagte der Brandmeister, der privat ein geschätzter Kfz-Meister war.

»Es sind keine Menschen zu Schaden gekommen, das ist beruhigend«, meinte Sattelkamp. Er hatte sich gefangen und wirkte jetzt ruhig und gelassen.

»Vermutlich schlug der Blitz ein und entzündete das gelagerte Stroh, was wiederum den Mähdrescher und den Trecker in Flammen aufgehen ließ«, sagte der Brandmeister.

Noch immer strahlte das verbrannte Stroh eine gewaltige Hitze aus. In der Luft mischte sich der Brandgeruch mit einem Duft von verbranntem Fleisch.

»In der Hektik haben meine Leute Ihre Hühner vergessen. Der Stall ist abgebrannt, und die Tiere sind in den Flammen ums Leben gekommen«, berichtete der Brandmeister.

»Schönen Dank, dass Sie und Ihre Leute das Buntvieh und meine Pferde gerettet haben«, sagte Markus Sattelkamp. »Und wie ich gesehen habe, hat der Nachbar das Vieh auf die Weide getrieben. Gott, bin ich froh und dankbar, dass Sie so früh zur Stelle waren. So kann man über Nacht alles verlieren! Der Schaden hält sich in Grenzen. Sagen wir lieber, es hätte mich schlimmer treffen können. Das Stroh, der Mähdrescher und der Trecker, dann die Gebäudeschäden inklusive des Dachschadens am Herrenhaus. Grob geschätzt wird sich mein Schaden auf eine halbe Million belaufen.«

Natürlich war der Brand das Gesprächsthema in Hagersiel. Schon lange hatte es kein so heftiges Gewitter in Hagersiel gegeben. Der Ostfriesenkurier berichtete, dass 1911 der Petrihof in Norddeich durch Blitzeinschlag bis auf die Grundmauern niederbrannte, wobei nicht nur die gesamte Ernte, sondern auch hundertvierzig Kühe und zwölf Pferde in den Flammen ums Leben kamen. Doch viel schwerer hatte damals die Familie Ronders der Verlust ihres Knechtes getroffen, der sich in den Stallungen aufgehalten hatte.

Bereits damals gab es eine Brandkasse, die den Schaden zu einem Viertel abdeckte. Doch Alexander Ronders reichte das nicht. Hinzu kam, dass der gute und beliebte Landwirt es nicht verkraftete, dass sein Knecht in den Stallungen ums Leben kam, denn Ronders hatte gelacht, als er auf die drohenden Wolken gezeigt hatte. Grund genug, nachdem seine Frau gestorben war, zu trinken anzufangen. Ronders vertrank seinen Wohlstand und verkaufte den Hof, als sein Sohn als Soldat im Krieg fiel.

Der Brandmeister erinnerte sich an diese Geschichte, als er den alkoholisierten Atem von Sattelkamp roch. Doch, was besagte das schon, bereits nach einem Bier hatte der Atem eine Fahne. Dennoch hatte Sattelkamp das Auto benutzt. Das erfuhr Wachtmeister Ihnen nicht, der noch reinschaute und den Brandmeister aufforderte, einen exakten Bericht über den Brand und die Ursachen zu verfassen.

Wachtmeister Ihnen begleitete den Landwirt auf einem Rundgang, um sich einen Überblick zu verschaffen. Auch er fertigte ein Protokoll an, was zu den Akten kam. Das war zugegebenermaßen ein schwerer Schlag für den Landwirt, der sich zu alledem mit den Ansprüchen seiner Frau auseinandersetzte, da sie die Scheidung eingereicht hatte.

Dabei hatte sie nicht ganz unrecht, ihm die Schuld an dem Scheitern der Ehe zu geben. Es war wie so oft Alkohol im Spiel. Vor der Ehe trank Markus Sattelkamp so gut wie nicht. Das hatte auch sportliche Gründe, denn Markus Sattelkamp war ein begabter Springreiter, der zur Mannschaft von Niedersachsen zählte und selbst in Aachen beim internationalen Springreitturnier auf sich aufmerksam gemacht hatte.

Doch dann brach über Markus eine Pechsträhne herein. Sein über alles geliebtes Pferd, der Wallach Honeymoon, brach sich bei einem Springen das Bein und musste eingeschläfert werden. Dieses Unglück ging ihm sehr nahe. Auch er erlitt bei diesem Sturz eine Verletzung an der Wirbelsäule, die ihn lange quälte und davon abhielt, ein neues Pferd einzureiten. Er geriet damit ins Hintertreffen und erreichte nicht mal mehr die Einstufung, die notwendig war, um an großen Turnieren teilzunehmen.

Aber auch private Querelen, dazu gehörte auch die Gleichgültigkeit seiner Frau, ließ ihn tiefer und tiefer sinken. Aber auch geschäftlich hatte er eine Schlappe hinzunehmen, denn die Puterställe, die er für seine Frau hatte bauen lassen, warfen nicht den erhofften Gewinn ab. Von den fünfhundert Tieren verendeten annähernd zweihundertfünfzig an einer Virusseuche. Doch das war bei Weitem nicht alles. Die Gemeinde klagte gegen ihn, weil von den Puterställen ein Gestank ausgehe, der im Umkreis von gut fünf Kilometern noch zu riechen sei.

Wie immer in solchen Fällen holte die Gemeinde Hagersiel entsprechende Gutachten ein, die durch Gegengutachten, die ein Professor aus Hannover anfertigte, entkräftet wurden. Es kam zu einem Gerichtsverfahren mit dem Urteil, dass die gute Luft eines Kurortes Vorrang vor dem Gewinnstreben eines Bürgers hat. Damit wurde dem Landwirt Sattelkamp beziehungsweise seiner Frau die Aufzucht von Puten untersagt, da das Misten der Ställe das Wohlbefinden der Bevölkerung und der Feriengäste beeinträchtige. Dabei blieben die bereits getätigten finanziellen Aufwendungen unberücksichtigt, da die Gemeinde bereits früh genug ihre Bedenken geäußert hatte.

Der Blitzeinschlag und seine Folgen waren ein weiterer

Tiefschlag, der an die Substanz ging. Natürlich besaß Markus Sattelkamp genügend Mittel, auch diese Schlappe wegzustecken. Da war das Bauerwartungsland in bevorzugter Lage.

Der Brand hatte nicht nur die Gemüter erregt, sondern auch für gehässige Gerüchte gesorgt, die sich hielten, obwohl sie widerlegt wurden, denn es hieß, Markus Sattelkamp habe sich zum Zeitpunkt des Unwetters gar nicht in Esens aufgehalten und auch nicht Skat gedroschen, sondern er habe in Oldenburg im Rotlichtviertel des Bahnhofes das gesucht und auch gefunden, was seine Frau ihm zu geben nicht gewillt war.

Den Leuten fiel dabei auf, dass auch Frau Sattelkamp nicht zu Hause war, als sich das Gewitter entlud. Es hieß allgemein, sie wüsste von den Eskapaden ihres Mannes und sei ebenfalls nicht ohne.

Damit lagen die Klatschmäuler nicht daneben, denn Frau Sattelkamp hatte schon länger aufgegeben, sich um die Belange ihres Mannes zu kümmern. Dabei hatte der Zufall oder eine schicksalhafte Begebenheit dafür Sorge getragen, dass sie nicht lange allein bleiben würde.

Zugegeben, sie hatte viel geweint und unter der bevorstehenden Scheidung stark gelitten. Doch es hatte sich ergeben, dass sie, um einmal vor die Tür zu kommen, an einem schönen Augustsonntag zu ihrer Freundin nach Aurich fuhr, als die Kreisstadt ihr Stadtfest feierte. Nun gilt es noch zu berichten, dass Frau Sattelkamp, um nicht ganz zu versauern, sich aus einer Laune heraus dem Tanzclub »Samba Hagersiel« angeschlossen hatte, da sie nicht nur gut, sondern auch leidenschaftlich gern tanzte.

Irgendwann ergab es sich, dass Frau Sattelkamp an einem Abend in einem Weinlokal mit Bekannten ein Gläschen trank, während auf der Straße eine Musikkapelle für Unterhaltung sorgte. Die Leute tanzten bei lauen Temperaturen auf der Straße. Es herrschte eine angenehme Stimmung, und Frau Sattelkamp vergaß vorübergehend ihren Ärger. Wobei sie dann später noch Jens Breuer, einen Tanzkollegen traf, der sie in den Arm nahm und gekonnt mit ihr Tango tanzte. Dabei stellte sich heraus, dass Jens Breuer als Rechtsanwalt für Verkehrsfragen in der Sozietät zuständig war, die Frau Sattelkamp aufgesucht hatte, um sich mit seinem Kollegen, einem Scheidungsanwalt, zu besprechen und sich Rat zu holen.

Auch Jens Breuer hatte Probleme, wie sich später ergab, als sie sich bei einem weiteren Gläschen Wein näherkamen und sich aussprachen. Dabei hielten sie sich an den Händen, sahen sich in die Augen und fühlten, dass sie ein Recht auf Glück hatten, das sie sich nicht nehmen lassen wollten.

Als die schmissige Kapelle »Auf Wiedersehn« spielte, küsste Jens Breuer Frau Sattelkamp, und für beide begann eine Zeit, die all das beinhaltete, was zu versäumen sie dabei waren. Sie kannten keine Schranken mehr und sprachen über ihre geheimsten Wünsche. So gab Frau Sattelkamp offen zu, dass sie sich von Jens Breuer Kinder wünschte. Das traf sich gut, denn seine Expartnerin hatte das nicht in ihren Lebensplan aufgenommen, denn sie strebte eine Karriere bei ihrer Firma an, wo sie als Direktrice beschäftigt war.

Bei den Sattelkamps verhielt es sich ähnlich. Ihre Ehe war zum Scheitern verurteilt, als Markus aus nicht ersichtlichen Gründen zu trinken begann. Dabei war bereits klar, dass es ihm unmöglich war, Kinder zu zeugen. Er hatte sich auch an seiner Frau vergriffen, doch mehr hatte er sie mit seinen Bordellbesuchen gedemütigt. Dabei bemühte er sich, auch noch den Anschein zu erwecken, als könne seine Frau ihm nicht das bieten, worauf ein Mann wie er einen Anspruch habe.

Natürlich verhielt sich der Landwirt, dessen Ansehen stark angekratzt wurde, uneinsichtig. Wie bei den meisten Menschen, so war Sattelkamp nur beizukommen, wenn Geld im Spiel war. Und das stellte für seine Frau das einzige Mittel dar, von ihm eine angemessene Entschädigung für die vielen Gemeinheiten zu erhalten. Natürlich war auch ihr Anwalt der Meinung, Markus Sattelkamp zur Kasse zu bitten, denn abgesehen von dem Zugewinn, der beträchtlich war, waren da noch gemeinschaftlich erworbene Häuser in Hagersiel.

So endete, was einst in Liebe begonnen hatte. Frau Sattelkamp war bemüht, zu retten, was von dem immerhin großen Vermögen ihr zuzuschreiben war. Denn sie und ihr Jens waren dabei, sich in Dornum ein schickes Haus zu bauen, und starteten von Neuem einen Anlauf, das Glück herauszufordern. Dabei ließen sie ihre Partner, ob schuldig oder nicht, das sei dahingestellt, zurück.

Bei Markus Sattelkamp verhielt sich die Schuldfrage recht eindeutig, denn er bekannte sich schuldig, die Ehe zerstört zu haben. Doch er redete sich, wenn er in seiner Stammkneipe mit seinen Saufkumpanen saß, frei von jeglicher Mitschuld an seiner misslichen Lage. Es war ja nicht nur so, dass seine Frau ihn verlassen hatte, sondern sein Versuch, den Hof allein zu führen, musste scheitern, und das tat er auch. Seine Frau fehlte überall.

Markus Sattelkamp stellte für die Betreuung der Kühe eine tüchtige Bäuerin aus Kroatien ein, deren Mann im Krieg gefallen war, die das Melken und die Bereitstellung der Milch für die Molkerei übernahm und auch die Abrechnung versah. Zusätzlich half sie Markus bei der Büroarbeit, die der Betrieb so mit sich brachte. So verhielt es sich auch mit der Aufzucht der Puter.

Anna Nicolic, so hieß die Angestellte, verhandelte in eigener Regie mit den Fleischgroßhändlern, unterstützte Markus Sattelkamp im Kampf gegen die Gemeinde und senkte die Entweichung der Stallgerüche beim Misten um gute fünfzig Prozent durch den Einbau eines neuen Transportsystems.

Anna Nicolic ersetzte voll und ganz ihre Vorgängerin, was Markus Sattelkamp mit Freuden registrierte. Sie brachte es auch fertig, ihn von seiner Trunksucht zu befreien, und war sogar gewillt, ihn zu heiraten. Dafür führte sie in erster Linie die Liebe ins Feld, denn Anna Nicolic war eine imposante Erscheinung und noch jung an Jahren.

Die kriegerischen Auseinandersetzungen in ihrer Heimat hatten Anna sehr zugesetzt. Sie hatte nicht nur ihren Mann verloren, sondern auch ihr Hab und Gut. Ihre beiden Söhne verließen die Heimat und wanderten nach Bolivien aus, weil dort der Bruder ihres Mannes eine Farm besaß.

Doch in diesen Frieden brach erneut das Schicksal ein, denn der Blitz vernichtete die Stallungen des Hofes, die bis auf die Grundmauern niederbrannten.

Anna Nicolic brachte alle Energie auf, den Bauern davon abzuhalten, im Küstenkorn Trost zu suchen. Und sie hatte Erfolg, denn Markus Sattelkamp versuchte sein Leben wieder in den Griff zu bekommen. Gemeinsam mit Anna Nicolic listete er seine Gewitterverluste auf und wandte sich an die Versicherung, die bereits aus der Zeitung erfahren hatte, dass sein Hof abgebrannt war. Sie schickte einen Sachverständigen, der den angegebenen Schaden auf seine Richtigkeit überprüfte.

Ihn begleiteten auf Wunsch Hoogestraat und Busker von der Kriminalpolizei, denn das ist üblich, weil es herauszufinden galt, ob eine Brandstiftung vorlag, gleichgültig ob von Fremden oder eine eigene, was schon des Öfteren vorgekommen war, wie die Unterlagen der Brandkasse bezeugten.

Andererseits besaß Markus Sattelkamp das volle Vertrauen der Polizei als auch des Staatsanwaltes, der in solchen Fällen eingeschaltet wird. Dennoch wurde eine Überprüfung des Landwirtes angeordnet. Dabei ergab sich bei einem zufriedenstellenden Vermögensstand eine Verschuldung, die zu denken gab.

Die Kriminalbeamten inspizierten genauestens die Brandrückstände, nahmen Schutt und Asche mit einem Fachmann der Feuerwehr unter die Lupe und suchten nach dem Brandherd. Dabei ergab sich die Erkenntnis, dass der Blitz fast parallel zum Schornstein eingeschlagen hatte.

Auch Hoogestraat überzeugte sich beim Überprüfen der abgebrannten Dachsparren und Strohpuppen von der Richtigkeit der aufgestellten Behauptung.

Busker machte auf dem Speicher des Herrenhauses, in der Nähe eines unverschlossenen Dachfensters an einem Balken eine nur schwer auszumachende Blutspur aus, die seine Neugierde weckte. Das von der starken Hitze verformte Dachfenster zeigte Spuren von Gewaltanwendung.

»Chef, schauen Sie her«, sagte er zu Hoogestraat.

Der verzog das Gesicht. »Hm, besser, wir lassen nichts aus«, meinte er, zog ein Taschentuch hervor und tupfte damit die Blutspur auf. Dabei suchten sie nach weiteren Spuren, die von der Feuerwehr stammen konnten. Doch das war vergeblich, und die Blutspur war zu gering, um daraus Schlüsse zu ziehen.

Die Suche ergab keine Anhaltspunkte für eine Brandstiftung, was Markus Sattelkamp und seine Geliebte Anna Nicolic mit Befriedigung zur Kenntnis nahmen.

Hoogestraat und Busker ließen sich von den beiden ihre Aufenthalte während des Gewitters erklären und notierten sie, was dem Bauer ziemlich peinlich war. Nichtsdestotrotz überprüften die Beamten diese Angaben. Dabei bereiteten die Angaben von Anna Nicolic wenig Mühe, denn sie hatte eine Bekannte besucht, weil sie bei dem Gewitter nicht allein auf dem Hof sein wollte. So hatte Anna ein Alibi.

Auch Markus Sattelkamp machte Angaben, die es zu überprüfen galt. In seiner Situation erschien es den Polizeibeamten durchaus denkbar, dem Schicksal ein wenig die Weichen zu stellen, um bei einem erneuten Anfang mit mehr Glück zu operieren.

Wie gesagt, es handelte sich um einen vagen Verdacht. Es war also erforderlich, von dem Bauern ein lückenloses Alibi für die Gewitternacht zu fordern.

Markus Sattelkamp, der den Verdacht weit von sich wies, revidierte seine erste Aussage und gab an, während des Gewitters in Emden in der Hafennähe in der Toxibar gewesen zu sein – eine nicht sehr seriöse Anschrift, und die Bezeichnung Bar war durchaus geschmeichelt. Doch das störte Markus Sattelkamp nicht im Geringsten, ihm war es auch gleichgültig, was die Beamten dachten, als er fortfuhr und von einer vollbusigen Schönheit schwärmte, die Swetlana hieß und eine Meisterin in Verführungskünsten war.

»Wir sind hier unter uns, und ich will nicht verschweigen, dass Swetlana einem Mann das gibt, wovon seine Schlafzimmerträume handeln«, sagte er und grinste dabei. »Ich bin ehrlich, denn meine Anna verspricht mir Sex in höchsten Tönen, doch erst nach vollzogener Ehe. Meine Herren, Sie werden mir zustimmen, dass ein Mann in seinen besten Jahren den Beischlaf braucht wie seine täglichen Mahlzeiten.«

»Und diese Swetlana kann Ihre Anwesenheit bezeugen?«, fragte Hoogestraat.

»So ist es. Denn, wie gesagt, ich bin kein Unbekannter in dem Etablissement.«

»Danke, wir werden selbstverständlich Ihre Aussage überprüfen«, sagte Busker, der sich Notizen gemacht hatte.

»Dafür habe ich vollstes Verständnis«, meinte der Landwirt und spielte mit der Tasche seiner Lederjacke. »Sie glauben doch nicht, dass ich fähig wäre, Hand an meinen Hof, in dem ich meine Kindheit verbracht habe, zu legen? Aber in der Tat, so einen Schlag muss man erst einmal verkraften, und das kurz vor meiner Hochzeit. Anna Nicolic ist meine Zeugin. Sie bestätigt Ihnen gerne meine Gradlinigkeit. Mit ihr will ich gerne noch einmal von vorn anfangen.«

»Herr Sattelkamp, an Ihrer Tüchtigkeit zweifle ich nicht eine Sekunde. Aber wir sind hier, um Ihre Unschuld am Brand nachzuweisen, denn es steht viel auf dem Spiel, und auch die Brandkasse erwartet unseren Bericht«, sagte Hoogestraat, dem das protzerische Gehabe des Großbauern auf die Nerven ging.

Dabei dachte er an die Eltern des Bauern, die er gekannt hatte. Sie waren ehrlich und über jeden Verdacht erhaben gewesen und hätten sich nie zu etwas Unkorrektem hinreißen lassen. Aber auch der Bruder des Bauern war nicht immer eins mit Markus. Er war Pastor in Göttingen. Es waren die Weibergeschichten, die ihm zu Ohren kamen, die er nicht mochte. Markus' Trennung von seiner Frau verstand er zum Beispiel nie, denn die Schwägerin empfand er als sympathische Frau, die viel von der Landwirtschaft verstand und mit viel Fleiß geholfen hatte, den Hof rentabel zu halten, doch dann das unverständliche Aus, über das Markus mit ihm nicht sprechen wollte.

»Wir sind einverstanden, wenn Sie uns zu Ihrer Swetlana führen, die Ihnen auf so blendende Weise hilft, ihre Männlichkeit zum Zuge kommen zu lassen«, sagte Hoogestraat.

»Können Sie das nicht telefonisch erledigen?«, entgegnete der Landwirt.

»Nicht so gern, denn wir wollen verhindern, dass Sie mit der Dame eine Absprache treffen.«

Busker öffnete die Beifahrertür. »Warum zögern Sie noch? Steigen Sie ein und fahren Sie mit uns nach Emden zur Toxibar.«

Markus Sattelkamp nickte. »Mir liegt viel daran, Sie zufriedenzustellen«, sagte er und grinste anzüglich. Er stieg ein.

»Zumindest spart Ihre Bereitschaft uns einige Zeit«, meinte Busker.

»Worauf warten wir noch?«, fragte Hoogestraat. Er trat an den Wagen, zog die Fahrertür auf, stieg ein und setzte sich hinters Steuer. Auch Busker stieg zu Sattelkamp in den Wagen.

»Und ab geht die Post«, sagte er, während der Kommissar den Wagen in Richtung Emden lenkte.

Den Beamten fiel die aufgelockerte Stimmung des Landwirtes auf, der nicht eine Spur von Nervosität zeigte. So als planten sie in der Tat einen Besuch in dem Etablissement, wiederholte der Landwirt die Wegbeschreibung zur Toxibar und gab ohne Scheu Geschichten aus dem Rotlichtmilieu zum Besten, über die die Beamten sich amüsierten.

Im Hafen von Emden lotste Sattelkamp den Kommissar

um das Hauptgebäude, einen Klinkerbau mit großen Fenstern. Das Gebäude glich einer vornehmen Strandpension.

Hoogestraat hielt den Wagen an und zog den Schlüssel aus dem Zündschloss. Er schaute auf die schwere Holztür und den bogenförmigen Eingang.

»Großer Andrang herrscht nicht gerade«, sagte Busker und blickte auf die Fenster, hinter denen er die leicht bekleideten Damen vermutete.

»Erst gegen zwanzig Uhr füllt sich der Parkplatz, dann herrscht im Haus reges Treiben«, sagte Sattelkamp.

»Bleiben Sie im Wagen, während wir unser Dienstgeschäft erledigen. Dabei haben wir nichts dagegen, wenn Sie anschließend diese Swetlana aufsuchen und ihr die Notwendigkeit unseres Besuches und Ihrer Lage offen legen und bestätigen«, sagte Hoogestraat.

»Einverstanden«, antwortete Sattelkamp.

Die Beamten stiegen aus, verschlossen die Wagentüren und gingen zum Eingang des ordentlich aussehenden Etablissements. Die Tür ließ sich nicht öffnen. Eine Klingel war an der Steinwand installiert. Unter einem Plastikschildchen lasen die Beamten »Westöstliche Diwan GmbH«.

Kommissar Hoogestraat hüstelte und drückte die Klingel.

Die Beamten schauten sich an und warteten auf den Steinstufen. Die Minuten vergingen.

Hoogestraat drückte erneut den Klingelknopf. Doch dann hörten sie Schritte. Die Tür wurde geöffnet. Eine Frau stand im Türrahmen und musterte die Beamten. Sie war leicht bekleidet. Über ihre nackten Schultern trug sie einen breiten Schal. Ihre schweren, vollen Brüste wurden von einem schwarzen BH bedeckt. Des Weiteren trug sie eine eng sitzende Hose und hohe Stiefel.

»Meine Herren, nicht so stürmisch«, sagte sie.

Ihr Gesicht trug eine dicke Puderschicht. Die Lippen waren kirschrot geschminkt. Sie taxierte die Beamten mit einem prüfenden Blick.

»Sie kommen zu einer ungünstigen Zeit. Meine Mitarbeiterinnen müssen sich auch einmal ausruhen und ihre Stadtgänge machen«, sagte sie und nahm eine verführerische Pose ein.

»Damit es nicht zu Missverständnissen kommt, wir wünschen Swetlana zu sprechen«, sagte Hoogestraat und schaute auf die Schenkel der Dame.

»Das ist gerade nicht möglich, denn Swetlana hat Besuch. Der Friseur ist bei ihr. Macht sie schön für den Abend«, sagte sie. »Aber ich kann sie vertreten, vielleicht. Wir können ins Haus gehen und sehen, wer noch auf den Zimmern ist.« Sie lockerte ihren Schal, der den Blick auf ihren Oberkörper verbarg.

»Verstehen Sie uns nicht falsch«, sagte der Kommissar. »Wir kommen von der Polizei und müssen dienstlich mit Swetlana sprechen.«

»Kommen Sie mit ins Haus«, sagte die Dame, die hier den Rezeptionsdienst versah. Sie schritt voraus und trat ein.

Die Beamten folgten ihr. Der Bereich hinter der Eingangstür diente, wie es schien, der »Westöstlichen Diwan GmbH« als Gemeinschaftsraum.

Junge Mädchen, hübsch anzusehen, das war die Meinung der Polizeibeamten, saßen spärlich bekleidet auf einer roten Liege und betrachteten die Besucher skeptisch.

»Warten Sie hier«, meinte die Russin und sprach mit ihren jungen Kolleginnen. Dann nickte sie. »Swetlana ist auf ihrem Zimmer. Der Friseur ist bei ihr.« Sie deutete auf zwei rote Sessel, die an einer Wand standen, die eine cremefarbene Stofftapete trug.

»Danke«, erwiderte Hoogestraat, gab Busker ein Zeichen und nahm in einem Sessel Platz.

Die Mädchen kicherten anzüglich, doch die Beamten ließen sich nicht aus der Ruhe bringen. Sie mussten auch nicht lange warten, dann erschien diese Swetlana, die in der Tat frisch gelegte Dauerwellen vorweisen konnte. Ein Duft nach Parfum und Haarspray erfüllte den Raum.

Die junge Frau hatte eine kräftige Figur. Sie stand vor ihnen in kurzen Shorts und einem strammen BH.

»Mein Name ist Swetlana Haplin. Sagen Sie bitte, was Sie von mir wollen«, sagte sie und strich mit der Rechten über ihre wohlgeformten Beine. Hoogestraat erhob sich.

»Mein Name ist Hoogestraat. Das ist mein Kollege Busker. Wir kommen von der Kripo Norden. Wir benötigen von Ihnen eine Auskunft«, sagte der Beamte.

»Vielleicht gibt es hier einen Raum, in dem wir ungestört reden können«, wandte sich Busker an die junge Dame, die nach Aussagen von Sattelkamp eine perfekte Liebesdienerin war und die ihre Zeit mit dem Landwirt vertrieben hatte, der das nötige Kleingeld besaß, dem Mädchen ihre Dienste zu bezahlen.

»Ja, wir alle haben Zimmer hier, bezahlen Miete. Gehen wir«, forderte sie die Herren auf. Sie führte sie die Treppe hoch und öffnete eine Tür. »Kommen Sie, hier können wir reden.«

Im Zimmer gab es eine Liege, die der im unteren Raum glich. Des Weiteren einen Stuhl, auf dem ein großer Plüschteddybär saß. Auch auf der Liege lagen Stofftiere. Es waren Hunde.

»Bitte, setzen Sie sich«, sagte sie und zupfte die Decke zurecht, die die Abbildung einer nackten Frau enthielt. Der Duft eines aggressiven Parfüms lag in der Luft. Auf einem kleinen Seitentisch lagen Kondome. Das Zimmer enthielt noch einen Kleiderschrank, der aus Eiche gefertigt war und dem Raum ein bisschen von der Armut nahm.

»Frau Haplin, machen wir es kurz. Ein Kunde von Ihnen hat eine Aussage gemacht, die wir überprüfen müssen.« Hoogestraat stützte sich angewidert auf der Überdecke ab. »Es handelt sich um einen Landwirt aus Hagersiel. Unsere Frage: War Herr Sattelkamp hier bei Ihnen?« Er nannte das genaue Datum.

»Am besagten Tag ging am Abend ein schweres Gewitter nieder«, fügte Busker hinzu.

»Es ist nicht schwer, mich trotz der vielen Kunden an den Tag zu erinnern. Markus, ich meine Herr Sattelkamp, war bei mir. Er brachte eine Flasche Schampus mit, denn der Grund zum Feiern war mein Geburtstag. Ich hatte einen Kuchen gebacken nach dem Rezept meiner Großmutter. Es ist nicht sehr spät geworden. Herr Sattelkamp ist bald darauf nach Hause gefahren zu seiner Freundin, die ihn nicht zu sich ins Bett lässt.« Sie hob die Hand, als wolle sie ihre Aussage beschwören.

»Wir glauben Ihnen. Ihnen ist bekannt, dass Falschaussagen nach deutschem Recht strafbar sind?«, sagte Busker.

»Wir danken Ihnen für das Gespräch. Alles Gute«, sagte Hoogestraat, reichte der Russin die Hand, lächelte freundlich, gab Busker einen Wink und schritt mit ihm zur Tür.

»Auf Wiedersehen«, sagte Swetlana und schenkte den Beamten ein zauberhaftes Lächeln.

Sie verließen das Zimmer, gingen über die Treppe nach unten. Die jungen Frauen blickten ihnen entgegen und machten Bemerkungen, die die Beamten nicht verstanden, deren Sinn sie aber zu deuten wussten.

Draußen umfing sie der kalte Wind, der aus nördlicher

Richtung mit der Stärke sieben wehte. Die Luft roch nach Salz und nach Hafen. Die Borkumfähre bereitete sich auf die Überfahrt zur Insel vor. Am Himmel trieben schwere dunkle Wolken.

»Ich denke, dass das Mädchen die Wahrheit sagt«, meinte Hoogestraat.

»Dem stimme ich zu«, meinte Busker. »Damit hat Markus Sattelkamp ein Alibi, das jedoch nicht eindeutig den langen Abend abdeckt. Natürlich kann er zu Hause noch in seiner Scheune gezündelt haben. Nach meinem Dafürhalten wäre es angebracht, dem Staatsanwalt vorzuschlagen, von Oldenburg den Spürhund anzufordern und mit ihm die Brandruine gründlich abzusuchen. Mit anderen Worten, mein Misstrauen überwiegt alles bisher Gesagte. Mit seiner Offenheit beabsichtigte Sattelkamp vielleicht, uns zu täuschen.«

Sie gingen zu ihrem Wagen. Busker öffnete die Tür.

»Da sind wir wieder, Herr Sattelkamp«, sagte Hoogestraat. »Wir haben mit Swetlana gesprochen. Sie bestätigte Ihre Aussage. Ich nehme an, Sie möchten mit uns zurückfahren und legen keinen Wert darauf, sie zu besuchen.«

Sattelkamp nickte. »Wir müssen alles Weitere dem Staatsanwalt überlassen. Ich hoffe, dass er sich an die Tatsachen hält und für die Versicherung grünes Licht gibt.«

»So schnell handeln die Versicherungen nicht. Sie werden sich noch eine Weile gedulden müssen«, meinte Busker.

»Ich benötige dringend eine finanzielle Hilfe!«, sagte Sattelkamp mit ernster Mine.

»Herr Sattelkamp, wenden Sie sich an die Brandkasse. Bitten Sie um einen Übergangskredit. Es ist anzunehmen, dass er Ihnen gewährt wird«, sagte Hoogestraat, während er den Wagen nach Norden lenkte.

Sie fuhren an Marienhafe vorbei und schauten durch die Fenster auf den Störtebekerturm. Sattelkamp war nicht sehr gesprächig.

»Inwieweit hat das Feuer Ihren Maschinenpark zerstört?«, fragte Busker.

»Nun, mein Trecker und einige Landmaschinen wurden das Opfer der Flammen«, sagte Sattelkamp. »Zum Glück befindet sich der Mähdrescher in Reparatur beim Landmaschinenhändler. Nach der Ernte wird er für die lange Lagerzeit überholt. Das macht fünfunddreißigtausend Euro weniger Schaden aus.«

Die beiden Beamten waren froh, als sie endlich Norden erreicht hatten. Hoogestraat parkte den Wagen neben dem Mercedes des Landwirtes.

»Herr Hoogestraat, schönen Dank für Ihre Offenheit.«

»Einen schönen Tag noch«, sagte der Kommissar.

»Danke, gleichfalls. Ich fasse mich in Geduld«, sagte Sattelkamp, stieg aus und ging zu seinem Wagen.

Hoogestraat wandte sich an Busker.

»Es wird Zeit, dass wir klären, wie es um den Brand steht.«

# 13

Sie betraten das Alte Weinhaus, stiegen die Treppe hoch und suchten ihr Dienstzimmer auf. Der Kommissar zog seinen Trenchcoat aus und legte ihn über einen Bügel.

Auch Busker trat an die Garderobe und hängte seine Jacke an einen Haken.

»Es kann nicht schaden, wenn der Brandmeister der Feuerwehr mit uns auf Spurensuche geht«, sagt Hoogestraat.

»Augenblick, ich suche die Telefonnummer heraus«, antwortete Busker.

Hoogestraat nahm an seinem Schreibtisch Platz und griff zum Telefon. Er wählte die Nummer des Staatsanwaltes.

Der Staatsanwalt war selbst am Apparat.

Hoogestraat sagte: »Moin, Herr Staatsanwalt. Ich rufe an wegen des Brandes bei dem Landwirt Sattelkamp, der großen Schaden hinnehmen musste. Herr Sattelkamp lebt von seiner Frau getrennt. Die finanzielle Situation gibt zu denken. Auch die Vermögenslage des Landwirtes ist nicht rosig. Von daher betrachtet, besteht der Verdacht, die Scheune selbst angezündet zu haben. Markus Sattelkamp lebt zusammen mit einer Lebensgefährtin, die als Kriegswitwe aus Kroatien nach Ostfriesland kam. Diese Anna hat einen guten Leumund, während man das von Herrn Sattelkamp nicht behaupten kann. Abgesehen von seinem Alkoholkonsum ist es auch außergewöhnlich, dass er im Bordell in der Emder Hafenszene ständiger Gast ist und auch sonst recht aufwendig lebt. Zu unserem Verdacht befragt, beteuerte er seine Unschuld. Er gab an, dass er zum Zeitpunkt, als vermutlich der Blitz in sein Anwesen einschlug, nicht zu Hause war, sondern in Emden. Wir haben seine Angaben überprüft, die stimmen. Aber damit konnte er unser Misstrauen nicht aus dem Wege räumen.«

»Wie gedenken Sie weiter vorzugehen, Herr Hoogestraat?«, fragte der Staatsanwalt.

»Herr Busker und ich wollen der Sache auf den Grund gehen. Wir wollen die Brandstätte noch einmal gründlich untersuchen und in Oldenburg einen Spürhund anfordern.«

»Tun Sie das. Wir sind verpflichtet, alle Möglichkeiten auszuschöpfen«, antwortete Dr. Gawor, der ja schließlich die Verantwortung trug.

»Ich werde den Brandmeister der hiesigen Feuerwehr bitten, an der Untersuchung teilzunehmen«, sagte Hoogestraat.

»All up Stee«, antwortete Dr. Gawor.

Der Kommissar legte den Hörer auf und wählte anschließend die Nummer des Polizeireviers in Oldenburg und ließ sich mit der Verwaltung der Hundestaffel verbinden. Er teilte dem Kollegen mit, dass er die Genehmigung des Staatsanwalts Dr. Gawor aus Aurich besäße, einen Spürhund anzufordern, der auf Brandursachen abgerichtet war.

Der Kollege erklärte sich einverstanden, Mitte der Woche nach Erledigung einiger Formalitäten nach Norden zu kommen und mit seinem Hund die gewünschte Untersuchung durchzuführen.

»Bis dann, melden Sie sich beim Alten Weinhaus in Norden, fragen Sie nach Kommissar Hoogestraat. Sie finden uns direkt neben der St. Ludgerikirche«, erklärte Hoogestraat.

»Erst jetzt bin ich beruhigt«, sagte er zu Busker.

Der nickte. Denn Markus Sattelkamp machte in der Tat einen sehr windigen Eindruck. Immerhin ging es um sehr viel Geld.

Es war selbstverständlich, dass der Brand des Hofes für Gesprächsstoff in Hagersiel sorgte. Es war seit Jahren nicht mehr zu einem Blitzeinschlag gekommen. Die meisten Familien überprüften daraufhin ihre Blitzableiter, denn nicht alle besaßen diesen Schutz. Es wurde gesagt, dass Gebäude, die in der Nähe von hohen Bäumen stünden, vor Blitzeinschlägen gesichert seien, da der Blitz immer in das höchste Ziel, also den Baum einschlagen würde, was auch für Menschen im Freien gelte. Darum sollten sich Menschen, die draußen von einem Unwetter überrascht werden, flach auf den Boden legen.

Gehässige Mitmenschen, die es nicht lassen konnten, vielleicht auch neidisch auf den Landwirt waren, sahen in dem Blitzschlag Gottes Strafe für sein ausschweifendes Leben, denn Markus Sattelkamp hatte nach der Trennung von seiner hübschen Frau sehr schnell in Anna Ersatz gefunden. Und was noch mehr das Gerede herausforderte, das waren seine Fahrten in das Rotlichtmilieu, wo sein Mercedes des Öfteren gesehen wurde.

Doch so sehr es schwerfiel, einen Zusammenhang zwischen dem Unwetter mit den bekannten Folgen und dem Tod von Okka Moorhoff herzustellen, so nahmen einige Bürger von Hagersiel erneut Kritik an der Arbeit der Polizei, weil sie immer noch nicht den brutalen Mord aufgeklärt hatte. Dabei war die Kriminalpolizei bei Weitem nicht untätig geblieben.

Ende September gab es noch ein paar sonnige Tage, die sich bis in den Oktober hineinzogen. Auch am Mittwoch, dem fünften Oktober, schien die Sonne, als Kommissar Rudolf in Oldenburg Struppi aus dem Käfig holte und dem Schäferhund das Halsband anlegte.

Der Rüde hob den Kopf, sah Rudolf mit wachen Augen an, als wollte er seinem Herrchen Fragen stellen. Rudolf strich dem treuen Tier über den Kopf.

»Struppi, wir machen einen Ausflug. Du musst zeigen, was du gelernt hast«, sagte Rudolf.

Er führte den Schäferhund zum Auto, öffnete die Hintertür und befahl Struppi zu springen. Der Hund folgte der Anweisung und legte sich auf den Wagenboden. Rudolf stieg ein, setzte sich hinters Steuer, ließ den Motor an und fuhr los in Richtung Autobahn. Dort nahm er die Abzweigung nach Emden.

Nach einer Stunde erreichte er die Abzweigung nach Norddeich, und pünktlich wie geplant parkte er den VW-Kombi vor dem Alten Weinhaus.

Struppi wurde unruhig. Er beobachtete den Kommissar, der sich beim wachhabenden Kollegen anmeldete, durch die Scheibe.

Hoogestraat saß am Schreibtisch und unterhielt sich mit Busker, als das Telefon klingelte. Der Kommissar nahm ab und meldete sich.

»Herr Hoogestraat, Kollege Rudolf ist mit dem Spürhund eingetroffen«, meldete sich der Wachhabende.

»Danke. Wir kommen runter«, antwortete der Kommissar.

Die Beamten verließen ihr Dienstzimmer, stiegen die Treppe nach unten und betraten den Parkplatz.

Rudolf kam ihnen entgegen.

»Hoogestraat, mein Kollege Busker«, begrüßte der Kommissar den Kollegen aus Oldenburg.

»Angenehm, mein Name ist Rudolf«, sagte dieser. »Hier im Wagen, das ist Struppi, mein Mitarbeiter, der abgerichtet ist, Brandverstärker und Brandstellen zu riechen, die selbst unter Trümmern vergraben sind!«

Er öffnete die Hecktür und ließ Struppi heraus. Er tätschelte das Tier.

Struppi hatte ein glänzendes Fell. Er war gut gewachsen. Er spitzte die Ohren und sah sich neugierig um.

»Ein prachtvolles Tier«, sagte Hoogestraat.

»Ist es weit?«, fragte Rudolf.

»Nein, wir müssen nach Hagersiel. Das sind etwa zwanzig bis dreißig Kilometer von hier«, antwortete Busker.

»Es ist wegen des Durstes. Struppi wird dann Durst haben«, sagte der Beamte.

»Soll ich Wasser und ein Gefäß besorgen?«, fragte Busker.

»Hinterher. Sonst beeinflusst das Wasser seine Geruchsnerven.«

»Dann schlage ich vor, direkt zu fahren«, meinte Hoogestraat. »Ich fahre mit Herrn Busker vor. Folgen Sie uns bitte.«

Rudolf nickte. Er öffnete die Türklappe.

»Struppi, komm«, befahl er dem Hund, der sofort seinen Platz wieder einnahm.

Hoogestraat und Busker stiegen in ihren Passat. Hoogestraat setzte sich hinter das Steuer und ließ den Motor an. Er gab Rudolf ein Zeichen und fuhr los in Richtung Hagersiel.

Rudolf folgte. Sie fuhren am Krankenhaus vorbei, passierten das Lütetsburger Schloss und bogen nach dem Kreisel in die Störtebekerstraße ein, die nach Hagersiel führte.

Vor dem Ortseingang fuhren sie am Sportplatz vorbei bis zum Seedeich. Dort wendeten sie und nahmen die Deichstraße, die zum Hof von Sattelkamp führte.

Sie parkten vor dem Herrenhaus. Noch immer lag der Brandgeruch in der Luft.

Sattelkamp kam aus dem Haus.

»Darf ich erfahren, was Sie wünschen?«, fragte er und verzog das Gesicht. »Was soll der Hund?«

»Herr Sattelkamp, der Hund soll uns helfen zu erschnüffeln, wo der Brand ausgebrochen ist«, sagte Busker.

»Das hat die Feuerwehr bereits festgestellt. Neben dem Schornstein schlug der Blitz in das Dachfester ein«, sagte Sattelkamp unfreundlich.

»Sie werden nichts dagegen einzuwenden haben, wenn wir es ganz genau wissen wollen«, sagte Hoogestraat.

»Bitte, ich habe nichts dagegen, aber es wäre mir schon lieb, wenn ich in Kürze die Handwerker kommen lassen könnte, damit wenigstens das Dach repariert werden kann. Wenn es stark regnet, läuft das Wasser durch die Decke. Auch den Stall benötige ich. Wenn es jetzt kälter wird, kann ich das Vieh nicht länger auf der Weide halten.«

»Wenden Sie sich an Ihre Brandkasse«, sagte Hoogestraat.

Dann erschien seine Lebensgefährtin. Sie sah strahlend aus.

»Markus, ich habe Tee zubereitet«, sagte sie.

Sattelkamp schimpfte und folgte ihr in die Wohnung.

»Herr Rudolf, lassen Sie sich nicht ablenken«, sagte Busker. »Wir können den Hund anleinen. Wie Sie sehen, ist das Wohnhaus noch glimpflich davongekommen. Die Feuerwehr musste allerdings das Dach vor den Flammen schützen und dabei zum Teil die Sparren beseitigen.«

Sie betraten die Trümmer der Scheune.

Die weiße Asche des eingelagerten Strohs bedeckte den Boden.

Rudolf führte Struppi durch das Durcheinander. Der Hund hielt seine Schnauze dicht am Boden und hechelte. Mal schlug er an und wühlte mit seinen Pfoten in der Asche. Aber Hinweise auf eine gesuchte Stelle gab er nicht.

»Gehen wir auf den Dachboden und führen Struppi dort einmal im Kreis«, sagte Hoogestraat.

Sie stiegen die Treppe nach oben.

Die Luft war staubig und stank nach verbranntem Holz. Die Dachziegel waren durch den Brand verschoben, weil die Pappen verbrannt waren. Durch die entstandenen Ritzen wehte der Wind.

Rudolf hatte Struppi von der Leine gelöst, damit er besser in die Ecken konnte. Der Schäferhund schnüffelte und hielt die Nase dicht über dem Boden, doch dann bellte er und scharrte mit den Vorderpfoten die Asche beiseite.

Rudolf ging zu ihm und belohnte ihn mit einem Leckerli.

Er studierte die Stelle, nahm Asche in die Hand.

»Benzin«, sagte er.

Hoogestraat nahm sein Handy und wählte die Nummer des Brandmeisters.

»Herr Lehnen, Sie erinnern sich an unser Gespräch?«, fragte der Kommissar. »Ist es möglich, dass Sie zum Sattelkamphof kommen? Wünschenswert wäre, wenn Sie unbemerkt blieben. Wir befinden uns auf dem Dachboden mit einem Spürhund, der abgerichtet wurde, Brandbeschleuniger zu erschnüffeln.«

»Mein Gott, das wäre die Sensation, wenn es einen Grund gäbe, die Aussagen des Bauern in Zweifel zu ziehen«, sagte Lehnen. »Ich fahre gleich los!«

Brandmeister Lehnen wollte auf Nummer sicher gehen und bat seinen Vertreter Heinz Lohmeyer, ihn zu begleiten.

Struppi wetzte unterdessen ein wenig irritiert die Pfoten an den Balken.

Erst jetzt bemerkten die Beamten die Blutspur.

Der Hundeführer gönnte Struppi eine kleine Pause, tätschelte den Hund und belohnte ihn.

»Ich bin mir ziemlich sicher«, sagte Rudolf. »Auf Struppi ist Verlass. Gehen wir runter und machen Platz für die Fachleute von der Feuerwehr.«

Die Beamten mussten nicht lange warten, dann erschien Lehnen. Lohmeyer, der eine gut gehende Buchhandlung in Hagersiel führte, begleitete ihn.

Die Feuerwehrleute untersuchten im Beisein der Beamten die Stelle, die Struppi ausfindig gemacht hatte.

Lehnen betrachtete die Asche, schabte den Fußboden ab und schob Holzsplitter und weiße Asche in einen Leinenbeutel.

Auch er und sein Begleiter streichelten den Schäferhund, als sie wieder vom Dachboden geklettert waren.

»Da gibt es keine Zweifel«, stellte der Buchhändler fest. »Da hat jemand Feuer gelegt und einen Brandbeschleuniger verwendet.«

»Die Blutspur ist nicht gewaltig«, sagte Hoogestraat. »Es muss sich um eine kleine Verletzung handeln. Wir stießen bereits auf eine weitere Blutspur in der Nähe des Dachfensters. Sie kann auch von einem Feuerwehrmann stammen. Dennoch will ich das Blut abkratzen und für eine Laboruntersuchung mitnehmen.« Er nahm ein Tempotuch und nahm eine Probe von der Blutspur auf.

Die Beamten verließen den Dachboden, stiegen die Treppen nach unten und gingen zu ihren Fahrzeugen. Danach fuhren sie zum Revier. Dort bekam Struppi Wasser, was er begierig trank.

Hoogestraat lud Rudolf zu einer Tasse Kaffee ein. Danach begab sich der Kollege auf die Heimreise.

Busker und Hoogestraat schrieben das Protokoll, in dem Markus Sattelkamp Brandstiftung und der Versuch des Versicherungsbetrugs vorgeworfen wurde.

Der Kommissar rief noch den Staatsanwalt an und berichtete ihm.

»Großartig, vielleicht ist es der Sache dienlich, wenn Sie mit Herrn Sattelkamp ein Gespräch führen. Vielleicht erleichtert er seine Situation durch ein Geständnis.«

»All up Stee. Wir versuchen unser Glück«, sagte der Kommissar und rief noch den Brandmeister an, der jetzt genügend Beweismaterial besaß.

Aber auch Kommissar Rudolf fertigte einen Bericht an, der eindeutig bewies, dass Markus Sattelkamp den Brand, durch den ein Schaden von nahezu dreihundertfünfzigtausend Euro angerichtet worden war, selbst gelegt hatte.

Busker nahm das Telefonbuch zur Hand und wählte die Nummer von Sattelkamp.

»Hier bei Sattelkamp«, meldete sich eine Frauenstimme.

»Hier spricht Busker. Ich hätte gerne Herrn Sattelkamp in einer wichtigen Angelegenheit gesprochen.«

»Augenblick bitte«, sprach die Dame, vermutlich die Lebensgefährtin.

Markus Sattelkamp meldete sich. Busker vernahm seinen rasch gehenden Atem.

»Hier spricht Busker von der Kriminalpolizei. Herr Sattelkamp, mein Kollege Hoogestraat wünscht Sie zu sprechen. Das Gespräch duldet keinen Aufschub. Ist es Ihnen recht, wenn wir Sie heute besuchen? Sagen wir um halb drei bei

Ihnen. Wenn Ihnen dieser Termin und die Zeit nicht passt, dann werden wir Sie ins Kommissariat einladen.«

»Natürlich passt mir das. Nur möchte ich erfahren, was Herr Hoogestraat von mir will«, sagte Sattelkamp.

»Es liegt nicht in meiner Kompetenz, dem Kommissar vorzugreifen«, sagte Busker.

Sattelkamp schwieg.

»Soll das heißen, dass es um die Schadensfeststellung geht?«, fragte Herr Sattelkamp.

»Es bleibt bei halb drei«, sagte Busker und legte auf.

Er wandte sich an Hoogestraat. Der Kommissar bedankte sich und sagte: »Ich lege schon Wert darauf, dass es für mein Gespräch mit Sattelkamp einen glaubhaften Zeugen gibt.«

»Einverstanden«, antwortete Busker. »Ich schlage deshalb vor, dass wir unsere Mittagspause vorziehen. Ich bereite einen Tee zu.«

Busker betrat die Teeküche und setzte Wasser auf. Als es kochte, goss er einen Teil davon in eine Teekanne und wärmte diese vor. Dann gab er zwei gehäufte Teelöffel in die geleerte Teekanne und gab das kochende Wasser hinzu. Anschließend ließ er den Tee etwa fünf Minuten ziehen.

Er trug den Tee ins Dienstzimmer, stellte Unterteller und Teetassen hin, holte aus dem Aufenthaltsraum Sahne und Kluntje und schenkte den Tee aus.

Die Beamten aßen ihre Brote. Hoogestraat bevorzugte anschließend einen Joghurt, während Busker sich einen Apfel schälte.

Von Interesse fanden sie noch einige Paarungen der Bundesliga, die am Abend ausgetragen wurden. Dann beendeten sie ihre Mittagspause und begaben sich auf die Fahrt nach Hagersiel.

Der Sattelkamp'sche Hof machte einen verlassenen Eindruck.

Sie parkten den VW-Passat auf dem Hof in unmittelbarer Nähe der abgebrannten Scheune und gingen zur Wohnungstür.

Busker betätigte die Klingel.

Anna Nikolic, die Lebensgefährtin, öffnete die Tür und ließ sie herein. Sie bat sie, in den Sesseln der kleinen Sitzgruppe Platz zu nehmen und einen Augenblick zu warten, denn Herr Sattelkamp führe noch ein Telefongespräch mit der Brandkasse.

Anna bot den Besuchern Zigaretten und Bier an, doch die Beamten winkten ab. Sie waren aber bereit, einen Kaffee anzunehmen.

Anna trug teures Geschirr auf und schenkte den Kaffee ein.

»Ich bitte um Entschuldigung, dass ich mich erst jetzt um Sie kümmern kann«, begrüßte sie Sattelkamp und wirkte niedergeschlagen. »Ich hatte ein Gespräch mit Dr. Achenfeld von der Brandkasse. Es ist wohl nichts zu machen. Den Herren muss man anders kommen. Ich hatte einen Schaden von rund dreihundertfünfzigtausend Euro. Ich muss mir einen Anwalt nehmen. Ohne Druck rücken die keinen Cent heraus.«

Er nippte verärgert an seiner Kaffeetasse.

Auch die Beamten tranken Kaffee.

»Herr Sattelkamp, Sie kennen die Spielregeln«, sagte Hoogestraat ernst. »Machen Sie sich darauf gefasst, dass Sie den Schaden selbst zu tragen haben.«

Markus Sattelkamp schaute ihn entgeistert an.

»Reden Sie keinen Stuss! Ich habe meine Beiträge all die Jahre bezahlt!«

»Herr Sattelkamp, das ist nur ein Teil der Wahrheit«, sagte Busker. »Sie stehen unter dem Verdacht, die Scheune selbst angezündet zu haben! Sie haben sich finanziell übernommen. Ihre erste Frau gilt es zu versorgen oder abzufinden. Hinzu kommt das aufwendige Leben, das Sie seit der Trennung von Ihrer Frau an den Tag legten – und das bei sinkendem Ertrag Ihres Betriebes.«

»Sie können mir Vorwürfe machen, die ich mir ungerührt anhöre, aber wenn Sie behaupten, ich sei ein Brandstifter, dann muss ich mich zur Wehr setzen«, schrie Sattelkamp wütend. »Diese Gemeinheit ist nicht nur geschmacklos, sondern auch ehrabschneiderisch! Ich werde gerichtlich gegen Sie vorgehen! Sie glauben wohl, Sie könnten sich alles leisten!«

»Einen Augenblick«, sagte Hoogestraat. »Wir wissen, worüber wir reden. Es war nicht der Blitz, der das Feuer entfacht hat, sondern Sie selbst waren es.«

Sattelkamp lachte zynisch.

»Meine Herren, Ihnen ist bekannt, wo ich mich aufhielt, als mein Anwesen abbrannte«, trumpfte er auf.

»Herr Sattelkamp, der Spürhund der Polizei fand die Stelle, wo Sie mit Feuerbeschleuniger für eine gewünschte Wirkung sorgten«, sprach der Kommissar mit eindringlicher Stimme. »Sie, Herr Sattelkamp, verließen Ihre Lebensgefährtin und suchten in Emden das Bordell auf, um im Ernstfall ein Alibi zu haben. Herr Sattelkamp, gestehen Sie. Erleichtern Sie Ihre Lage.«

»Ich habe nichts zu gestehen!«, schimpfte der Landwirt. »Der Blitz ist bei mir eingeschlagen! Er hat mich ruiniert. Sie stecken mit der Versicherung unter einer Decke. Sie will nicht zahlen! Selbst die Männer von der Feuerwehr haben bestätigt, dass der Blitz das Feuer entzündet hat!«

»Herr Sattelkamp, Sie irren, denn Brandmeister Lehnen hat sich selbst davon überzeugt, dass der Brandstifter mit Brandbeschleuniger gearbeitet hat, und das waren Sie. Kommen Sie nicht mit irgendwelchen Ausreden!«

»Ich war es nicht! Warum sollte ich das getan haben?«, fragte Sattelkamp. Dabei stieg ihm die Röte in das Gesicht.

»Erwarten Sie von mir darauf eine Antwort?«, fragte Hoogestraat.

»Ja, bitte!«, antwortete Sattelkamp. »Mein Vieh kam in den Flammen um. Meine teuren Maschinen haben nur noch Schrottwert. Meine Scheune brannte samt Stroh und Heu nieder, und Sie wollen sich hervortun und mich zum Schuldigen erklären. Herr Hoogestraat, Sie und Ihr Assistent Busker haben bei der Aufklärung des Mordes an Okka Moorhoff versagt. Nun versuchen Sie mir den Brand in die Schuhe zu schieben, um einen Erfolg vorzuweisen! Aber Sie irren sich! Das machen Sie nicht mit mir!«

Anna Nikolic versuchte ihn zu beruhigen.

»Markus, bitte, beruhige dich«, sagte sie einlenkend. »Schalte einen Anwalt ein. Wir leben in einem Rechtsstaat.«

»Tun Sie, was Sie nicht lassen können«, sagte der Kommissar. »Wir werden dem Staatsanwalt ein Protokoll unseres Gespräches aushändigen. Er soll entscheiden, wie die Sache weitergeht.«

»Herr Sattelkamp, ich bat Sie bereits vorher, zu gestehen und sich eine bessere Ausgangslage zu schaffen!«, sagte Busker. »Lassen Sie diese Gelegenheit nicht verstreichen.«

»Ich habe das nicht getan. Ich habe Ihnen ein Alibi geliefert. Ich war nicht zu Hause, als das Gewitter über Hagersiel niederging. Vielleicht war ein Brandstifter unterwegs, der mir schaden wollte«, redete sich Sattelkamp heraus und hoffte, damit aus der Patsche zu kommen, in der er saß.

»Herr Sattelkamp, halten Sie uns nicht für Trottel, die auf diese Ausreden hereinfallen«, entgegnete Hoogestraat. »Also, Sie haben unsere Argumente verstanden. Wir haben einen abgerichteten Schäferhund eingesetzt, der uns zu der Stelle geführt hat, an der Sie den Brandbeschleuniger benutzt haben. Es erübrigt sich, noch große Diskussionen zu führen. Für uns sind Sie selbst der Brandstifter. Herr Sattelkamp, Ihnen wuchsen die Schulden über den Kopf! Einen schönen Tag noch.«

Die Beamten verließen die Wohnung und gingen zu ihrem Auto.

»Hier endet unser Dienstgeschäft«, sagte Hoogestraat. »Wir können Sattelkamp nicht zwingen, ein Geständnis abzulegen, obwohl sein Leugnen ihm nicht nützt.« Er schloss das Auto auf und setzte sich hinter das Steuer.

Sie fuhren zum Revier.

»Während du das Protokoll anlegst, rufe ich den Staatsanwalt an«, sagte Hoogestraat und parkte den Wagen auf dem Platz vor dem Alten Weinhaus.

Es war frisch, und die Kälte ging durch die Kleidung. Es wurde schon früh dunkel.

Sie betraten das Polizeigebäude, stiegen die Treppe hoch und suchten ihr Dienstzimmer auf. Es war angenehm warm.

Die Beamten zogen ihre Jacken aus und hängten sie an die Garderobenhaken.

Hoogestraat setzte sich an seinen Schreibtisch und griff zum Telefonhörer. Er wählte die Nummer der Staatsanwaltschaft Aurich und ließ sich mit dem Staatsanwalt verbinden.

»Wir kommen gerade zurück, Herr Staatsanwalt«, berichtete Hoogestraat. »Sattelkamp leugnet die Tat. Er war nicht zu einem Geständnis zu bewegen. Im Gegenteil, er beklagt seinen Schaden, der in der Tat sehr hoch liegt. Er vergisst dabei, dass er den selbst verursacht hat.«

»Herr Hoogestraat, es ist in der Tat nicht unsere Aufgabe, uns mit den Tätern anzulegen«, sagte der Staatsanwalt. »Die Beweise, die gegen Sattelkamp vorliegen, sind nicht nur mehrfach abgesichert, sondern hieb- und stichfest. Wir werden den Landwirt Sattelkamp verhören. Der nächste Schritt führt dann zum Amtsrichter. Stellen Sie der Brandkasse eine diesbezügliche Mitteilung zu, damit kein Irrtum entsteht und Sattelkamp nicht noch wegen Unkenntnis der Sachlage in den Besitz von Versicherungsleistungen gelangt.«

»All up Stee«, antworte Hoogestraat.

»Notieren Sie den Termin«, sagte Dr. Gawor. »Sie und Herr Busker nehmen an dem Verhör teil.«

»Warten Sie, ich werfe noch einen Blick in meinen Terminkalender. Wie passt Ihnen der nächste Dienstag um elf Uhr hier im Revier?«

»Das geht in Ordnung.«

»Schönen Dank, bis dahin.«

Busker schrieb das Protokoll.

»Der Staatsanwalt fackelt nicht lange«, sagte er. »Er schickt Sattelkamp eine Einladung zum Verhör. Dabei duldet er keine dummen Ausreden und gibt bei der Beweislage den Fall weiter an den Amtsrichter. Endlich haben wir auf der Erfolgsseite unseres Kontos auch mal ein paar Pluspunkte stehen, die aber nicht darüber hinwegtäuschen können, dass wir weniger Glück hatten bei der Aufklärung des Mordes an Okka Moorhoff.«

»Das ist ein Kapitel für sich. Noch haben wir nicht einmal einen Verdacht«, murmelte Hoogestraat. »Aber noch haben wir nicht kapituliert, und ich bin mir sicher, dass wir den Mord noch aufklären werden. Vielleicht verrät sich der Mörder selbst, wenn er sich stark fühlt und als Angeber auftritt, so wie bei dem Marinesoldaten, der dem Wilhelmshavener Kollegen erzählte, dass er schon einmal zugesehen habe, wie ein Mädchen zu Tode gequält worden sei. Leider schwächte er dann die Erzählung ab und gab an, als wir ihm auf den Zahn fühlten, dass er die Geschichte alkoholisiert von sich gegeben hätte.«

»Ein Trittbrettfahrer, der sich nur hervortun wollte«, sagte Busker.

Es war sicherlich nicht an der Zeit, ein Fazit ihrer Arbeit zu ziehen, das mit Sicherheit positiv ausfallen würde. Dennoch verfielen die Beamten dem Zwang, alte Protokolle, die mit dem Mordfall zu tun hatten, noch einmal zu lesen.

Dabei stießen sie immer wieder auf die Problematik des »Robinson«, das sich als Hort der Jugend einen Namen gemacht hatte. Dabei war unter den Parteien und Politikern der Ruf dieses Hauses so negativ gewesen, dass der Druck auf den Betreiber dazu geführt hatte, dass er es vorzog, das Lokal, das sich an bevorzugter Lage des Seebades befand, zu verkaufen.

Hier hatten die Beamten zwar auch belastendes Material gesammelt, das mit dazu beitrug, die Jugend, die im »Robinson« verkehrt hatte, schlecht aussehen zu lassen. Da war die Rede von ungestrafter Vergewaltigung. Überhaupt verkonsumierten die jugendlichen Gäste massig Alkohol, während sie es ansonsten bevorzugten, Poolbillard zu spielen. Zusätzlich legte man den trinkfesten Gästen Autoeinbrüche zur Last.

Allein die Liste der Namen der ehemaligen Zecher des »Robinson« warf Fragen auf, die vermuten ließen, dass im »Robinson« so manche kriminelle Laufbahn ihren Anfang nahm.

Die Aufbruchstimmung der Beamten brachte nichts Wesentliches zutage, und so näherte sich das Datum schnell, an dem vereinbarungsgemäß das Verhör stattfinden sollte.

Bereits um zehn Uhr fand sich der Staatsanwalt im Revier zu einer Vorbesprechung ein. Das Ziel war eindeutig. Es ging um Sattelkamps weitere Leugnung seines Betruges, zudem, so war zu befürchten, würde er versuchen, seine Lebensgefährtin in die Affäre hineinzuziehen.

»Herr Staatsanwalt, wenn es recht ist, dann fahren wir mit unserem Dienstwagen«, sagte Hoogestraat.

»Das soll mir recht sein, denn Sie kennen den Weg«, sagte der Staatsanwalt.

Busker öffnete die Tür und hielt sie offen. Sie verließen das Dienstzimmer und stiegen über die Treppe nach unten.

Der Kommissar öffnete die Tür des Passats und setzte sich hinter das Steuer. Busker nahm auf dem Rücksitz Platz, während sich der Staatsanwalt auf dem Beifahrersitz niederließ.

Sie fuhren über die Störtebeker Straße am Deich vorbei, der wie mit dem Lineal gezogen Hagersiel mit Dornumersiel verband.

Hunderte von Schafen weideten und taten sich gütlich an dem saftigen Gras, das nach den Regenmengen der letzten Wochen den Deich begrünte. Den Schäfer begleiteten zwei Hunde, die die Herde zusammenhielten.

»Wie ein Bild aus vergangenen Tagen«, sagte der Staatsanwalt beim Anblick des bärtigen Mannes, der sich auf einen Stock stützte und Ruhe ausstrahlte.

»Wenn man bedenkt, dass bei dem Brand, den Sattelkamp gelegt hat, auch all seine Tiere hätten verbrennen können«, sagte der Kommissar.

»Den Listen habe ich entnommen, dass nur einige Hühner Opfer der Rauchentwicklung geworden sein sollen«, sagte der Staatsanwalt.

»Unvorstellbar! Ohne Rücksicht auf Verluste hat sich Sattelkamp benommen wie ein krankhafter Feuerteufel«, meinte Busker.

»Und er hält die Hand auf und fordert von der Brandkasse Schadensersatz«, setzte Hoogestraat hinzu.

Der Weg führte am Kinderheim der Stadt Neuss vorbei. Auf dem Hof spielten Kinder im Vorschulalter in der Herbstsonne. Sie waren gesund, und es machte Spaß, ihnen zuzuschauen. Im Vorgarten des Heimes blühten hoch aufgeschossene Sonnenblumen.

Sie fuhren weiter bis zum roten Pfahl. So wurde die Badestelle im Volksmund genannt, wo das Nordseewasser im Sommer bei Flut fast ein Meter den Fuß des Deiches bedeckte.

Die Straße führte durch das Deichvorland und endete an der Grenze der abgeernteten Äcker von Markus Sattelkamp. Schon in der Entfernung drang der Brandgeruch in ihren Wagen.

Sie fuhren auf die Reste der abgebrannten Scheune zu.

»Sehen Sie, der Feuerwehr ist es zu verdanken, dass das Wohngebäude noch steht«, sagte Hoogestraat.

Wenige Minuten später standen sie vor dem Herrenhaus und stiegen aus.

Anna Nikolic trat vor die Tür und grüßte verlegen.

»Kommen Sie rein. Der Bauer ist da«, sagte sie und legte ihre Hand auf die Klinke. »Markus, Besuch für dich!«, rief sie, öffnete die Tür, machte eine einladende Bewegung und trat an die Sesselgruppe.

»Bitte nehmen Sie Platz«, sagte sie und gab Sattelkamp ein Zeichen, was dazu diente, ihn zu beruhigen.

»Meine Herren, Sie sind mir einige Erklärungen schuldig«, sagte der Landwirt. »Der Brand nach dem Gewitter hat mich ruiniert. Anstatt mir beizustehen, macht mir die Polizei ernsthafte Vorwürfe, die ich nicht verdiene.«

Busker reagierte verärgert. »Herr Sattelkamp, darf ich bekannt machen. Meinen Kollegen Hoogestraat kennen Sie. Das ist Dr. Gawor, der Staatsanwalt aus Aurich.«

Sattelkamp zeigte sich unbeeindruckt.

»Darf ich den Herren etwas anbieten? Vielleicht einen Tee, oder einen Küstenkorn?«, fragte er.

Der Staatsanwalt lächelte. »Danke, Herr Sattelkamp, das ist sehr freundlich, aber erstens sind wir im Dienst, und zweitens, schätze ich, dass Sie in Kürze bedauern, unsere Bekanntschaft gemacht zu haben, denn Sie stehen im Verdacht, das Feuer selbst gelegt zu haben. Zu dem Schaden, der Ihnen daher entstanden ist, gesellt sich der Fall der Tierquälerei. Des Weiteren ist Ihnen der Versuch des Betruges vorzuwerfen. Die Brandkasse haben wir benachrichtigt.«

»Das lasse ich nicht auf mir sitzen«, schimpfte Sattelkamp mit hochrotem Kopf. »Bei dem schweren Gewitter schlug der Blitz ein und entzündete meine Ernte. Sie leisten der Brandkasse Vorschub, das entspricht nicht dem Grundsatz von Treu und Glauben! Ich nehme mir einen Anwalt!«

»Tun Sie das. Wir werden den Fall dem Amtsrichter übergeben und ihn entscheiden lassen«, sagte der Staatsanwalt. »Aber ich möchte es nicht versäumen, Ihnen eine Chance zu geben, mit einem Geständnis Ihre Lage zu verbessern.«

»Markus, bitte um Bedenkzeit, weil du dich noch mit deinem Anwalt besprechen musst«, sagte die Lebensgefährtin.

»Herr Sattelkamp, ist es in Ihrem Sinne, wenn ich dem stattgebe?«, fragte der Staatsanwalt.

Der Landwirt nickte verwirrt.

Der Kommissar meldete sich zu Wort. »Mein Kollege und ich haben da noch etwas zu klären. Herr Sattelkamp, im Rahmen unserer Ermittlungsarbeit möchten wir Sie um Ihre Speichelprobe bitten, um bei der Genanalyse feststellen zu können, ob das Blut, das wir auf dem Boden in der Nähe des Schornsteins gefunden haben, von Ihnen stammt.«

Markus Sattelkamp, dem der Besuch des Staatsanwaltes und der Kripobeamten mächtig auf die Nerven ging und der immer noch schwankte zwischen Wahrheit und Leugnen, nahm von Busker das Wattestäbchen entgegen und nässte es, wie der Beamte es von ihm wünschte.

Busker packte es in die Plastikschachtel und legte sie in seine Tasche.

Markus Sattelkamp war nicht bereit, ein Geständnis abzulegen.

Die Beamten verließen das Anwesen und fuhren zurück nach Hagersiel.

Busker machte die Speichelprobe versandfertig und gab die Blutproben, die sie auf dem Boden gefunden hatten, dazu und schickte sie an das Labor des Landeskriminalamtes, um sicherzugehen, dass, was sie annahmen, Markus Sattelkamp derjenige war, der gezündelt hatte.

Der Staatsanwalt war nach Aurich gefahren und beabsichtigte, sich mit dem Amtsrichter zu besprechen.

Für Markus Sattelkamp verschlechterte sich die Lage insoweit, weil auch die Brandkasse die Grundlagen für klare Verhältnisse schaffen wollte und aus diesem Grunde einen Strafantrag wegen versuchten Betruges gegen Markus Sattelkamp beim Gericht gestellt hatte.

Von nun an ging es weiter bergab mit dem einst wohlhabenden Landwirt, dem weitere Klagen ins Haus standen, denn abgesehen von seinen Einkäufen wie zum Beispiel die Futtermittel für die Schweine, die er verpflichtet war abzunehmen, geriet er andererseits in Lieferungsverzug, da er die Erzeugnisse wie vereinbart nicht fristgerecht liefern konnte. Dabei berief er sich auf höhere Gewalt, was verständlich war, aber nicht stimmte, weil er das Unvermögen selbst herbeigeführt hatte.

Er hatte mit etlichen Schadensersatzklagen zu rechnen. Doch wollte er seinen Hof weiterführen. So standen ihm teure Reparaturen bevor, die zum Teil noch im Herbst erledigt werden mussten, denn im November konnte bereits der Winter einsetzen, dann mussten auch die Ställe für das Vieh fertig sein.

Aber wer Markus Sattelkamp kannte, der wusste, dass er nicht aufgab, sofern er noch eine geringe Chance besaß, zu überleben. Das hatte er mehr als einmal bewiesen.

Dabei interessierte ihn wenig, was sein Bruder dazu sagte, der als Pastor in Göttingen lebte und aus anderem Holz geschnitzt war.

Doch es kam noch schlimmer. Markus Sattelkamp büßte nicht nur sein Ansehen ein, sondern auch seine Glaubwürdigkeit, denn er behauptete auch weiterhin, dass der Blitz in sein Haus eingeschlagen sei, obwohl die Staatsanwaltschaft den Gegenbeweis angetreten hatte.

Aber aus seiner Misere versuchten andere Unternehmer Geld zu machen beziehungsweise Kapital zu schlagen. Sie kannten seine Schwächen und umschwärmten ihn, luden ihn ein zu Bierabenden, die auch von schönen jungen Frauen besucht wurden, die Markus Sattelkamp das Gefühl gaben, er sei so etwas wie ein Liebling der Frauen. Dabei begriff er nicht, dass im Leben alles seinen Preis hatte.

Obschon Markus Sattelkamp dem Ruin gerade entgangen war, folgte er dem Rat selbst ernannter Berater und verkaufte seine Grundstücke, die vor dem Deich lagen und einen herrlichen Blick auf Juist und Norderney boten.

Markus Sattelkamp war nun nicht nur wieder zahlungsfähig, sondern konnte dort sein aufwändiges Leben fortsetzen, wo er es beendet hatte.

Doch dann setzte ihm das Gericht ein Ende, denn es bestrafte ihn mit fünf Jahren Haft wegen versuchten Betruges und Gefährdung seines Tierbestandes.

Markus Sattelkamp hatte einen erfahrenen und tüchtigen Rechtsbeistand, der bewirkte, dass er Reue zeigte und Besserung gelobte. In Anbetracht, dass der Landwirt bisher weder straffällig geworden und dank seines Vermögens in der Lage war, alle Schulden, die Gläubiger von ihm forderten, zu begleichen, beantragte die Verteidigung eine Strafminderung mit Bewährung. Zugleich stimmte das Gericht einem Antrag der Verteidigung zu, den Betrieb des Landwirtes einem Verwalter zu übertragen, der gegen eine geringe Pacht den Hof in Eigenregie führen konnte.

Bereits die ersten Versuche führten zu einem guten Ergebnis. Der Nachbar bewarb sich und erhielt den Zuschlag.

In Hagersiel sorgte damit Markus Sattelkamp für genügend Gesprächsstoff, der vergleichsweise noch gering ausfiel, da einzelne Fakten nicht an die Öffentlichkeit gelangten wie zum Beispiel die Besuche des Bauern in Emden bei seiner Swetlana. Doch es genügte, dass er weiter mit seiner Lebensgefährtin zusammen auf dem Hof lebte, ohne ihr endlich das Jawort zu geben, was besonders in Kirchenkreisen auf Missfallen stieß.

## 14

Vor noch nicht langer Zeit gehörte Markus Sattelkamp zu den Jugendlichen, die im »Robinson« ein- und ausgingen, dort viel Bier tranken, abends lärmten und die Politiker auf den Plan riefen, die es dann durchsetzten, dass das Lokal abgerissen wurde. Dabei fiel Markus noch einmal auf, ohne dass für ihn eine Bestrafung gefordert wurde. Es wurde damals viel gemunkelt, und auffällig war, dass die Eltern des Mädchens, das angeblich von Markus Sattelkamp vergewaltigt worden war, finanzielle Zuwendungen erhalten hatten, die sie zu aufwändigen Zahlungen in die Lage versetzten, was bei ihrer bekannten Armut verwunderte.

Dieser Sachverhalt wurde nicht untersucht, und es hieß, der Vater von Markus Sattelkamp, der reiche Landwirt, habe damals mit einer Finanzspritze die Eltern davon abgehalten, eine Anzeige zu machen.

Sicherlich ist zu sagen, dass Markus Sattelkamp keiner dieser Wiederholungstäter wurde. Auffällig allerdings in diesem Zusammenhang war sein irgendwie gestörtes Verhältnis zu Frauen, was auch durch seine Trennung von seiner Frau und das Zusammenleben mit seiner Lebensgefährtin sowie seinen Bordellbesuchen zum Ausdruck kam.

In einer Gemeinde wie Hagersiel wohnen Arm und Reich dicht zusammen, und jeder kennt jeden. Die Menschen, und das geschieht in den meisten Fällen ungewollt, beobachten sich gegenseitig und tratschen in der Regel nur dann, wenn sie Außergewöhnliches entdecken.

Es versteht sich von selbst, dass der Brand bei Sattelkamp ein heißes Thema darstellte. Polizeilich gesehen stellte die Überführung von Markus Sattelkamp einen nennenswerten Erfolg dar, der zur Folge hatte, dass die Staatsanwaltschaft nun die Frage stellte, wer dieser Markus Sattelkamp eigentlich war.

Bei der Durchkämmung der Akten geriet sein Vorleben in den Fokus. Dabei gab es keine Beweise dafür, dass der alte Sattelkamp, ein ehrenwerter Herr, seinen Sohn freigekauft hatte. Außerdem konnte die Angelegenheit als verjährt angesehen werden.

Der Herbst hielt Einzug. Der starke Nordwestwind trieb das bunte Laub von den Bäumen, als Hoogestraat nach Norden zum Revier fuhr.

Hagersiel baute schon seit Monaten an der Ortsumgehung, was für die Autofahrer mit etlichen Hindernissen verbunden war. Der Kommissar schimpfte, als er im Stau stand. Doch auch Busker machte die gleiche Erfahrung. So betraten sie zeitgleich verspätet das Dienstzimmer, hängten ihre Wetterjacken an die Garderobe und nahmen an ihren Schreibtischen Platz.

Sekunden später klopfte jemand an die Tür.

Hoogestraat schaute Busker rasch an, der »Herein!« rief.

Die Kommissare Mölders und Bendisch betraten das Dienstzimmer.

»Moin!«, grüßten sie. Sie nahmen ihre Mützen vom Kopf.

»Moin«, erwiderten die Kriminalbeamten und blickten ihre Kollegen fragend an, die auffallend müde aussahen. Doch das war nichts Besonderes, Mölders und Bendisch gehörten der Schutzpolizei an und hatten vermutlich ihren Nachtdienst absolviert.

»Wo brennt es?«, fragte Hoogestraat.

»Halten Sie sich fest«, sagte Mölders. »Es ist irre und kaum zu glauben. Ihr Schützling, der junge Sattelkamp, ist heute Nacht ausgerastet. Er hat, wie sein Nachbar zu Protokoll gab, friedlich mit seiner Lebensgefährtin Anna am Fernseher gesessen, als er den beiden einen Besuch machte und sich danach erkundigte, wann er das Vieh von seiner Weide treiben könne. Später hat Sattelkamp dann seine Wohnung verlassen und ist zum Fähranleger gegangen. Dort traf er auf eine Gruppe junger Leute, die mit Motorrädern über den Anleger rasten. Sattelkamp wies die Rennfahrer zurecht und legte sich mit ihnen an. Dabei kam es zu einem Gerangel. Sattelkamp kriegte einige Schläge ab. Daraufhin riss er einen jungen Mann von der Maschine und trat mit den Füßen auf ihn ein. Als er sah, dass der junge Mann ein Türke war, schimpfte er ihn einen Kümmeltürken und trat ihm in das Gesicht. Einer der Gruppe rief uns per Handy. Wir benachrichtigten den Krankenwagen und ließen den jungen Mann ins Krankenhaus bringen. Den Schläger nahmen wir mit zur Wache. Es war Markus Sattelkamp. Eine Blutprobe ergab, dass er drei Komma fünf Promille hatte. Er wird im Laufe des Tages dem Amtsrichter zugeführt! Als wir seiner Lebensgefährtin, sie kommt wohl aus dem ehemaligen Jugoslawien, den Sachverhalt klarmachten, begann sie einen Koffer zu packen und sagte: ›Es ist genug! Ich gehe zurück. Markus nicht gut!‹ Von dem ganzen Vorgang haben wir ein Protokoll angefertigt.«

»Mein Gott, ist er denn des Teufels«, meinte Hoogestraat.

»Er sitzt doch schon tief genug in der Scheiße!«, meinte Busker und nahm von einer Kollegin die Post in Empfang, die sie ihm reichte.

Noch am frühen Morgen ging die handgreifliche Auseinandersetzung in Windeseile durch Hagersiel. Die Leute reagierten mit Empörung. Erst recht tat es ihnen um den Türken leid, der eine feste Anstellung bei der Reederei hatte.

Auch die hübsche Anna Nikolic fand ihr Mitgefühl. Doch niemand regte an, sich für die Kriegerwitwe einzusetzen, denn ihre Zukunft musste sie selbst in den Griff bekommen. Dagegen erntete der türkische Mitbürger ihre Sympathie. Ihm wurden Blumen ins Krankenhaus gebracht. Gott sei Dank bestand keine akute Lebensgefahr mehr.

Alles Weitere war die Angelegenheit von Juristen.

In Hagersiel stellten sich die Bewohner die Frage, was in Markus Sattelkamp gefahren war, sich so daneben zu benehmen.

Diese Frage stellten sich auch Hoogestraat und Busker, wenn auch beide der Meinung waren, dass es an der Zeit war, Sattelkamp möglichst bald gerichtlich zur Raison zu bringen. Und darauf mussten sie nicht lange warten, denn der Notarzt im herbeigerufenen Krankenwagen hatte den richtigen Verdacht. Nachdem er den jungen Türken behandelt hatte, tupfte er mit einem Wattebausch Blut von der Faust des Schlägers und steckte die Watte in seine Tasche. Diese Blutprobe händigte er den Beamten der Kriminalpolizei aus, die sie an das Labor des Landeskriminalamtes weiterreichten.

Diese Blutprobe weckte das besondere Interesse der Wissenschaftler, denn bereits vor drei Wochen hatten sie das Blut, das mit Sägespänen vermengt war, untersucht. Doch das war nicht das Besondere, was auffällig war an den eingeschickten Blutspuren. Ein Beamter erinnerte sich an bereits durchgeführte Arbeiten, die länger zurücklagen, als es noch keine Genanalysen gab. Sonderbar war, dass auch diese von Personen aus dem Nordseebad Hagersiel stammten.

Weitere Kontrollen ergaben, dass die bereits damals untersuchte Blutprobe von ein und derselben Person stammte. Die Chemiker des Landeskriminalamtes stellten fest, dass Markus Sattelkamp in einen ungelösten Mordfall involviert war, und baten die Kripo in Hagersiel um eine erneute Speichelprobe von Markus Sattelkamp. Zusätzlich baten sie um Verschwiegenheit.

Natürlich zeigte Markus Sattelkamp großes Misstrauen, als die Beamten bei ihm erschienen, um eine erneute Speichelprobe einzufordern. Da war jedoch nicht die Rede vom Mord an Okka Moorhoff.

Auf die Fragen nach Anna Nikolic gab er zu Protokoll, dass sie zurück nach Kroatien sei, und kam schließlich der Bitte der Beamten nach.

Mittlerweile war auch der Staatsanwalt tätig geworden. Und wenig später brachte ein Schreiben des Labors Gewissheit. Die damals an der Kleidung der Okka Moorhoff vorgefundenen Spermaspuren konnten jetzt, drei Jahre nach dem Verbrechen, dem Mörder zugeordnet werden, wenn auch die Frage offen blieb, von wem die weiteren Spermaspuren stammten, denn feststand, dass sich mehrere Täter an dem Mädchen vergangen hatten.

Die noch zu überprüfende Wende im Mordfall Moorhoff glich einer Sensation.

Aus taktischen und polizeilichen Gründen wurde äußerste Verschwiegenheit angeordnet. Selbst die notwendigen Untersuchungen wurden zeitlich ausgesetzt. Zuerst galt es jetzt herauszufinden, wer der vertraute Freund von Markus zu der damaligen Zeit war.

Hoogestraat und Busker wussten, dass der junge Landwirt zu den Billardspielern gehört hatte. Noch vor wenigen Monaten hatten die Beamten damit begonnen, eine Liste anzufertigen von allen Stammgästen des »Robinson«, zu denen auch Markus Sattelkamp zählte. Dieser eingeschlagene Weg erwies sich im Nachhinein als richtig.

Doch es hatte damals akute Ereignisse gegeben, die vorrangig erledigt wurden. Dazu zählten auch die Recherchen in Bayern über Okkas Freund in München. Der anfänglich gehegte Verdacht der Täterschaft musste schnell fallen gelassen werden.

Es muss auch noch erwähnt werden, dass bundesweit das kriminelle Geschehen die Aufmerksamkeit der Beamten in Anspruch nahm. Um den Mordfall, der vor ihrer Haustür passierte, aufzuklären, gingen sie von der Annahme aus, dass es sich um einen Vertreter handeln musste, der gelegentlich die Region bereiste.

An dieser Stelle muss gesagt werden, dass die Genanalyse zur damaligen Zeit noch nicht zum kriminalistischen Alltag gehörte. Erwähnung muss allerdings finden, dass die Beamten dem Opfer Okka Moorhoff selbst durch den Freundschaftsring die ersten Hinweise verdankten, die ihnen halfen auf die Täter zu stoßen.

Das alles schreibt sich so leicht dahin, stellte damals aber die Polizei und den Staatsanwalt vor einen Berg von Problemen.

Schon im »Robinson«, als die Billardspieler wegen ihres undisziplinierten Verhaltens die Aufmerksamkeit der rechtschaffenen Bürger auf sich zogen, war es zu auffälligen Ereignissen gekommen, die nicht mit dem nötigen Ernst verfolgt wurden und daher als eine Verharmlosung des jugendlichen Treibens im »Robinson« angesehen wurde. Ein altes Sprichwort lautet: Wo kein Kläger ist, ist auch kein Richter.

Und genau das hatte sich dergestalt am Strand des Seebades Hagersiel abgespielt, als da zuerst wie im harmlosen Spiel zwei hübsche Mädchen mit hoch gehaltenen Röcken und nackten Füßen durch den Sand vor dem kommenden Wasser der Nordsee liefen, dabei vor lauter Übermut Wasserfontänen seitlich aufspritzen ließen. Laut und voller Freude klangen ihre Rufe mit dem Wind und mischten sich in das Platschen der Wellen.

Der Spaß blieb nicht ungesehen. Von einer bunten Decke erhoben sich zwei durchtrainierte sportliche Jungen, als die Mädchen ihre durchnässten Blusen auszogen, sich gegenseitig bespritzten, wobei auch die Jungen mit in den Spaß einbezogen wurden.

So als hätten die beiden braungebrannten, athletischen jungen Männer nur darauf gewartet, griffen sie ein in das Spiel. Die Mädchen, Hubertine und Franziska, juchzten am leeren Strand und ließen es sich gefallen, auch unsittlich berührt zu werden, und alberten mit den Jungen herum. Erst als sie begriffen, dass das Ganze kein Spaß mehr war, sondern wenig später weinend und geschockt ihre Wäsche zusammensuchten, überfiel sie eine tiefe Ratlosigkeit.

Erst am Abend gestand Hubertine ihrer neugierigen Mama, was vorgefallen war. Dabei nannte sie auch die Namen der beiden Jungen. Es waren Tade Gehlings und Markus Sattelkamp, die um einige Jahre älter waren als die Mädchen.

Da war guter Rat teuer. Gehlings und Sattelkamp hatten, wie die Eltern erfuhren, nicht gerade einen schlechten Ruf, wenn auch, was nicht viel zu sagen hatte, beide zu den jungen Leuten zählten, die im »Robinson« verkehrten und gelegentlich nachts lärmten. Markus Sattelkamps Vater war zudem sehr wohlhabend, und sein Bruder studierte in Göttingen Theologie.

Die Väter von Hubertine und Franziska kamen auf dem Sattelkamp'schen Hof zusammen und sprachen über das, was nicht wiedergutzumachen war. Wobei die Schuld der Jungen nicht besonders hoch angesetzt wurde. Nach vielem Hin und Her machte schließlich der alte Sattelkamp einen Vorschlag, der bereitwillig angenommen wurde. Er erklärte sich bereit, eine größere Summe Geld zu zahlen, wenn die Väter von einer Anzeige Abstand nehmen würden, ein Kompromiss, der schwere Folgen nach sich zog.

Es versteht sich von selbst, dass über diese Vereinbarung Stillschweigen gewahrt wurde. Natürlich sickerte bruchstückhaft das Geschehen am Strand durch, doch nicht in den vollen Ausmaßen, sodass man sich kein richtiges Bild davon machen konnte.

So verhielt es sich auch mit Hoogestraat und Busker, die dem Gerede, das zu ihnen drang, nicht den nötigen Ernst entgegenbrachten und daher mithalfen, ein Verbrechen ungeahndet zu lassen.

Mit dem Blick auf das Treiben im »Robinson« gingen sie dem Gerede von der Vergewaltigung zweier Schulmädchen nicht weiter nach, da auch die Eltern zu dem Vorfall, weshalb auch immer, schwiegen.

Gehlings, der sich auch im »Robinson« hervortat und es liebte, im Rotlichtmilieu von Emden zu verkehren, verliebte sich später, als das »Robinson« auf Drängen der Politiker geschlossen wurde, in eine hübsche Rheinländerin, was zur Folge hatte, dass er sich, was niemand vermuten konnte, grundlegend änderte. Vorbei waren die wilden Jahre. Gehlings heiratete die hübsche Tochter eines viel beschäftigten Baustoffhändlers, der sich über die Mithilfe des künftigen Schwiegersohnes in seiner Firma mächtig freute.

Es muss noch erwähnt werden, dass sich Gehlings in Düsseldorf sehr wohl fühlte, sich zu einem tüchtigen Mitinhaber des Unternehmens entwickelte und zum Wohlstand der Familie beitrug. Dabei bemühte sich Gehlings, seine wilden Jahre zu vergessen. Es kam sogar vor, dass er sich schämte, wenn er, was auch vorkam, die damalige Zeit Revue passieren ließ.

Gewiss, er besaß eine schöne und auch sehr liebe Frau. Doch vollkommen wurde sein Glück, als sie ihm einen kleinen Sohn schenkte, der den Namen des Großvaters, nämlich Phillip erhielt. Als Taufpate fungierte neben dem Großvater kein Geringerer als sein ehemaliger Freund, nämlich Markus Sattelkamp, zu dem der gelernte Dachdecker und jetzige Mitunternehmer immer noch freundschaftliche Kontakte unterhielt.

Es begann sich zu bewahrheiten, dass es in stillen Stunden vorkam, dass Vergessenes, was aus der Welt war, in der Erinnerung wieder zurückkehrte. Dabei hatte sich der Vater von Markus für den Fehltritt nicht lumpen lassen und genügend bezahlt. Markus Sattelkamp telefonierte des Öfteren mit seinem ehemaligen Kumpel, den er wegen seines Glücks beneidete, denn ein Kind, das war immer der unerfüllte Wunsch des Landwirtes gewesen. Ein Kind hätte seinem Leben eine andere Richtung gegeben und seiner ersten Frau eine Erfüllung.

Doch nun waren Teile seines Reichtums für eine unverdiente Strafe vergeudet worden. Auch das verdankte er einem Blitzschlag. Denn nie würde er zugeben, dass er selbst das Feuer gelegt hatte.

Dank der günstigen Kapitalausstattung blieb er Herr auf dem Hof. Doch er würde es sich noch überlegen, ob er nicht später das Anwesen verkaufen sollte, da er kinderlos geblieben war. Seine erste Frau hatte einen großen Teil von dem, was ihm noch geblieben war, gefordert. Sie hatte einen bekannten Scheidungsanwalt engagiert, der bereits eine Vielzahl berühmter Paare beim Scheidungsrichter vertreten hatte.

Markus Sattelkamp hatte seinen Tiefpunkt erreicht und dabei eine Menge seines Vermögens verloren. Er hatte erfahren müssen, dass die große Liebe nicht – wie oft zitiert – immer und ewig andauern würde, sondern einer Verblendung glich, die im Anschluss nur noch Hass und Egoismus kennt, wobei die Partner nur noch bemüht sind, sich gegenseitig zu schaden.

Markus Sattelkamp hatte im Ernst geglaubt, die Versicherung würde seinen Schaden, den er selbst verschuldet hatte, tragen.

So sehr er sich auch bemühte, ein Werk von Lügen in die Welt zu setzen, so trieb die ganze Angelegenheit ihn immer mehr zum Alkohol. In Hagersiel blieben auch die Besuche bei seiner Swetlana in Emden nicht unbemerkt, was seinem Ruf nicht gerade förderlich war.

Die Bemühungen seines Bruders, Markus zurück auf den rechten Weg zu bringen, zeigten keine Erfolge, sodass man den Eindruck gewinnen konnte, der Bauer begäbe sich absichtlich ins Abseits.

Seine Rücksichtslosigkeit kannte keine Schranken. Das übermäßige Essen und Trinken ließen ihn aufgehen. Er glaubte, seiner imposanten Erscheinung noch mehr Gewicht geben zu können, indem er sich einen Schäferhund zulegte, der ihm auf das Wort gehorchte. Es war ein schönes Tier.

Aber auch Tade Gehlings erfuhr von den schweren Vorwürfen, die man seinem Freund Sattelkamp in Hagersiel machte. Dabei begann er sich ein wenig zu ängstigen, denn immerhin waren sie enge Freunde gewesen, die gemeinsam nicht nur Billard im »Robinson« gespielt, sondern auch die ganze Palette der Jugendsünden begangen hatten, die zur damaligen Zeit üblich waren und auch zum großen Teil als Mutproben angesehen wurden.

Damals, besonders in ihrem Alter, war es üblich gewesen, sich mit Eroberungen schöner Mädchen zu brüsten. Natürlich hatten sie die Phase der Pubertät hinter sich, und es war trotz vieler Mädchenkontakte nicht zu ernsthaften Bindungen gekommen.

Markus Sattelkamp, der ihm vor Jahren nach der Übernahme des Hofes von seiner Geliebten vorgeschwärmt hatte, war dennoch an ihrer Seite nicht glücklich geworden, was Gehlings sehr bedauerte.

Natürlich blieb ein Mann wie Markus Sattelkamp nicht lange allein. Schon kurz nach der Trennung lag er bereits in den Armen einer schönen, dunkelhaarigen Osteuropäerin, die ihm das Leben versüßte. Aber zu befürchten war, dass Markus es leider auch bei dieser Anna nicht lange aushalten würde. Eigentlich schade darum.

Doch wie der Zufall es wollte, fand Gehlings in der Geschäftspost einen Brief, der ihn nicht nur überraschte, sondern in die Gedankenwelt passte, die ihn während der letzten Monate beschäftigt hatte.

Das Kuvert trug den Poststempel der Stadt Hamburg. Absender war der ehemalige Kumpel Dodo Panzinga, der Arztsohn, der damals eine Band aufgebaut und es in Hamburg zu einigen Erfolgen gebracht hatte.

»Der gute alte Dodo!«, sprach Tade vor sich hin, verließ das Büro und rief nach seiner Frau, die den niedlichen kleinen Sohn auf dem Arm hielt.

»Machst du mir einen Kaffee?«, fragte er seine Frau und fühlte eine Unruhe in sich aufsteigen.

»Ja, gleich«, antwortete seine Frau.

Er öffnete das Kuvert, las den Namen und die Hamburger Adresse. Dabei musste er lachen, denn Dodo wohnte Am Schulterblatt auf St. Pauli. Das passt zu ihm, dachte Gehlings.

Seine Frau servierte ihm den Kaffee.

Er ging zu seinem Schreibtisch, nahm ein paar Schlucke und vertiefte sich in den Brief.

»Lieber Freund, es ist lang her, dass wir uns gesehen haben. Darum wird es wieder Zeit, dass wir unsere Gedanken austauschen. Mir geht es so weit gut, wenn auch nicht alles in den letzten Monaten nach meinen Vorstellungen lief – nach den nennenswerten Erfolgen unserer Band. Immerhin traten wir mehrmals im Fernsehen auf. Doch dann ging es rapide bergab. Unser Drummer erlitt einen Motorradunfall und liegt jetzt querschnittsgelähmt in Bergedorf. Dazu hat es mich erwischt. Wie dir wohl bekannt sein wird, führte der Stress dazu, dass ich zur Bewältigung der vielen Aufgaben mal wieder »harte« Zigaretten rauchte und beim Einkauf in Dänemark geschnappt wurde. Ich hatte weit mehr Ware bei mir, als für den Eigenbedarf zulässig. Das ist aber nicht der Grund, weswegen ich schreibe. Ich habe mich verlobt. Gerlinde entspricht dem Typ, dem ich schon damals zugetan war. Ich hoffe, dass wir demnächst mal nach Hagersiel kommen, wenn mein alter Herr sechzig wird. Doch nun zum eigentlichen Zweck des Briefes. Sei bitte vorsichtig, denn ich habe in Erfahrung gebracht, dass die Polizei die früheren Billardspieler vernehmen will. Darum beherzige meinen Rat und halt das Maul.«

»Die Sache war noch nie so ernst, mein lieber Dodo!«, sprach Tade Gehlings vor sich hin, den der Inhalt des Briefes ziemlich geschockt hatte.

Das Geräusch an der Tür riss ihn aus seinen Gedanken. Es war seine Frau, die ihn fragend ansah.

»Tade, Phillip hat Durchfall. Ich mache mir Sorgen«, sagte sie.

»Maria, nicht so zimperlich. Wir dürfen Phillip nicht zum Weichling erziehen. Wenn das morgen nicht besser wird, dann rufe ich den Arzt«, sagte Tade und steckte den Brief ein.

»Hast du Post bekommen?«, fragte sie.

»Ja, von einem Freund. Er plant ein Klassentreffen in Hagersiel. Ich frage Markus, ob er teilnimmt«, sagte Tade.

»Dann willst du nach Hagersiel?«

»Das ist sicherlich hochinteressant nach der langen Zeit«, sagte Tade.

»Ich würde gerne mit dir fahren, aber Phillip ist noch zu klein«, meinte seine Frau und schob den kleinen Jungen auf seinen Arm.

Tade schaukelte Phillip, drückte ihn an sich und küsste ihn.

»Tade, wenn du möchtest, kannst du gern mal nach Hagersiel fahren und deine Mutter besuchen«, sagte sie lächelnd.

Tade war ein lieber Mann. Er war rücksichtsvoll und dazu äußerst kinderlieb. Außerdem verstand er sich hervorragend mit ihrem Vater. Der Handwerksbetrieb, in den Tade eingeheiratet hatte, florierte. Beide Männer liebten es, abends nach Feierabend mit anderen Handwerkern ein paar Gläser von dem süffigen Alt zu trinken, dabei über Gott und die Welt zu quatschen, um danach friedlich nach Hause zu gehen und pünktlich mit der Familie das Abendbrot einzunehmen.

Doch an diesem Abend war Tade schweigsamer als an den Tagen zuvor.

Der Schwiegervater, der keine Geheimnisse vor Tade kannte, nahm ihn beiseite, drückte ihn und sah ihn an. Dann sagte er: »Tade, dat kriege mer schon hin!«

»Prost«, antwortete Tade und hob sein Glas.

Es hatte den Anschein, als bedrücke Tade das angefertigte Tor, das er ausgemessen hatte. Doch in Wirklichkeit war es der Brief gewesen, den Dodo ihm geschickt hatte. Seine Frau hatte nicht groß gefragt und ihm erlaubt, zum angeblichen Klassentreffen zu fahren und dabei seine Mutter zu besuchen. Vorausgesetzt, so hatte sie gesagt, dass Phillip nichts hatte.

Auch der Schwiegervater hatte keine Einwände, da ein beschäftigter Geselle seinen Urlaub beendet hatte und ihn somit vertreten konnte.

Am Samstagmorgen nahm Tade Abschied von seiner Frau und von dem kleinen Phillip. Er gab auch seinem Schwiegervater die Hand, stieg in seinen Audi und fuhr in Richtung Autobahn davon. Er hatte Zeit genug, denn er hatte im »Sielhof« in Hagersiel ein Zimmer gebucht.

Das Klassenfest war eine Finte. Tade Gehlings lag daran, mit seinen Freunden zu sprechen, denn es war eine Zeit her, seit sie sich zuletzt gesehen hatten. Mittlerweile hatte sich vieles geändert, und dahin war die bis dato genossene Ruhe.

Bei Dodo standen Probleme ins Haus, denn es war nicht zu übersehen, dass er Rauschgift nahm.

Auch Markus Sattelkamp hatte nicht gehalten, was er einst versprochen hatte. Sein Schicksal bestimmten die

Frauen und, wie Tade durch seine früheren Freunde informiert worden war, sollte er, für Tade unverständlich, seinen Hof angezündet haben, sodass die Stallungen und die Scheune abbrannten.

Das Hotel »Sielhof« hatte einen guten Namen und war während der Sommermonate ständig ausgebucht. Die Fenster des Hotels boten eine schöne Aussicht auf die Nordsee und die Kutterflotte von Hagersiel, was besonders abends reizvoll war, wenn die Fischer vom Fang zurückkehrten.

Doch nicht nur die Lage des Betriebes wussten die Gäste zu schätzen, sondern auch die Küche des Hauses machte etwas her.

Tade Gehlings zeigte Wirkung, als er seinen Audi auf den Parkplatz vor dem Hotel fuhr. Er trug einen dunkelblauen Wettermantel und einen hellgrauen Rollkragenpullover.

Er nahm seinen Koffer aus dem Wagen, trug sich an der Rezeption in das Übernachtungsbuch ein, nahm den Zimmerschlüssel entgegen und fuhr nach oben, denn er hatte das Zimmer 307 bekommen.

Er war mehr als zufrieden, denn im Zimmer gab es neben dem Bett eine gemütliche Sitzecke, und aus dem Fenster hatte er eine schöne Aussicht auf die Nordsee und Norderney.

Die »Frisia IV« legte an der Mole an und vervollständigte das Bild, das in Tade Erinnerungen wachrief.

Doch deswegen war er nicht von Düsseldorf angereist. Es ging um mehr. Er hatte seine Freunde von Düsseldorf aus angerufen und in den »Sielhof« eingeladen, denn hier würden sie weder gestört werden noch sonderlich auffallen.

Markus Sattelkamp wirkte im grünen Jägeranzug und

dem festen Schuhzeug recht ländlich. Dagegen sah Dodo Panzinga mit seinem Bart und dem über dem Gürtel hängenden Hemd wie ein Urlauber aus.

Wie es zu erwarten war, kümmerte sich niemand um die Herren, die um den Tisch saßen und Bier tranken. Dabei ging es dort hoch her, dort gab es Zoff, und oft sah es danach aus, als wollten die Herren aufeinander losgehen.

Doch wie das in feinen Restaurants die Regel ist, ist niemand da, der lauscht, und wahrscheinlich lohnte es sich auch nicht, sich auf die Gespräche am Biertisch zu konzentrieren.

Das dachte sich auch Gerd Wanke, der zwanzigjährige Kellner, der bei Betrachtung der Gäste an Tisch drei nachdenklich überlegte, ob er jemanden von ihnen kannte. Doch er ging nur von einer Ähnlichkeit mit einem Bekannten aus und widmete sich wieder seiner Arbeit, denn es gab genug zu tun, da fast alle Tische besetzt waren.

Auch die Herren von Tisch drei bestellten wieder eine Runde Bier, wobei Gerd Wanke die gewaltige Stimme des Mannes mit dem Jägeranzug auffiel, der seinem Nachbarn zuflüsterte: »Das verspreche und gelobe ich bei meiner Gesundheit. Kein Wort kommt über meine Lippen.«

Dann glitt der Blick des Kellners über die ernsten Gesichter der anderen beiden Gäste, und Gerd Wanke fiel es wie Schuppen von den Augen.

Ja, natürlich kannte er den schlanken Mann, der einen blauen Anzug trug und im Hause übernachtete. Gerd Wanke hatte gekellnert, als dieser geheiratet hatte. Ein netter Mann, der ein großzügiges Trinkgeld gezahlt hatte.

Dann fiel ihm ein, dass er auch den korpulenten Mann kannte. Es war der Landwirt, dessen Hof abgebrannt war. Sein Foto war groß im »Kurier« abgebildet gewesen!

Das gab zu denken, denn in Hagersiel wurde gemunkelt, der Landwirt hätte die Versicherung betrügen wollen und das Feuer selbst gelegt.

Was sollte dieser Schwur, den der Landwirt ausgesprochen hatte?

Gerd Wanke nahm sich vor, Kommissar Hoogestraat zu erzählen, was er gesehen und gehört hatte, wenn er ihn bei nächster Gelegenheit treffen würde.

In der Tat war Tade Gehlings nur angereist, um seine Freunde zu warnen, denn sie waren noch in Unkenntnis über die Genanalyse und wussten noch nicht, dass die Kripo kurz vor der Aufklärung des Mordes an Okka Moorhoff stand.

Der Kellner interessierte sich unauffällig für die Herren, die sich wie Verschwörer aufführten.

Gerd Wanke nahm in einer Pause einen Zettel zur Hand und machte sich Notizen.

Am Freitagabend kam Kommissar Hoogestraat zum Skatabend, dann wollte er ihm den Zettel zukommen lassen.

# 15

An diesem Abend reichte es den Beamten. Sie verließen ihr Dienstzimmer und machten sich auf den Weg, um mit Sattelkamp ein Machtwort zu sprechen. Dabei griff der Kommissar in die Tasche seiner Jacke. Er hielt einen Zettel in der Hand und schaute dabei seinen Assistenten fragend an.

»Busker, hier, lesen Sie. Ich möchte wissen, wie das in meine Tasche kommt.«

Busker betrachtete das Blatt und las den Text, der in Druckbuchstaben geschrieben war.

»Chef, das ist nicht uninteressant«, murmelte er. »Markus Sattelkamp, der sich durch seine Eskapaden meines Erachtens zu weit aus dem Fester gelehnt hat, trifft hier Kumpels, die sich recht sonderbar benehmen und Bier trinken, als gäbe es etwas zu feiern. Es ist anzunehmen, dass jemand Ihnen den Zettel zugesteckt hat, als Sie gestern im ›Sielhof‹ waren.«

»Das wird so sein«, antwortete Hoogestraat. »Fahren wir hin. Vielleicht erfahren wir, mit wem sich Sattelkamp dort getroffen hat.«

Da gab es kein langes Rätselraten. Gerd Wanke war schnell ausgemacht. Er gab zu, den Zettel geschrieben zu haben, und er nannte auch seine Gründe, die ihn abgehalten hatten, das Gespräch mit dem Kommissar direkt zu suchen.

Der zweite Gast hatte sich, als gäbe es nichts zu verbergen, als Tade Gehlings in das Gästebuch eingetragen, was korrekt war.

»Und der dritte Gast?«, fragte Busker.

»Der fuhr mit einem Taxi davon«, antwortete der Kellner.

Die Beamten waren überrascht, zählte doch Tade Gehlings zu den Gästen des ehemaligen »Robinson«. Aber das war noch nicht alles. Der Name war ihnen bekannt, denn Tade Gehlings hieß der zweite junge Mann, der sich an den beiden Mädchen vergriffen hatte.

»Das ist ja hochinteressant«, sagte Hoogestraat. »Was wollten die Herrn mit ihrer Konferenz bezwecken? Dieser Markus Sattelkamp scheint eine tragende Rolle bei dem Versteckspiel übernommen zu haben.«

»Das werden wir schnell in Erfahrung bringen«, meinte Busker.

Er nahm das Telefonbuch und rief das führende Taxiunternehmen des Ortes an. Und tatsächlich, der Nachtdienst hatte eine Fahrt nach Hamburg gehabt.

Es dauerte nicht lange, da meldete sich der Fahrer.

»Ja, ich habe die beiden Herren gefahren, die stark alkoholisiert waren, aber keine Probleme bereiteten«, sagte der Taxifahrer. »Ich habe sie nach Hamburg-Rahlstedt gefahren, wo sie in der Nähe vom Busbahnhof auf der alten Feldstraße vor einem alten Backsteinhaus ausstiegen. Ein junger Mann nahm sie in Empfang und begleitete sie in das Haus.«

»Sie würden einen der Männer wiedererkennen, wenn wir ihn Ihnen gegenüberstellen?«, fragte Hoogestraat.

»Auf alle Fälle«, antwortete der Taxifahrer.

»All up Stee. Wir wissen nicht, ob das notwendig wird. Schönen Dank und äußerste Verschwiegenheit«, sagte Busker.

»Das geht klar«, antwortete der Taxifahrer.

»Die Frage ist natürlich, ob die Herren daran beteiligt waren, als die hübsche Okka Moorhoff ihr Leben lassen musste, weil sich ein paar geile, gewissenlose Verbrecher über alle Grenzen der Moral hinwegsetzten und dem Mädchen ihren Willen aufzwangen!«, sagte Busker. »Dank der wissenschaftlichen Errungenschaft, die es uns ermöglicht, mithilfe des genetischen Fingerabdrucks festzustellen, ob sich einer der Herren, die im ›Sielhof‹ zu der auffälligen Versammlung zusammenkamen, anderweitig nicht mit Schuld beladen hat. Dabei wissen wir, dass Markus Sattelkamp und Tade Gehlings nicht ohne Vorlasten sind.«

»Es wird Zeit, dass wir die Herren zu einer Speichelprobe einladen, wobei wir die Genanalyse von Markus Sattelkamp bereits vorliegen haben«, sagte Hoogestraat. »Er verletzte sich am Dachboden beim Zündeln. Die beiden Kumpel, die am Bierabend teilnahmen, müssen wir noch unter die Lupe nehmen. Und ich hoffe, Markus Sattelkamp wird uns von sich aus mitteilen, wer die beiden waren, die anreisten, um mit ihm den Abend zu verbringen.«

»Fahren wir gleich los zum Hof, denn um diese Zeit ist er wahrscheinlich noch zu Hause«, meinte Busker. »Jetzt, wo ihn seine Anna verlassen hat, wird er vermutlich häufiger Gast des Emdener Etablissement sein und sich von seiner hübschen Swetlana trösten lassen.«

Busker trat an den Schrank des Dienstzimmers, entnahm ihm seine Dienstwaffe und steckte sie ein.

»Der Junge wird doch wohl keinen Unsinn machen«, warf Hoogestraat ein.

Er entnahm dem Schrank auch seine Dienstwaffe.

»Wir haben ihn bereits tüchtig in die Enge getrieben. Zusätzlich wollen wir von ihm wissen, ob er uns sagen kann, wie Okka Moorhoff ums Leben kam«, sagte Busker ernst und strich sich mit der Hand das Haar glatt.

»Wir werden auf der Hut sein«, meinte Hoogestraat.

Sie verließen das Dienstzimmer, stiegen die Treppe nach unten und gingen zum Passat. Busker öffnete die Tür und ließ Hoogestraat einsteigen. Er setzte sich hinter das Steuer, ließ den Motor an und fuhr los. Er steuerte den Passat über die Störtebekerstraße an den Weiden entlang, die um diese Jahreszeit unbenutzt waren, denn das Vieh befand sich in den Stallungen.

Die Landwirte waren bei der Maisernte. Mit ihren großen Zugmaschinen fuhren sie die gehäckselten Maispflanzen zu den Silos.

Markus Sattelkamp hoffte immer noch auf Zahlungen der Brandkasse. Er musste seinen Mais stehen lassen. Sein Fuhrpark war den Flammen zum Opfer gefallen.

Busker wies auf ein hochgeschossenes Maisfeld.

»Er kann nicht mal die Felder abernten«, sagte er.

Er steuerte den Wagen dem Hof entgegen.

Sie fuhren langsam, als sie sich dem Wohngebäude näherten. In der Nähe der abgebrannten Scheune stand der Mercedes des Landwirtes.

»Dann wollen wir mal«, sagte der Kommissar und stieg aus.

Busker folgte ihm.

Die Haustür ließ sich öffnen.

»Hallo«, rief Hoogestraat laut.

Sie vernahmen Schritte. Dann erschien Sattelkamp. Er hielt seinen Hund am Halsband fest, der knurrte und bellte.

»Blanca, ruhig, die Herren kommen als Freunde«, sagte er und lächelte geringschätzig.

»Das kann man so formulieren, wenn Sie bereit sind, unsere Bemühungen zu unterstützen«, sagte Busker.

»Und die wären?«, fragte Sattelkamp. Er begann zu schwitzen, obwohl ein kühler Wind von Norden einfiel.

»Wer waren die Herren, mit denen Sie sich im ›Sielhof‹ zum Bierabend trafen?«, fragte der Kommissar.

Sattelkamp stieg die Zornesröte in das Gesicht.

»Sie benehmen sich ungeheuerlich. Das geht Sie einen Dreck an«, entgegnete er außer sich.

»Sie irren, Herr Sattelkamp, denn Ihnen ist noch nicht bekannt, dass wir Sie des Mordes an Okka Moorhoff verdächtigen«, sagte der Kommissar. »Da wir davon ausgehen, dass Sie die Tat nicht allein verübt haben, sind wir sehr daran interessiert zu erfahren, wer die beiden Männer waren, mit denen Sie sich im ›Sielhof‹ getroffen haben. Wir hegen den Verdacht, dass Sie mit Ihren Freunden zusammenkamen, um eine Strategie zu besprechen, falls wir von der Kripo nach der langen Pause unangenehme Fragen an Sie stellen sollten. Zu Ihrer Orientierung, Herr Sattelkamp, sei gesagt, dass es Ihnen zugutekommen würde, wenn Sie gar nicht erst versuchten, uns in die Irre zu führen. Die Staatsanwaltschaft ist bereits informiert und zweifelt nicht an Ihrer Mitschuld an dem bestialischen Mädchenmord. Wir würden Ihr Geständnis zu Protokoll nehmen und den Staatsanwalt bitten, das strafmildernd zu würdigen.«

»Das ist doch wohl nicht Ihr Ernst!«, sagte der Landwirt erregt. »Okka Moorhoff hat mich nie interessiert. Ich schwöre, ich habe sie nicht umgebracht.«

»Herr Sattelkamp, das hier ist nicht der geeignete Ort, über dieses Thema zu sprechen«, sagte der Kommissar. »Kommen Sie morgen Früh zum Polizeirevier. Dort werden wir Ihre Stellungnahme zu Protokoll nehmen und den Staatsanwalt bitten, bei Ihrer Aussage zugegen zu sein. Ich mache Sie darauf aufmerksam, dass Sie Hagersiel nicht verlassen dürfen. Bedenken Sie, dass Sie zudem weiterhin verdächtigt werden, Ihr Anwesen in Betrugsabsicht angezündet zu haben. Sie können sich bis dahin überlegen, ob Sie uns sagen wollen, wer Ihre Besucher waren. Ich möchte noch erwähnen, dass wir Ihren genetischen Fingerabdruck besitzen, der Ihre Beteiligung an Okka Moorhoffs Tod beweist. Machen Sie lieber keine Mätzchen.«

Sie verließen die Wohnung, stiegen in den Wagen und fuhren zum Revier.

Dort gab es jetzt eine Menge zu tun. Die Beamten hatten mehr als nur eine heiße Spur.

Die genetischen Untersuchungen der Proben von Sattelkamp ergaben gleiche Merkmale mit den aufgefundenen Spermapartikeln, die sich an der Kleidung der Okka Moorhoff feststellen ließen.

Damit ließ sich zumindest die Mittäterschaft nachweisen.

Doch das war nicht alles. Die Spezialisten aus Hannover wiesen das Sperma von zwei weiteren Männern nach. Daher lag die Vermutung nahe, dass der Bierabend im »Sielhof« irgendwie eine Verbindung zu dem Verbrechen hatte.

Das oberste Ziel der Kripobeamten war es nun, die Identität auch des dritten Besuchers festzustellen.

Hoogestraat rief in Aurich an und ließ sich mit dem Staatsanwalt verbinden. Der Kommissar schilderte den Sachverhalt und bat den Staatsanwalt um einen dringenden Besuch am morgigen Tag, da er und Busker eine Überführung und damit eine Vernehmung vorgesehen hatten.

Hoogestraat forderte zusätzlich noch zwei Kollegen der Schutzpolizei an, da an eine Festnahme von Sattelkamp gedacht wurde. Sie erwarteten von dieser Maßnahme die Hinweise, die zur Festnahme der weiteren Mittäter führten. Natürlich achteten die Beamten auf höchste Verschwiegenheit, um die Fortführung der Untersuchung nicht zu gefährden.

Es fiel nicht sonderlich auf, als am Morgen der Passat vorweg, dann im Abstand zwei weitere Polizeifahrzeuge den landwirtschaftlichen Versorgungsweg am Deich entlang nahmen und an den noch nicht abgeernteten Maisfeldern vorbei zum Sattelkamp'schen Hof fuhren.

Das Wohnhaus wirkte verlassen. Erst als die Polizeifahrzeuge vorfuhren und die Polizisten ausstiegen, trat Markus Sattelkamp vor die Tür. Er blickte die Beamten böse an.

»Was bezwecken Sie mit diesem Polizeiaufgebot?«, fragte er erregt.

»Herr Sattelkamp, ich bin Staatsanwalt Dr. Gawor«, sprach der Staatsanwalt mit forscher Stimme. »Es ist an der Zeit, dass das barbarische Verbrechen an Okka Moorhoff endlich gesühnt wird.« Er öffnete seine Tasche und nahm den Haftbefehl heraus.

»Herr Sattelkamp, lassen Sie Ihre Unschuldsbeteuerungen«, sagte der Kommissar. »Sagen Sie uns lieber, wer mit Ihnen den Bierabend im ›Sielhof‹ feierte.«

»Es waren Freunde«, antwortete Sattelkamp.

»Bitte genauer!«, forderte der Staatsanwalt.

»Es waren Tade Gehlings, der jetzt in Düsseldorf wohnt, und Dodo Panzinga aus Hamburg«, sagte Sattelkamp einlenkend.

»Diese beiden Herren waren also an der Misshandlung von Okka Moorhoff beteiligt?«, fragte der Staatsanwalt.

Sattelkamp war am Ende. Er nickte blass.

»Ja, aber da gab es ein Vorgeplänkel«, sagte er und schaute sich um, als könnten seine Freunde mithören.

»Herr Sattelkamp, steigen Sie zu den Kollegen in den Wagen«, sagte der Staatsanwalt. »Wir werden das Verhör im Revier fortsetzen und zu Protokoll nehmen. Betrachten Sie sich aus den Ihnen bekannten Gründen als verhaftet. Sie bekommen nachher Gelegenheit, eine Tasche für die Untersuchungshaft zu packen. Es erleichtert Ihnen die Haftbedingungen, wenn Sie Ihr Gewissen erleichtern und uns berichten, wie es zu dem schrecklichen Verbrechen kam.«

Die Polizisten legten Sattelkamp Handschellen an, tasteten ihn nach Waffen ab und wurden fündig. Der Landwirt führte einen Revolver mit sich, den die Polizisten einsteckten.

»Damit Sie keine Dummheiten machen«, sagte Hoogestraat.

»Die habe ich schon gemacht. Leider ohne mich zu erschießen«, entgegnete Sattelkamp.

»Steigen Sie ein«, sagte der Staatsanwalt. »Wir bringen Sie zum Untersuchungsgefängnis. Herr Hoogestraat, lassen Sie ihn unter strengster Bewachung eine Tasche mit den Sachen für die Untersuchungshaft im Gefängnis Emden packen. Wir werden direkt nach unserer Ankunft das Verhör durchführen. Und sorgen Sie dafür, dass unsere Kollegen in Hamburg und Düsseldorf die Verdächtigen Dodo Panzinga und Tade Gehlings festnehmen. Auch sie werden, wenn sie in Emden einsitzen, dem Richter vorgeführt.«

Nachdem der Landwirt eine Reisetasche mit Ersatzkleidung, Wäsche und Waschzeug gepackt hatte, führten ihn die Polizisten zum Wagen und fuhren davon. Ihr Ziel war das Revier in Norden, wo bereits die Vorbereitungen für die Telefonate mit dem Polizeipräsidium in Düsseldorf und Hamburg liefen.

Hoogestraat hatte wenig Mühe, den Kollegen den Sachverhalt offen zu legen und sie zu bitten, die Männer festnehmen zu lassen, weil sie unter Mordverdacht standen.

Mittlerweile wurde Markus Sattelkamp im Verhörzimmer in Norden mit der rechtlichen Seite seiner Situation vertraut gemacht. Zumindest schien es, als habe er eingesehen, dass eine störrische Haltung und dauerndes Leugnen keinen Sinn mehr hatten.

Als das Verhör begann, stellte der Staatsanwalt dem Landwirt die Protokollantin vor. Vielleicht war es die Präsenz der Polizei, die dazu führte, dass Markus Sattelkamp den Eindruck eines Häufchens Elend machte. Er, der stets auf die Attribute seiner männlichen Erscheinung Wert gelegt hatte, brach in Tränen aus.

Sah er endlich ein, dass er und seine Freunde nicht nur einen bestialischen Mord begangen hatten, sondern mit ihrem Sexualverbrechen dem Opfer ungeheure Pein bereitet hatten? Die dem Mädchen zugefügten Schmerzen und die seelischen Qualen, die sie erlitten haben musste, überstiegen die menschliche Vorstellungskraft. Es mochten diese Regungen gewesen sein, die seine Bereitschaft zu berichten bestimmten.

»Das war so! Ich schäme mich dafür. Auch wenn ich mich zurückgehalten habe, bin ich doch mitschuldig, weil ich dem Treiben keinen Einhalt gebot.«

Er schluckte heftig, dann sprach er weiter, und die Worte sprudelten jetzt aus ihm hervor.

»Ob das Wetter eine Rolle gespielt hat, weiß ich nicht. Den ganzen Tag hatte es geregnet. Der Nordwestwind fegte in Orkanstärke über die Küste. Wir hatten unser Tagewerk vollbracht, soweit das bei dem Wetter möglich war. Ich hatte die Stallungen gesäubert. Dodo Panzinga hatte erst am späten Nachmittag damit aufgehört, die Musikstücke zu üben, die er mit seiner Band spielen wollte. Tade Gehlings arbeitete als Dachdecker in Esens. Es war ihm nicht möglich, seiner Arbeit nachzugehen. Wir spielten wie so oft, wenn wir Zeit hatten, Billard. Natürlich tranken wir Bier und auch

Klare. Es war wie an den meisten Abenden. Die Stimmung drinnen war hervorragend, und draußen war es stürmisch. Der Regen klatschte gegen die Scheiben. Wir bemerkten gar nicht, dass der Wirt das Lokal verließ, um in Aurich eine Besorgung zu machen. Er übertrug das Sagen im ›Robinson‹ seinem Vertreter. Wir hörten, wie er das Auto aus der Garage fuhr, und spielten weiter Billard. Wir bestellten Bier und fanden immer mehr Gefallen an unserem Küstenkorn. Immer wieder machten die vollen Gläser die Runde. Die Stimmung wurde ausgelassener und steigerte sich noch um ein Vielfaches, als die Tür aufging und der Wirt zurückkam und ein hübsches Mädchen an der Hand hielt, das er uns vorstellte. ›Das ist Okka‹, sagte er. ›Sie bleibt eine halbe Stunde hier und fährt dann um neun Uhr mit mir nach Emden.‹ Er rückte einen Stuhl zurecht und bat Okka, Platz zu nehmen. Das fremde Mädchen sah sich schüchtern um. Dabei bemühten sich alle, eine gute Figur zu machen und sich hervorzutun. Freerk Sillen befahl Suntke Fisker, ihn zu vertreten und das Geschäft hinter dem Tresen zu besorgen. Das kam öfter vor. Es war plötzlich alles anders, als Sillen weg war und das Mädchen mit den schwarzen Locken in der Nähe des Billardtisches saß. Suntke brachte die Bestellungen, die gegenüber normalen Abenden größer ausgefallen waren. Auffällig war, dass mehr Schnäpse bestellt worden waren.«

Sattelkamp schwieg für eine Weile. Es schien, als würde er Kraft sammeln, um mit seinem Geständnis fortzufahren.

Keiner der Beamten rührte sich oder traf Anstalten, Zwischenfragen zu stellen.

»Es fing damit an, dass anzügliche Bemerkungen gemacht wurden, auf die Okka nicht einging«, sprach der Landwirt dann weiter. »Suntke brachte ihr zur Feier des Tages ein

Gläschen Sekt, was zur Folge hatte, dass wir alle mit ihr anstießen und auf ihr Wohl tranken.«

Sattelkamps Stimme war leiser geworden, aber seine Worte nahmen die Beamten so gefangen, dass sie das Geschehen fast plastisch vor ihren Augen sahen.

»Als wäre mit dem Anstoßen die letzte Distanz überschritten worden, wurden schlechte Witze erzählt, die ein schallendes Gelächter nach sich zogen.

Okka war anzusehen, dass ihr die Situation mehr als peinlich war. Jemand spendierte weitere Runden Küstenkorn. Suntke stieß erneut mit dem hübschen Mädchen an. Die Billardspieler sangen Trinklieder mit anzüglichen Pointen. Notgedrungen rang sich Okka Moorhoff ein Lächeln ab.

Doch der Küstenkorn beseitigte die letzten Hemmungen, die die grölenden jungen Männer noch in Schach hielten. Sie scharten sich um den Billardtisch und strichen Okka Moorhoff über das volle und schöne Haar. Und das war nicht alles, was sie sich herausnahmen. Einige der jungen Männer machten Anstalten, als wollten sie das Mädchen, das leger gekleidet war, küssen. Sie grapschten nach ihren Brüsten.

Die Abwehrreaktionen der jungen Frau wurden mit Gelächter begleitet. Immer dreister wurden die Übergriffe, und Suntke Fisker zeigte sich spendabel und beteiligte sich an dem bösen Spiel.

Ihm hatte Sillen die Führung des »Robinson« anvertraut. Aber er konnte dem Mädchen keinen Schutz vor den Übergriffen gewähren. Er machte mit, freute sich und schlug sich auf die Schenkel, als ein junger Mann den Arm um Okka Moorhoff legte und dabei ihre Bluse in die Höhe zog. Als wäre das nicht genug, zog er ihr die Jeans nach unten.

Ein Kumpel schlich sich heran und zog, während er lallte, Okka den Schlüpfer nach unten. Die jungen Männer ergötzten sich an dem Anblick, und es war niemand da, der ihnen Einhalt bot.

Aufgegeilt rieben sie sich über die Hosen, während Okka sich heftig zu wehren begann, um sich aus dem Hexenkessel zu befreien.

Aber es kam noch schlimmer. Zwei der Billardspieler kamen nach vorn, drückten das Mädchen an sich und zogen es zu Boden. Sie warfen sich auf Okka und vergingen sich an ihr.

Plötzlich ging die Tür auf, und ein kalter Wind fegte in das Lokal.

Okka röchelte, dann war es still.

Freerk Sillen stand am Tresen im Licht der Lampe.

›Seid ihr verrückt geworden!‹, brüllte er außer sich. ›Suntke, was ist hier los?‹

Suntke Fisker eilte zum Billardtisch. Er blieb wie angewurzelt stehen.

›Nein‹, rief er und wurde bleich. ›Sie ist tot! Tot!‹ Er schluchzte.

Sillen schlug mit der Faust auf den Tresen.

›Gott steh mir bei!‹, stöhnte er.

Einige eilten nach vorn.

›Das haben wir nicht gewollt!‹, schrie einer entsetzt.

›Ihr Narren! Tom, komm, fass mit an, wir tragen sie zu meinem Wagen‹, sagte Sillen.«

Die Beamten hatten dem Bericht atemlos gelauscht. Keiner brachte einen Ton hervor. Sie starrten Markus Sattelkamp an, der halb weggetreten zu sein schien.

Doch dann atmete er tief durch und fuhr leise fort.

»Stühle wurden geschoben. Wir fassten mit an. Sillen öffnete die Heckklappe seines Kombis. Wir legten das tote Mädchen auf die Ladefläche. Drei von uns stiegen ein. Dann fuhr der Wirt los. Es war ruhig auf der Straße. Sillen fuhr von der Straße ab auf den Feldweg vor der Weide. Wir beeilten uns und legten die Leiche ab. Dann ging es zurück zum ›Robinson‹. Suntke zapfte Biere, die unbezahlt weitergereicht wurden. ›Ab jetzt sind wir eine verschworene Gemeinschaft‹, sagte Sillen mit vor Erregung zitternder Stimme. ›Wir sind alle schuld‹, sagte Suntke Fisker und hob die Hand zum Schwur, an den sich auch alle gehalten haben.«

Sattelkamp blickte auf und schaute die Beamten der Reihe nach an.

»Es ist kaum zu verzeihen, dass ich es bin, der zum Verräter geworden ist, weil Sie mit einer größeren Strafe gedroht haben und auch mit der Genanalyse zu Ergebnissen kommen können«, sagte er.

Er glich einem Häufchen Elend.

Aber die Reue kam zu spät.

Die Protokollantin konnte festhalten, dass Markus Sattelkamp einsichtig war und Reue zeigte.

»Herr Sattelkamp, wir verdanken Ihrem Geständnis einen Einblick in das mörderische Geschehen im ›Robinson‹, doch sagen Sie uns bitte, wer das Mädchen getötet hat«, sagte der Staatsanwalt heiser.

»Wir wollten Okka nicht umbringen!«, antwortete Sattelkamp und schaute verschämt auf den Tisch.

»Waren Sie derjenige, der das Mädchen am Hals gefasst und es an sich gedrückt hatte?«, fragte Hoogestraat.

»Nein«, sagte der Landwirt.

»Das werden wir noch klären. Unterschreiben Sie bitte das Protokoll und folgen Sie den Beamten, die Sie zum Untersuchungsgefängnis bringen«, sagte der Staatsanwalt.

Noch am Nachmittag trafen Dodo Panzinga aus Hamburg und Tade Gehlings aus Düsseldorf mit dem ausbruchsicheren Gefängnisbus in Aurich ein. Auch sie kamen in das Untersuchungsgefängnis und sahen mit wenig Hoffnung dem Prozess entgegen.

Natürlich wurden auch sie einem Verhör unterzogen, das helfen sollte, Licht in das Geschehen zu bringen.

Das Ergebnis fiel nicht gerade umwerfend aus. Es hatte den Anschein, als wollte jeder seine Haut retten. Einigkeit herrschte allerdings in der Schuldfrage. Alle Gäste, die am besagten Abend anwesend waren, waren sich ihrer Schuld an der verabscheuungswürdigen Tat bewusst.

So verhielt es sich auch mit Suntke Fisker. Mehr noch. Ihn traf eine große Mitschuld an dem Verbrechen, weil er Sillen zu vertreten hatte.

Weitere Befragungen ergaben, dass der Wirt das Mädchen mitgebracht und ihm anempfohlen hatte, in der Wirtschaft auf ihn zu warten. Sie trampte, wollte nach Emden, um ihre Eltern zu besuchen. Sillen musste noch etwas erledigen.

Dem Wirt, der bei der Vergewaltigung und dem Mord nicht zugegen gewesen war, musste dennoch ein Vorwurf gemacht werden, denn er hätte sofort die Polizei benachrichtigen und sie von dem Verbrechen in Kenntnis setzen müssen.

Natürlich konnte aufgrund der Verhöre und Geständnisse das schreckliche Geschehen rekonstruiert werden.

Zusammenfassend kann gesagt werden, dass die Stammgäste des »Robinson« zu viel Alkohol verkonsumiert hatten.

Als der Wirt Sillen die junge Frau mitbrachte, glaubte er sie im Schutz vor Regen im »Robinson« sicher. Und in der festen Absicht, Okka später nach Emden mitzunehmen, beauftragte er Suntke Fisker, der schon häufiger die Gaststätte geführt hatte, seine Vertretung wahrzunehmen.

Wie die Obduktion ergeben hatte, war Okka erstickt. Es ist davon auszugehen, dass es nicht absichtlich geschah, sondern im Alkohol- und Sexrausch.

Doch niemand sah, wie sie in größter Pein den Freundschaftsring ihres Freundes in die Billardtasche warf und damit einen Hinweis hinterlassen hatte.

Die Richter sahen es als erwiesen an, dass Okka Moorhoff aus niederen Gründen ermordet wurde. Dabei versagte der stellvertretende Leiter der Gaststätte nicht nur kläglich, sondern verging sich selbst an dem Mädchen. Daher schien es den Richtern gerechtfertigt, sein Vergehen mit zweimal lebenslänglich zu bestrafen.

Auch Sillen, der Wirt des »Robinson«, fand eine gerechte Strafe dafür, dass er das Verbrechen vertuschte, statt es der Polizei zu melden, und die Leiche des Opfers beseitigte, um den Verdacht auf andere zu lenken. In Anbetracht seiner bisherigen Unbescholtenheit verurteilten die Richter ihn zu fünf Jahren Haft ohne Bewährung.

Dodo Panzinga und Tade Gehlings, der sich später von allem losgesagt hatte und als junger Vater sein Herz an seinen kleinen Sohn gehängt hatte, mussten sich noch wegen vollzogener Vergewaltigung verantworten.

Abschließend ist noch zu berichten, dass dieses Verbrechen vollständig aufgeklärt werden konnte. Die Speichelproben von Dodo Panzinga und Tade Gehlings überführten die geständigen Täter.

Sicherlich war auch, wenn auch nicht bei allen, Rauschgiftkonsum im Spiel gewesen wie bei Dodo Panzinga.

Die Obduktion hatte ergeben, dass Okka Moorhoff schlimme Qualen und Demütigungen vor ihrem Tod erlitten hatte, verursacht durch Tade Gehlings und Dodo Panzinga, die Okka Moorhoff bei ihren Bemühungen, sie zu küssen, unabsichtlich erstickten.

Die Eltern von Okka Moorhoff atmeten auf, als die Richter die jungen Männer wegen Mordes mit sexueller Triebbefriedigung zu fünfzehn Jahren Haft verurteilten.

ENDE

*Ein Friese im Fadenkreuz der Mafia*

Theodor J. Reisdorf
LETZTE AUSFAHRT
OSTFRIESLAND
Kriminalroman
320 Seiten
ISBN 978-3-404-16025-9

Im beschaulichen Norddeich erlebt Oberstudienrat Klaus Udendorf den Albtraum eines jeden Vaters: Seine Tochter Inga verschwindet spurlos. Bald findet er heraus, dass Inga von skrupellosen Drogenhändlern entführt wurde, die drohen, das Mädchen zu ermorden, wenn er sich nicht an ihre Anweisungen hält. Doch was Klaus Udendorf tun soll, ist nicht nur brandgefährlich, sondern erfordert auch schier übermenschliche Kräfte. Wird es ihm trotzdem gelingen, seine Tochter aus den Klauen der Verbrecher zu befreien?

Bastei Lübbe Taschenbuch